AF275308

LENA VALENTI

HUESOS Y CENIZAS

HASTA LOS HUESOS II

EDITORIAL VANIR

Primera edición: diciembre 2016

De esta edición: Editorial Vanir, 2025
Del texto: Lena Valenti, 2016
Del diseño de la cubierta: Marta Benito

Editorial Vanir
www.editorialvanir.com
valenbailon@editorialvanir.com
Barcelona

Bajo las sanciones establecidas por las leyes quedan rigurosamente prohibidas, sin la autorización por escrito de los titulares del copyright, la reproducción total o parcial de esta obra por medio o procedimiento mecánico o electrónico, actual o futuro —incluyendo las fotocopias y la difusión a través de internet— y la distribución de ejemplares de esta edición y futuras mediante alquiler o préstamo público.

ISBN: 978-84-17932-99-2
Depósito legal: DL B 24162-2016

Imprime: iVerso

«Cuando el misterio es demasiado impresionante, es imposible desobedecer».
«El Principito» de Antoine de Saint-Exupéry

«¡El misterio! Sí, un misterio profundo nos envuelve. Cuanta más luz, más misterio».
Thomas Carlyle

«La belleza es ese misterio hermoso que no descifran ni la psicología ni la retórica».
Jorge Luis Borges

Uno

Finalizado el Torneo Alan Turing
Lucca

Cinco horas después, estaba en la habitación del hotel, secándome la cabeza después de la ducha caliente que me había dado, sentada sobre la cama y contemplando, algo intimidada, la cantidad de visitas por minuto que tenía el vídeo que habían titulado: «La verdad de Luce».

Taka había conseguido un pelotazo. Resultó que Raúl, el chico moreno que grababa todo el festival con la GoPro, era un youtuber conocidísimo con más de dos millones de seguidores: su nombre era Auron Play.

Él estuvo de acuerdo en subir el vídeo, pues también creía que era una manera de sacar a relucir una verdad, y que no debía quedar impune. Lo editó dejando claro que era una toma grabada por él y editada por Thaïs, de *Frikinews*.

AuronPlay subió el vídeo a su canal de You Tube, y cada uno de sus seguidores, lo compartieron. Con lo cual, conseguimos en tiempo récord más de cuatro millones de visualizaciones, que ascendieron hora tras hora de manera exponencial.

Los tres no sabíamos donde nos habíamos metido, pero la viralización internacional era un hecho.

Como segundo ganador del torneo, quedaron los Assassins, con un vídeo de Parkour extremo disfrazados. Y después, los Xmen, que no consiguieron las visitas deseadas con su cosplay en el que representaban con unos efectos especiales muy cutres los poderes mentales de Magneto. A mí me hizo mucha gracia, pero no era lo suficientemente bueno como para atraer a las masas.

Mis chicos me habían dicho de ir a celebrarlo, y que iban a estar toda la tarde de copas. Yo les dije que no, porque esperaba la visita de Kilian. Le había escrito un montón de mensajes para quedar con él y conversar sobre que le había parecido el vídeo, y demás, pero no daba señales de vida.

Estaba preocupada. Mucho. La principal necesidad que tenía era verle, y compartir nuestras últimas horas en Lucca juntos.

Tenía las noticias del mediodía del sábado puestas en la televisión, y como noticia de entrada anunciaban el vídeo colgado por un aficionado del «extraño salto» de Luce, dejando entrever que podría haberse peleado con alguien antes de caer. Pero no confirmaban nada, ni tampoco lo desmentían.

Estaba sola, y Kilian no hablaba conmigo.

Me estaba frustrando. ¿Qué le habría pasado?

Decidí que iría a buscarle. Conocía la zona donde se hospedaba, y a lo mejor, le pedía a Taka que me hiciera un favor y viera en qué hotel estaba registrado.

Estaba a punto de cambiarme, cuando sentí que picaban a la puerta. Aún llevaba puesto el albornoz blanco del hotel.

Debía de ser Kilian, porque Taka y Thaïs no podían regresar tan pronto de su fiesta.

Pero al abrir la puerta de par en par, mi cara esperanzada se tornó agria. Fue una desagradable y muy inesperada sorpresa.

Él tenía los rizos negros que le enmarcaban el rostro aniñado y bello. Llevaba gafas Ray-Ban de cristales metalizados, unos tejanos desgastados y bajos de cintura, la camiseta Dolce & Gabbana blanca que le quedaba como un guante, y una sonrisa fría y soberbia por bandera.

HUESOS Y CENIZAS

—Hola, Lara.

—¿Thomas?

—¿Qué... qué estás haciendo aquí? —pregunté sin dejarle pasar—. Kilian me dijo que te habías vuelto a Estados Unidos.

—Kilian, Kilian... —murmuró burlón—. Kilian dice tantas cosas, ¿verdad? Pero son todas mentira.

—Él me dijo lo mismo de ti.

—¿Me dejas pasar? Podemos hacer las paces.

—No te dejo pasar, y como no te largues voy a gritar o a llamar a la policía.

—Bueno, no te pongas así. Qué carácter. No voy a hacerte nada. Solo vengo a decirte un par de cositas —se quitó una pelusa inexistente de su camiseta—. Nada importante, en realidad.

—¿Qué?

—Kilian te dijo que ya no estaba en Italia, pero como ves sigo aquí —abrió los brazos como un chulo prepotente y a mí me apeteció darle una patada en los huevos—. Te mintió.

—¿Qué quieres, Thomas? En serio, vete de aquí —iba a cerrarle la puerta en las narices, pero él colocó el pie para evitarlo.

—Sí, preciosa ahora mismo. Pero no sin antes decirte algo —se cernió sobre mí, pero yo no me amilané, ni tampoco le cedí un metro de mi espacio. No iba a entrar en mi habitación—. Kilian no va a venir. De hecho, no os volveréis a ver nunca más —espetó con inquina.

—Eso no es verdad. Kilian...

—Mi hermano tiene que follar muy bien para dejaros a todas tan encandiladas, ¿no?

Por un momento me olvidé de respirar. Y después, mi corazón se resquebrajó. ¿Que Thomas era su hermano? No. No podía ser verdad.

—¿Qué? Kilian no te dijo que somos hermanos, ¿a que no?

—N-No. No es verdad.

—Sí lo es. Por eso no me dijo que me fuera. Me quedé aquí, en Lucca, en el hotel, viendo los espectáculos y pasando unas vacaciones... —adoptó un tono de burla para reírse de mí—. Teníamos que irnos de aquí juntitos y en familia, para no enfadar a papi.

—Te lo estás inventando.

—No. No me lo invento.

—¿A qué has venido, Thomas? —le pregunté con voz temblorosa, a punto de echarme a llorar.

—A decirte que, lo que habéis hecho con ese vídeo ha sido un golpe muy bajo —señaló—. Mi hermano quería muchísimo a Luce. Y ahora los vas a atormentar para siempre —eso me dolió como el demonio. Quería hablar con Kilian por eso.

—Quiero hablar con Kilian. ¿Dónde está?

—Te he dicho que no lo verás más. Y también vengo a dejarte claro que cualquier palabra o promesa que te haya dicho mi hermanito guapo, es falso.

—Solo estás rabioso por que él te paró los pies. Porque no tuviste lo que querías.

—Error, guapa. Nos habíamos jugado entre los dos quién iba a desflorarte primero.

—¡Mientes!

—No, para nada. Somos muy competitivos, ¿sabes? Nos gustan las pruebas y los juegos. Al final —me miró de arriba abajo—, todo queda en casa —sorbió por la nariz—. Él te folló primero —se encogió de hombros—. Pero no creas ni por un minuto que le importas. De hecho, ha sido él quien me ha mandado a decírtelo.

Ya no podía dejar de llorar. Me era imposible. Sabía que Thomas estaba diciéndome eso para hacerme daño, porque había perdido el concurso y porque Kilian le había dado una paliza al protegerme.

Pero una parte de todo eso la sentía verdadera, y me estaba destrozando.

Fui a darle una bofetada, pero Thomas me agarró la muñeca y me la apretó con fuerza.

—Me dejé pegar por Kilian para que hiciera el paripé de héroe contigo. Pero nada fue verdad. Kilian me detuvo porque quería ser él quien se llevara la competición entre los dos. Quería ser él el que se metiera entre tus piernas.

—Estás enfermo.

—No... —me soltó la muñeca con rabia y yo por poco no caí al suelo—. ¿De verdad creías que lo vuestro era especial? Niña tonta —murmuró—. Tú no eres suficiente para él. Kilian está en otra liga, ¿de acuerdo? —cómo odiaba esa palabra—. Y ya tiene novia. ¿Te queda claro?

Claro no, clarísimo. Si eso era verdad, acababa de darme una estocada de muerte que tardaría mucho en superar.

—Lárgate —contesté abatida.

—Perfecto —asintió con desdén—. Adiós, *cazorrita*. Ahora sí nos vamos de Italia. *Arrivederci*.

Esa rectificación en el mote cariñoso que Kilian me había dirigido desde que me conoció, acabó de hundirme en la miseria.

Cerré la puerta con rabia, y me apoyé en ella para llorar como de verdad me apetecía, con el desgarro de mi corazón roto. Me deslicé por la madera y caí en el suelo, hundiendo mi rostro entre las rodillas.

Perdida y rota porque mi *kelpie* era una farsa.

Mi sueño se había convertido en una pesadilla.

¿Cómo me había equivocado tanto?

Después de llorar a mares me quedé dormida y tuve un sueño recurrente con mi madre. Cuando me desperté, agotada, me senté frente al ordenador, y descargué en el escritorio la carpeta que ya permanecía abierta y que había sustraído del cracker.

Era un diario. El diario de Luce Spencer Gallagher, la mismísima creadora de *La voz de Artemisa*. Sí, era ella.

—Thaïs estaba en lo cierto —susurré impresionada.

Luce realizaba una investigación sobre hermandades, concretamente sobre una muy especial llamada *Huesos y cenizas*, cuya sede se encontraba en Yale. Una hermandad que continuaba la filosofía y los ritos de la denostada y crucificada *Skull and Bones (Calavera y Huesos)*.

Un escalofrío me recorrió la columna vertebral.

Me incliné hacia adelante, absolutamente abismada en sus líneas, y quedé absorta en su redacción, en sus conclusiones, observaciones y todo tipo de sospechas sobre esa logia.

En su escrito había una lista de nombres de miembros de dicha hermandad: veinte individuos que formaban parte de la membresía, aunque mis ojos se quedaron clavados en dos en particular: Thomas y Kilian Alden.

Thomas y Kilian.

—Joder... No... —musité.

Dios mío, Kilian. Apoyé la frente sobre el escritorio y volví a acongojarme.

¿A quién me había entregado? ¿A quién le había dado mi regalo de mi primera vez?

¿De quién me había enamorado?

Ni Kilian ni Thomas estudiaban en Utah. Me habían mentido. Eran de Yale, formaban parte de la hermandad Huesos y cenizas y eran hermanos. Le dije a Kilian que iba a estudiar en su misma universidad y mantuvo su mentira hasta el final. ¿Por qué?

Aquella investigación que tenía frente a mis narices, repleta de detalles, fechas y hechos, debía analizarse con paciencia y cuidado. Era el trabajo de Luce, el diario de su experiencia y su incursión en ese mundo, en el que, según iba leyendo, su tono aumentaba y se hacía más alarmante, alejada de su exterior inicial porque sus sentimientos respecto a uno de los miembros llamado «Alfil» crecían y se hacían profundos hasta el punto de que ella misma dejaba su objetividad a un lado y se involucraba más de lo necesario.

¿Quién era el Alfil, por el amor de Dios? ¿Por qué tenía la desagradable sensación de que Thomas tenía razón? ¿Y si Luce y Kilian tenían una relación? Pero Thomas aseguraba que Kilian tenía novia. No se podía tratar de Luce.

¿Y si Luce solo era un «rollo» para él?

Me iba a explotar la cabeza. Sentía que la tierra abría un abismo bajo los pies, en el que me engullía y me hacía formar parte de la causa de Luce, y más ahora que había sido vilmente engañada por el chico de quien me había enamorado, y Luce había sufrido una agresión que podría costarle la vida de no despertarse jamás.

¿Quién? ¿Por qué?

Para colmo, Thomas y Kilian habían abandonado el país y

ya nada ni nadie podría pedirles explicaciones sobre lo sucedido con su compañera.

Solo unas frases introspectivas a final de página dejaban claro que en algún momento Luce temió por su seguridad.

> «Huesos y cenizas no acepta mujeres en su hermandad. Han adoptado las bases firmes y estrictas de su predecesora: Calavera y Huesos. No obstante, me he ganado su confianza a base de esfuerzo y de fortalecer mi historia con el Alfil, después de dos años de continuos flirteos y encuentros clandestinos. Puede que yo sea la primera en formar parte de la logia. Yo, Luce Spencer, una chica inglesa becada por Yale, estoy a punto de dejar a un lado todo lo averiguado, y aceptar en mí la filosofía de esta hermandad. O soy uno de ellos o, de lo contrario, el Alfil y yo nunca podremos estar juntos. A cambio, debo pasar una prueba que todos los miembros debemos realizar. Un viaje en el que dé un Salto de Fe definitivo».

Con aquellas últimas palabras en mente y mi corazón acelerado a punto de salirme por la boca, me levanté de la silla, y ascendí las escaleras de la habitación que me llevaban al balcón.

Necesitaba aire fresco. Desde esa diminuta buhardilla descubierta, observé cómo atardecía en Lucca y cómo todavía, algunos visitantes, resistían sus pesados disfraces a pesar del calor por vivir unos minutos más en aquel Mundo de fantasía que tanto deseaban en su realidad.

Pero la vida real era otra. Y yo acababa de aprender la lección cruda y dura en aquella ciudad enmurallada. Un micro país rodeado de paredes de piedra en la que se habían demolido todos mis muros de contención, dejándome desnuda y desvalida, y muy confusa sobre todo lo que experimenté allí.

Pero debía reaccionar, por mucho que me costara.

Tenía entre manos más de lo que me imaginaba. Más que una agresión, más que un posible homicidio... Una investigación hasta la raíz de una conflictiva hermandad que se creía desaparecida; pero nada más lejos de la realidad. Había rebrotado con el nombre de «Huesos y cenizas».

El Estudio que realizó Luce daba constancia de su existencia.

Saqué mi móvil y llamé a Thaïs.

—¿Lara? ¿Estás con Kilian? ¡Venid a la plaza San Martino! ¡Hay fiesta de clausura del festival!

—No puedo. Venid vosotros, tengo mucho que contaros.

HUESOS Y CENIZAS

Dos

Zoo de Barcelona

Habéis permanecido alguna vez en la oscuridad? Sin claridad de ideas, falta de luz, sumida en la penumbra... Con la sensación de que te han metido en un agujero del que no puedes salir, y al que, además, le han echado muchísima arena encima para cubrirlo, con el objetivo de hacer creer que nunca exististe.

Era como si me hubieran enterrado en vida, dejándome sin aire, y tenía la sensación de que desaparecía entre la pena y la rabia. La estupefacción. La incredulidad.

Así me sentía yo después de regresar de Lucca. Después de vivir la semana más intensa de toda mi vida, unos días en los que estuve arriba y abajo como en una montaña rusa emocional que, al final, me dejó suspendida en una caída libre sin frenos de los que tirar ni sujeciones a las que amarrarme desesperadamente.

Di un salto de fe enorme. Y me estampé contra la dura e inmisericorde grava. Un golpe seco, un impacto contra el doloroso suelo.

Experimentar por primera vez el amor y el desamor fue hiriente y devastador.

Pero yo ya lo sabía. Por eso, a pesar de tener solo dieciocho años, nunca quise enamorarme. No quería porque, al final, se recordaban más las hieles que las mieles.

Y a mí me habían roto. *¡Crac!*

La sorprendente aparición de Thomas en mi hotel, cuando yo pensaba que se había vuelto a Estados Unidos, voló por los aires todas mis expectativas y desguazó la imagen que yo tenía de mi aventura con Kilian. La derruyó como haría una bola de demolición. La volatilizó, y la hizo tenue e incorpórea a mis ojos. Todo lo que Thomas me dijo sobre Kilian, el modo en que lo hizo y ese abismo en sus ojos enormes y oscuros... que parecían estar refrigerados... Recordarlo me llenaba de bilis y me dejaba fría, tanto como lo era su mirada negra y hermética.

¿Nada con Kilian había sido verdad? ¿Nada fue real? ¿Y qué hacía yo ahora con mis sentimientos? ¿Cómo se suponía que tenía que afrontar aquella nueva etapa de mi vida en New Haven?

¿Qué iba a hacer cuando en Yale me encontrase a los dos hermanos de frente? ¿Qué haría cuando lo viera a él y a sus ojos amarillos que tanto me habían dicho, y que tan poca verdad tenían?

Porque me los iba a encontrar. Ellos estudiaban allí. Yo estudiaría allí. No coincidiríamos en los cursos porque ellos iban por delante mío... Pero en una universidad como Yale habían cientos de actividades en las que sí concurrían todos los alumnos, fuesen del año que fuesen.

Lo que más me preocupaba era ese primer encuentro. Nunca me había hallado en esa situación, no sabía cómo iba a reaccionar. Me sentía extraña y desconocida, como si algo en mí hubiese cambiado para siempre. Como si hubiese perdido la bolsita en la que guardaba las canicas de pensamientos positivos.

¿Ya no sería la misma nunca más? La sensación en el pecho me oprimía de vez en cuando, cuando algo hacía saltar mi recuerdo y mi agonía. Y a veces, me notaba los ojos húmedos y acuosos como si estuviera a punto de echarme a llorar.

HUESOS Y CENIZAS

Era una mierda. Me habían tomado el pelo tanto que no sabía qué era lo que más daño me había hecho. Si permitir que jugaran conmigo, o esa ponzoña odiosa en el corazón.

Y que conste que no me arrepentía de mi viaje, ni mucho menos. La aventura del premio Alan Turing, la experiencia junto a mis mejores amigos Taka y Thaïs, el haber ganado... fue maravilloso en sí. Pero el peaje para mí se hizo excesivo.

Había tenido tres días para reponerme de aquel huracán vivido en Italia, y había intentado disimular mi aflicción sin demasiado éxito. Intenté por todos los medios evitar las cariñosas preguntas de Gema, contestándolas restándole importancia, añadiendo coletillas chistosas a las respuestas. Y procuré no mirar a los ojos a mi padre mientras le mentía flagrantemente y le decía que todo había ido bien, que tenía dinero en el bolsillo por ganar aquel premio y que nada más había pasado. Omití, sin vergüenza, que había dejado de ser virgen y que me entregué pensando haber encontrado a mi *kelpie,* y en lugar de eso, me di de bruces con una anguila.

Les engañé. No quería preocuparles. ¿Para qué? Suficiente tenía yo con haber modificado mi objetivo real de estudiar en Yale. De hecho, había cambiado radicalmente. Ahora ya no sólo iba a estudiar criminología, que había sido mi obsesión de los últimos años. Ahora había mucho más en mi viaje a Norte América.

A Luce Spencer Gallagher alguien la había querido silenciar, y toda la información que había recopilado del diario de Luce sobre la hermandad de Huesos y Cenizas estaba ahora en mi poder. En mi cabeza. Yo era la única depositaria de todos esos datos y continuaría con lo que había dejado a medias, porque ahora también me tocaba a mí en lo personal. Taka y Thaïs se habían encargado de guardar todo aquel diario en unos archivos prudentemente encriptados y de los cuales podría disponer cuando quisiera, rellenarlos y engrosarlos, aunque con toda probabilidad, con mi don no haría falta ese tipo de consultas porque mi memoria eidética nunca permitía que omitiera u obviara ningún detalle.

Miré al frente y observé aquel león enjaulado, al Rey de la selva, cuyos ojos amarillos como los de Kilian me vigilaban a través de las rejas.

Me encontraba en el Zoo de Barcelona, el cielo se había teñido de colores azules y rosados, y hacía frío. Como aquel día de invierno en el que fui al parque de la Ciutadella con mi madre Eugene y que ahora reconstruía en sueños.

Podía oler la hierba húmeda y sentir la punta helada de mi nariz.

Me agarré a las rejas con ambas manos y colé el rostro entre los barrotes. Cerré los ojos. Notaba la dureza del metal en mis palmas, y rasqué ligeramente con una de mis uñas la pintura con la que habían rebozado el emparrillado que delimitaba la zona de los felinos; la que nos protegía de no ser pasto de las fauces de aquellos hermosos animales, que no dejaban de ser carnívoros, aunque pudiéramos contemplarlos como si en realidad fueran mascotas. No lo eran.

Kilian tampoco era inofensivo. Me había quedado claro.

El león se sacudió y se estiró perezoso en el suelo, sin apartar su atención de mí.

—Me gusta tanto este lugar...

La voz de mi madre a mis espaldas provocó que me diera la vuelta de golpe.

Verla ahí, tan guapa, tan mística y tan viva, sentada en el banquito de madera que había en el caminito de arena que rodeaba la casa de los tigres y los leones, me bañó de calma y también de tranquilidad. Su mirada azul con motitas amarillas, como la mía, siempre me sosegaba, y me recordaba de dónde venía. Sujetaba un café para llevar en su mano izquierda. A ella le encantaba doble y largo. El olor de aquella bebida bermeja y bien caliente se me subió al cerebro hasta el punto que casi podía saborearla.

Ahí estaba, contemplándome con una sonrisa, mirándome de arriba abajo. Yo no sabía ni qué llevaba puesto.

Pero me descubrí con un plumón rojo oscuro con capucha, unos tejanos y unas Panama Jack. Así fui al zoo con ella una vez.

—Hola, mamá.

Ella dibujó una sonrisa amplia y comprensiva y golpeó su lado vacío del banco con sus elegantes dedos para que yo me sentara. El anillo de casada repicó contra la madera y refulgió a mis ojos.

—Ven, siéntate aquí a mi lado, Larita.

Yo la obedecí. Arrastré mis pies hasta la banqueta y tomé mi lugar.

Mi madre se quedó mirando al frente, al león, y yo dejé caer mi cabeza hacia al lado, para apoyarla en su hombro. Ella me ofreció su café y yo lo tomé encantada.

—Creo que lo necesitas más que yo —añadió sin más.

Yo asentí y me llevé el vaso a los labios. Beber su café agudizaba más su recuerdo y la hacía todavía más real. La podía tocar, estaba ahí conmigo. Presté atención a su perfil y me maravillé de lo guapa y perfecta que era a mis ojos. Sus rizos negros y salvajes alrededor de su rostro ovalado. Sus labios gruesos, aquella nariz pequeñita y sus pómulos altos. Tenía unas cejas con una forma muy sensual que daba más vida y misterio a su mirada.

Es que era preciosa. Para mí lo era. Y para mi padre también. Para todos los que la conocieron, Eugene era una beldad inteligente y cariñosa cuya ausencia había dejado un vacío que nada ni nadie podía reemplazar jamás.

Llevaba un abrigo largo negro, por debajo asomaban sus tejanos ajustados que cubría con unos botines igualmente oscuros. Un chal rojo enredaba su cuello como si fuera una bufanda.

—¿Ya lo tienes todo listo, Lara? —me preguntó.

Yo asentí y le devolví el café. Las puntas de nuestros dedos se tocaron y me llené de amor.

—Sí —contesté.

En poco menos de seis horas mi avión partiría hasta Estados Unidos. Y ya tenía mi equipaje y todos mis bártulos listos para emprender mi nueva vida.

—¿Y ya sabes dónde te estás metiendo? —mi madre me miró de reojo y vi un destello de preocupación. Ella nunca me prohibiría nada, pero su lenguaje corporal hablaba por sí solo.

—Esto no lo elegí yo. Ellos se cruzaron en mi camino. No pensé que Lucca me cambiaría tanto y que provocaría este... terremoto interior en mí.

Mi madre se mantuvo en silencio durante unos segundos y después dijo:

—Uno nunca sabe qué es lo que le va a cambiar la vida, ¿verdad? Pero cada paso y cada decisión que tomas, Lara, provoca una reacción en ti y en tu alrededor. Cambia tu vida y crea una serie de modificaciones a las que puede que no estés preparada. Nunca se sabe si son para bien o para mal. Solo el tiempo lo dirá. Tienes que seguir caminando, cielo —pasó su brazo por encima de mis hombros y me acercó a ella. Sentí su calor, olí su perfume y me abracé rodeando su cintura con fuerza. Ojalá no tuviera que dejarla ir—. ¿A qué le temes?

—A los cambios. Al no saber cómo seré a partir de ahora.

—¿Y quién lo sabe? Te acuestas siendo una persona y te levantas siendo otra. Cambiamos las veinticuatro horas del día, nena. Somos influenciables —asumió tranquilamente.

—Tengo miedo de sentirme así. Llevo muchos años luchando

para no sentirme de nuevo...

—¿Vulnerable? —sonrió y posó sus labios sobre mi cabeza—. Mi partida te dejó vulnerable. Pero te repusiste, Lara.

—Nunca me repondré de eso, mamá —le aseguré—. Puedo sobrellevarlo a mi manera, pero algo así jamás se supera.

—Lo sé. Pero, mira —me acarició el pelo como solo ella sabía hacerlo—, es bonito no tener el control de las cosas. Es bonito exponerse y muy necesario para madurar. No tengas miedo de eso.

—Kilian me engañó. Esos chicos me engañaron —sentencié—. No logro comprender por qué me ha pasado esto.

—¿Por qué? —dejó ir una risotada—. Porque es lo que pasa cuando nos enamoramos. Cuando empezamos a crecer. Hacemos auténticas locuras, nos caemos, nos desgarramos, nos decepcionamos y nos volvemos a ilusionar.

—¿Tú sentiste por papá lo que yo siento por ese chico?

Mi madre se encogió de hombros sin saber muy bien qué contestar.

—Cada uno siente el amor a su manera, cielo. Yo amaba a tu padre con toda mi alma. Pero ya sabes que las O' Shea tenemos una leyenda.

–Lo sé.

—Entonces, sabiendo eso, si es amor de verdad —susurró mi madre mirando al león ensimismada— entrarás en su guarida sin medir las consecuencias y sin miedo a recibir zarpazos. A pesar de que ese león sea enorme.

—El león no sólo es enorme, mamá. Es malo —aclaré cruzando un tobillo sobre el otro.

—Ningún león salvaje es dócil, Lara. Nunca lo son. Además, a ellos les gusta medirse a rivales de misma bravura y rango.

Me sorprendió que mi madre me viera como una leona. No lo era. En absoluto.

—No soy una leona —la rectifiqué—. Ahora mismo tengo el espíritu combativo de un topo. Me siento como si estuviera bajo tierra.

Ella me miró fijamente y negó con la cabeza.

—Yo sí estoy bajo tierra. Tú no.

Aquello fue como una bofetada. Sus ojos azules mostraron una crudeza que me fulminaron.

—Como yo lo veo, tienes dos caminos. Pero con lo que has descubierto, me temo que ambos confluirán en el mismo lugar.

—¿Y qué lugar es ese?

—El lugar donde reposa la verdad. La verdad sobre ti. La verdad sobre Luce. La verdad sobre el león. ¿Muerde el león o solo ruge?

Yo oscilé las pestañas y desvié la mirada hacia el Rey de la selva.

¿Mordía? ¿Rugía? ¿Ambas cosas?

—Céntrate en vivir tu vida en Yale y en seguir hacia adelante —me recomendó dulcemente—. Tu camino no permite que des marcha atrás, Lara. Es unidireccional. Eres una chica especial. Tanto como yo lo fui. Tanto como todos podrían serlo. Solo que nosotras hemos tomado la decisión de no ignorar lo que vemos. Aunque sea peligroso.

—Y lo será, mamá. Será muy peligroso. Todo lo que he leído en el diario de Luce sobre esa hermandad... —me estremecí—. Es muy inquietante.

—Ay, Lara... —apoyó su mejilla en mi cabeza—. La vida es peligrosa de por sí. Y no por que haya gente mala a la que le guste hacer daño, sino por la pasividad de la gente que lo ve y no hace nada por evitarlo. Por eso tú eres diferente. Por eso debes ir a Yale, aunque le temas a todo, y descubrir lo que sea que vayas a descubrir. Pero nunca bajes la cabeza. Llevas sangre O'Shea. Lucha. No huyas.

—No voy a huir.

—Así me gusta —me reconoció más contenta.

Ambas permanecimos en silencio, abrazadas, sentadas en aquella banqueta del zoo. Disfruté de la suave brisa que meció nuestras melenas y que las enredó como si fueran una sola, y pensé en lo reconfortante que era estar con mi madre, aunque fuera así. En un mundo que era real solo en mi cabeza. Pero ¿qué más daba?

Era mi mundo. Mi secreto. Mi don.

—¿Mamá?

—¿Sí, cariño?

—Te echo de menos.

Ella exhaló como quien intenta quitarse la pena de encima.

—Siempre me tendrás, Larita. Siempre.

El cuco del despertador que había colgado en el tronco del árbol ubicado a mi mano derecha salió de su casita y empezó a piar.

Yo lo miré extrañada.

—Despierta, dormilona —me decía—. Hoy empieza tu nueva vida.

Fruncí el ceño y después miré a mi madre que parecía divertida de ver mi expresión.

—Despierta. No hagas esperar a Gema.

Yo negué con la cabeza. No se me pasaría por la cabeza. Mi pijastra era una auténtica máquina implacable de despertar.

—Hasta luego —me dijo mi madre.

Se inclinó hacia mí y me dio un beso en la mejilla.

Antes de abrir los ojos y de salir de mi sueño, me permití el lujo de recordar el tacto de los labios de mi madre sobre mi cara y las cosquillas de sus rizos en mi garganta.

Sí. La echaba muchísimo de menos.

Cuando abrí los ojos, fue la mirada risueña de Gema la que me miraba con atención. Estaba emocionada por mi viaje y me dirigió una sonrisa radiante. Llevaba el pelo liso recogido en una coleta. Y se había puesto un maquillaje muy discreto que la hacía natural, como si en realidad no fuese pintada.

—Lo que daría por tener tu edad ahora mismo, Lara —admitió con ilusión sacudiéndome por las piernas—. Tu madre seguro que estará súper orgullosa de ti esté donde esté. Vas a ir a su misma universidad. Incluso puede que puedas descubrir cosas sobre ella. Y todos esos chicos que vas a encontrar por el camino... —volteó los ojos—. Juventud, divino tesoro.

Me dio un beso en la mejilla y me espoleó para que me levantara.

—Venga, que te llevamos al aeropuerto.

Me medio incorporé y me quedé sentada en la cama. Mientras Gema iba de un lado al otro de mi habitación inspeccionando las maletas y demás, me hizo pensar en cuánto la quería. La quería mucho, precisamente, porque nunca quiso sustituir a mi madre, aunque me quisiera como a una hija.

Y por eso, por respetar mi recuerdo y mi espacio, se había ganado para siempre parte de mi corazón.

En el aeropuerto, mi padre cargaba con una de mis bolsas al hombro y sujetaba la mano de Gema con la otra. Yo arrastraba mi maleta con ruedas, tenía una *backpack* colgada a la espalda y otra bolsa de asa pendía de mi codo. Todo mi equipaje iba a conjunto, y era culpa de mi pijastra que quería convertirme en alguien que fuera a la moda y tuviera estilo. Ella misma me lo compró y lo encargó por internet. Las bolsas llegaron hacía tres días, cuando estaba en pleno auge de mi humor sombrío y mi autoflagelación. Entonces no me hizo demasiada ilusión ver un conjunto de viaje de Samsonite modelo Lite Dlx, por muy bonito que fuese. Me dio bastante igual.

—Aquí podrás meter todo lo que quieras. No necesitas más —me había dicho Gema emocionada—. No puede faltarte de nada, ¿vale?

Pero ahí no había acabado su manía por elegirme las cosas. No sé cuánta ropa me había comprado, todo trapos caros y que no tenían demasiado que ver con mi estilo. Sin embargo, era ropa que me quedaba bien. Y tenía muy buen ojo con las tallas.

Thaïs ya había hecho de las suyas conmigo en Lucca, y me había animado a vestirme de otra manera y a sacarle partido a mi expresión con pinturitas y maquillaje. Y lo cierto era que, cuando veía mi reflejo en el espejo, no me veía tan mal. Sí diferente. Pero mal no. Así que había tomado la determinación de hacer aquello que me levantara la autoestima y que no me hiciera sentir como una mierdecilla poca cosa (aún me ardía el insulto de «cazorrita» que me había dirigido Thomas. ¿Cuánto se habrían reído esos dos hermanos a mi costa?).

Como fuera, si maquillarme y arreglarme me ayudaban a sentirme mejor, lo seguiría haciendo, porque no estaba en situación de dar la espalda a nada que elevase mi estado anímico.

Además, ¿cuál era mi estilo? Sí. Ropa ancha, la mayoría oscura, mangas largas que me cubrían las manos, bambas Converse planas, y solo cacao para los labios. Excepto por algunas excentricidades frikis que tenía en gorras y en calzado deportivo, no tenía nada con demasiado color. Pero por lo demás, siempre había procurado no llamar demasiado la atención. Pasar desapercibida. Porque para alguien que apenas se veía era más fácil observar y estudiar su entorno. Y yo lo estudiaba todo, incluso inconscientemente. En cambio, no podría hacerlo si atraía los ojos de los demás.

Pero ¿qué había de malo en vestir diferente y cambiar? ¿Qué había de malo en sentirme un poco mejor? Nada iba a cambiar por vestirme como una chica normal, aunque Thaïs y Gema dijeran lo contrario.

Puede que mi pijastra me hubiera renovado el armario pero yo también llevaba mis propias prendas. A las malas, siempre podría combinarlas, para cuando quisiera desaparecer y recuperar a la antigua Lara. Aunque nunca podría volver a ser como era antes. De eso estaba segura.

Una nunca podía ser la misma que era después de sufrir un varapalo, y yo era experta en varapalos, pero también lo sería en reinventarme. La charla astral con mi madre me había ayudado, y estaba decidida a no rendirme. A luchar. ¿Qué otra cosa podía hacer? No iba a convertir mi viaje en un paseo por el infierno, ¿no? No había estudiado durante tantos años para verme en esas condiciones.

Me presentaría en Yale con la barbilla bien alta y con un as bajo la manga. Iba a desenmascarar a los hermanos Alden, iba a averiguar qué más sabía Luce sobre Huesos y Cenizas, y quién y por qué la empujó de la torre.

—¿Estás segura de que no te has dejado nada? —los ojos claros y preocupados de mi padre se posaron sobre mí.

Estábamos ya en la entrada de la terminal. Tenía que dejarlos atrás. Debía despedirme de ellos. Pero lo miraba y se me hacía una bola en la garganta. ¿Por qué lo veía tan mayor si no lo era? Su pelo oscuro y entrecano estaba desordenado, como siempre. Su camisa blanca tenía los dos últimos botones desabrochados y en la barbilla aparecían pelitos rasurados cortos y blancos. Pero seguía siendo muy atractivo.

Negué con la cabeza y sonreí para que se tranquilizara.

—Papá, no me voy a la guerra. Deja de mirarme así. Voy a una universidad en Estados Unidos. Nada más.

—Eres mi hija. Puedo ponerme como me dé la gana. Y no voy a verte en mucho tiempo, así que ven aquí —me agarró de los hombros y me atrajo para rodearme con sus brazos. Me encantaban esos abrazos de oso, aunque nunca lo reconocería.

Miré a Gema por el rabillo del ojo y abrí el brazo para que ella también se uniera a esa manifestación de amor familiar. No tardó en unirse.

—Ten cuidado, eh, hijastra —me dijo ella—. Nada de fijarte en profesores, ni en alumnos que lleven repitiendo desde el dos mil —bromeó. O eso esperaba.

—Descuida. No creo tener ningún trauma paternalista como para buscarme un novio tan mayor como mi padre.

—Eso espero. Porque padre solo hay uno. Y soy yo —aclaró él muy serio.

Cuando por fin nos separamos, mi padre tenía el rostro hecho un poema. Mi marcha le afectaba mucho. Por suerte, no estaba solo. Lo acompañaría una buena mujer a su lado que cuidaría de él. Por eso también me iba tranquila.

Gema me miró con orgullo y peinó mi pelo con sus dedos de uñas perfectas.

—Vas a romper. Si dejas de esconderte en esos sacos que tienes por sudaderas y muestras tu cara, los tendrás a todos comiendo de la mano.

—No quiero dar de comer a nadie —repuse—. Solo voy a estudiar —ya quería ir yo solo a eso. Pero en realidad, iba a enfrentarme a mis peores pesadillas—. Me voy a centrar en mis asignaturas y en...

—Tienes que buscar una hermandad buena —me sugirió

Gema entrelazando los dedos de sus manos—. La alfa gama, la pi, peta zeta...

—¿Peta zeta? —me reí.

—Sí, como sea —no le dio importancia a si lo había dicho mal o no—. Y nada de hermandades feministas donde solo acepten chicas —me señaló con un dedo—. Que las lesbianas son muy seductoras... Aunque, por otro lado —se quedó pensativa— si quieres ser lesbiana, lo mejor es en la universidad, donde más locuras se cometen... Pero no te lo tomes en serio. Solo experimenta, ya sabes.

—Por Dios, Gema —mi padre no se lo podía creer.

Yo entrecerré los ojos. Conociendo a esa mujer, seguro que ella había tenido algún escarceo lésbico en sus tiempos estudiantiles.

—Cariño, borra eso último de tu cabeza —me pidió mi padre—. Tú solo clava los codos y no te fijes en nadie. Hasta los treinta nada de novios.

Pues lo llevaba claro mi padre. No tenía ni idea de lo que había hecho en Lucca, y así debía ser.

Tres

Y yo te busco, te miro y te enseño que...
Tengo una cosita para ti, una cosita para ti...

Escuchaba esa canción de Minna Singer con los cascos puestos y la mirada fija en las montañas americanas bajo mis pies, abstraída en mis pensamientos.

Alguien me dio con el dedo varias veces en el hombro, y me aparté de ellos. Me descolgué el casco de la oreja.

—¿Sí?

—Por favor, señorita —dijo la azafata— . En cinco minutos iniciamos el descenso. Debería apagar el móvil.

Yo asentí con la cabeza, pero esperé a que la canción, que me ayudaba a visualizar mi futuro, finalizara.

Como el suspiro del recuerdo me llegó
una cosita para ti, para ti

Iba a aterrizar en mi nueva vida, mi nuevo hogar durante los cuatro años que me durara la carrera. Atrás había dejado a mi padre y a Gema, que se pasaron todo el domingo y parte del lunes despidiéndose de mí y llenándome de arrumacos que, por cierto, necesitaba como el aire para respirar.

Porque de Lucca había salido tocada y hundida. Tocada en cuerpo, mente y espíritu.

Pero, esta vez, no solo iba a estudiar a la facultad. Había modificado mis objetivos, y mis prioridades; y entre ellas, estaba licenciarme, por supuesto, pero también, enfrentarme a Kilian y a Thomas, y continuar con lo que Luce había iniciado, que seguía en coma, y a la que habían trasladado a Inglaterra.

Después de hablarlo con Taka y Thaïs, coincidimos en que lo que tenía en mi poder era información muy gorda. Ellos me ayudarían en todo lo que pudieran para averiguar la realidad de lo que pasó.

Luce había descubierto cosas incómodas acerca de la hermandad, y yo estaba dispuesta a descubrirlas y corroborarlas antes de sacarlas a la luz. Pero no podía llevar esa información encima: ni en USB, ni en el disco duro del ordenador, ni en una cuenta Dropbox. Nada, porque tenía que cubrirme las espaldas.

Nadie debía sospechar jamás de mí. Nadie.

Por eso, memoricé en mi mente cada página, y añadí imágenes asociativas en cada numeración, colocando en la parte superior de las planas la imagen de una calavera. Ni una igual. Todas distintas. Cuando quisiera tirar de archivo y releer información, recordaría las calaveras y después podría visualizar la información de cada folio.

Indagaría hasta las entrañas de la logia, y descubriría la verdad sobre el accidente de Luce, desenmascararía al individuo que la empujó, y sobre todo, resolvería y ahondaría en el misterio que rodeaba a los *Huesos y cenizas*.

Y lo haría con la rabia de mi corazón aplastado. Seguiría adelante a pesar del peligro que suponía jugar en esa liga mayor de la que Kilian tanto alardeaba. Una liga en la que me podría meter con la mitad del dinero del premio Turing. La otra mitad se la dimos a los padres de Luce, para que pudieran encargarse de los cuidados de su hija.

Thomas no me esperaba, y eso era lo extraño. Porque cuando

se despidió de mí en el hotel, no dijo nada sobre mi futura estancia en Yale.

Pero Kilian sí lo sabía. ¿Por qué no le dijo nada?

Esas y más preguntas retumbaban en mi mente, y me encargaría de dar respuesta, contestaría a todas y cada una de ellas, a pesar de que lo que descubriera al final, pudiera incriminar a mi *kelpie* traidor; al chico de quien, erróneamente y por una fatalidad del destino en el que yo aún creía, me había enamorado hasta los huesos.

Y había convertido mi sueño en cenizas.

Connecticut

Después de un larguísimo viaje en el que tuve que hacer dos escalas Barcelona-Filadelfia y Filadelfia-New Haven llegué por fin al Aeropuerto Regional Tweed-New Haven HVN.

Cogí un carrito para poder cargar con todas las maletas Samsonite que me había regalado Gema, y con este a cuestas, salí al exterior donde pedí un taxi que me trasladara hasta la facultad.

Al llegar a Estados Unidos tuve una extraña sensación de familiaridad, a pesar de no haber estado nunca allí. Era lo que tenía pisar un continente desgastado en todas las películas con las que nos bombardeaban a los europeos. Parecía que ya conocía aquel lugar, aunque al final cada rincón acabaría sorprendiéndome.

Olía diferente. Olía a América. A sueños por cumplir y a desafíos aceptados. Y aunque sentía una ligera angustia por lo que pudiera pasar en cuanto llegara a mi facultad, me sentía mejor, más renovada, y decidida a abrazar esa aventura con todo lo bueno y todo lo malo.

El taxista cargó con todo mi equipaje excepto con mi mochila que accedí a llevarla conmigo. Desde el aeropuerto a Yale habían unos ocho kilómetros, así que no tardamos más de diez minutos en llegar. Eran las nueve de la mañana cuando el coche recorrió los derredores del campus por primera vez.

Al llegar a Yale, simplemente, me quedé cautivada por las estructuras de los edificios de esa increíble Universidad que se convertiría en mi casa durante los próximos cuatro años, si todo iba como esperaba. Lo habían bautizado como «el campus urbano más bello de América», y a pesar de no tener ni idea de arquitectura, no iba a quitarle razón a tal afirmación. Me parecía descomunal. Y eso que no había visto nada todavía y que el taxi solo me había dejado en la manzana que ocupaba la residencia en la que me iba a hospedar: Trumbull College. Una de las doce de las que constaba aquella ciudad.

Ahí, cada colegio especializado ocupaba una manzana entera de la ciudad, y todas estaban ubicadas alrededor de sus respectivos patios interiores.

Había leído mucho sobre Yale, pero más aún había absorbido a través de los ojos de Luce a aquel complejo estudiantil, y si mi orientación no me fallaba, sabía que no estaba nada desubicada y que podría adivinar dónde se encontraba cada edificio. Luce había fotocopiado planos de la Universidad y marcado lugares especiales para ella. Con el tiempo, los visitaría. Me moría de ganas de ver cómo de grande era aquel universo oscuro y secreto que la joven periodista había plasmado en sus informes.

Pero nada me había preparado para estar ahí, nada me había preparado para esa avalancha emocional que me hacía temblar por dentro.

De ese excelso campus universitario habían salido cuatro ex-presidentes de Estados Unidos, quinientos treinta parlamentarios, sesenta secretarios de Estado y diecinueve jueces de la Suprema Corte de Justicia, en una larga tradición de servicio público y en una interminable estirpe de gente poderosa e importante. Estaba en el nido de donde salían los mejor polluelos, los que mejor vuelo poseían.

Cuando salí del taxi me pareció estar dentro de una película de universitarios. Casi irreal. El taxista, muy amable, descargó todo mi equipaje y lo dejó a mis pies.

—¿Quieres que te los lleve hasta tu habitación? —me preguntó—. Llevas mucho equipaje.

Yo no sabía qué era lo que tenía que hacer porque aún estaba intimidada por tanta belleza. Hasta que escuché a una chica acercándose a toda prisa, con mucha decisión y su cola rubia y corta oscilando a un lado y al otro de su cabeza.

Era regordeta, llevaba una blusa rosa y unos tejanos que le apretaban bastante, y unas Converse de bota alta de color negro. Sonreía de oreja a oreja sin dejar de mirarme.

—Ya te ayudo yo —exclamó colocándose frente a mí.

—Hola. Gracias —la saludé.

—Hola, de nada. Soy Amy Stickhouse. Me encargo de dar la bienvenida a los alumnos extranjeros de primer año —me dio la mano y yo se la estreché con gusto—. Bienvenida a Yale…

—Ah, Lara —me presenté sonriéndole igualmente.

—¡Lara! Entonces eres mi compañera de habitación —exclamó—. Coco se fue este verano pasado y me iban a asignar a una nueva. Eres la alumna española, ¿verdad?

—Sí —contesté. Era un vendaval y me cogió por sorpresa. Me di la vuelta para pagar al taxista, y después cogí mis bolsas al hombro, pero Amy me las quitó de golpe y señaló a las maletas con ruedas con la barbilla.

—Bien. Tú lleva las trolley, anda. Estás muy escuchimizada para cargar con tanto peso. Yo soy puro músculo —marcó bíceps. Pero de esa masa de carne no emergió ningún músculo circular.

Mientras caminábamos por el caminito de grava alrededor de la plaza central, no podía dejar de mirar a mi alrededor. Solo estaba en la residencia Trumbull, conformada por edificios de arquitectura gótica, piedra grisácea y caliza. Mirase donde mirase habían arcos apuntados, bóvedas de crucería y amplias vidrieras y rosetones que dejaban el paso a la luz para que iluminara espacios de manera críptica y mágica.

Solo era una residencia. Pero joder, tenía la sensación de estar ingresando en Hogwarts. Aunque allí no había magos con varitas.

—Estamos en Trumbull, una residencia universitaria de más de cuatrocientos estudiantes que intentamos vivir y convivir en armonía. Algunos profesores viven aquí con sus familiares, pero ya te diré en qué plantas están, para que no les molestes mucho —me explicó Amy mientras traspasábamos las puertas del edificio e ingresábamos en una plaza jaspeada de verde, con banquitos rojos en los que me apetecía estirarme y descansar—. Soy una *fellow* —me explicó—. Me encargo de guiar a los estudiantes extranjeros en sus primeros días en Yale. Si necesitas cualquier cosa, solo tienes que decírmelo. Pero dado que vamos a ser compis, eso ya se sobreentiende.

Yo se lo agradecí sin más. Era muy importante llegar a un sitio desconocido y que alguien te prestara ayuda de inmediato. Me haría todo mucho más llevadero.

Los *fellows* eran residentes que se prestaban voluntarios para hacer tareas de refuerzo y guías para los alumnos. Eran, en realidad, una especie de delegados. Debían ser responsables, y poseer notas muy altas, además de cursar como mínimo el segundo año de la licenciatura.

—Te va a encantar nuestra habitación —me decía Amy sin borrar aquella sonrisa autosuficiente en su ovalado rostro—. Tiene unas vistas maravillosas del jardín, y es muy amplia. Espero que no te moleste cómo tengo decorada mi parte. ¿De dónde eres?

No me dio tiempo a imaginarme qué tenía en su parte de la habitación porque inmediatamente continuaba con otra pregunta. ¡Menudo torbellino!

—Soy de Barcelona.

Amy se dio la vuelta y abrió los ojos para mirarme de par en par.

—¡No te creo! En cuanto acabe la universidad quiero ver esa maravillosa ciudad. Sus playas, su luz, su cultura, su arquitectura… —entrelazó las manos de manera entusiasta—. La Rambla. La Sagrada Familia. Soy una enamorada de Gaudí. Y quiero ver el parque Güell y…

—Eres estudiante de arquitectura, ¿verdad? —le dije sin más.

Ella se calló de golpe.

—Segundo año, sí. ¿Cómo lo has sabido?

—Intuición —bromeé—. Es extraño oír hablar de esos artistas con tanta pasión en boca de un americano.

—Lo sé —contestó—. Somos un poco paletos. Pero yo aumentaré la media cultural de mis conciudadanos.

Eso me hizo sonreír. Esa misma frase le dije yo a Kilian sobre los bichos raros. Pensar en él y saber que estaba en «su casa» me puso nerviosa de golpe. ¿Y si aparecía por sorpresa? No. Ni hablar. Odiaba las sorpresas. Prefería llevar el control de la situación y dar con él sabiendo que me lo iba a encontrar, así sabría cómo enfrentarme a él y a su hermano.

—Bueno, venga vamos —me animó de nuevo llevando mis mochilas a cuestas—. ¿Qué llevas en estas bolsas? ¿Ikea entero? —

me soltó.

Sí. Decididamente, Amy me iba a gustar.

Ya me caía bien, y yo siempre me fiaba de las primeras impresiones.

Llegamos a nuestra habitación después de cientos de miradas que me perseguían y se dejaban caer sobre mi persona. Sin duda, era una estudiante novata, extranjera, y al parecer, en aquella zona de la residencia debía ser la única, porque no me quitaban la vista de encima.

Amy se movía como pez en el agua, era como una especie de Relaciones Públicas. Saludaba a todos, y lo hacía de mil maneras diferentes. A uno le chocaba la mano y le llamaba por su nombre de pila, a otro le guiñaba un ojo, a otra le silbaba y la piropeaba... Se veía que era una *fellow* muy querida.

El alojamiento que me habían otorgado era para becados de carreras universitarias, con una excepción: me habían becado y me habían dado ese tipo de estatus desde mi primer año, cuando en teoría, ese privilegio se ofrecía a partir del segundo. Sin embargo, mi nivel de inglés y mi media de diez, además de una matrícula de honor en el trabajo final que hice en inglés sobre la psicología y las conductas errantes del *bullying* me habían facilitado la mejor carta de presentación posible. Era consciente de que iba a llamar la atención en el profesorado, pero no quería agobiarme ni sentirme presionada.

Mi habitación era grande, estaba en la primera planta de la residencia y poseía dos preciosos ventanales con arco en cada lado del habitáculo. Mi zona estaba decorada con los muebles que pedí hacía días y que montaron con gusto, todos blancos, para que contrastara con el parqué. Había ido a lo barato, obviamente. Ikea iba genial.

Tenía una cama diván con un enorme respaldo blanco, un escritorio esquinero con librería cerca del ventanal; bajo este se encontraban dos cómodas grandes con cinco cajones cada una. Unas cuantas baldas en forma de cubos se hallaban repartidos por la pared. Y pegado a los pies del diván, había un armario ropero del mismo color.

Me encantó el olor que desprendía a madera. Pero inmediatamente después, me quedé cegada por los colores que desprendía la zona del cuarto de Amy. Pero ¡por Dios! Era como estar en Barcelona.

Había pintado su parte de la pared como si estuviera en un mirador de la Pedrera y de fondo se encontrara el mar y las siluetas de algunos monumentos de mi ciudad. Había incluso las famosas lagartijas del Parque Güell que moteaban el mural. Era increíble. ¿Cómo no iba a gustarme eso? Era como estar en casa.

—Vaya, Amy… —murmuré sin palabras.

—Lo sé —exhaló satisfecha admirando su obra y dejó las mochilas en el suelo—. Es una pasada, ¿verdad?

—¿Lo has pintado tú?

—No. Me lo hizo un ligue de la facultad de Arte… —contestó sin más. Se dirigió a su cama y se dejó caer en ella como si fuera la Reina de su mundo. Abrió los brazos—. Este es mi lugar favorito de la Universidad.

—Es… —asentí con sorpresa—. Es increíble. Me gusta mucho.

—Te lo he dicho. Quiero ir a Barcelona un día y ver todo esto —señaló el mural— con mis propios ojos. A lo mejor, si me caes bien del todo puede que te deje acompañarme —me miró de reojo.

Yo parpadeé y dejé ir una carcajada un tanto cortada.

—Ya veremos. Soy un poco rarita —contesté estudiando la disposición de mi mobiliario. Estaba todo en su sitio. Justo como quería—. ¿Y si te caigo mal?

—Entonces, podremos compartir el avión, tía —se dio una palmada en el estómago—. Pero después me iré con algún buenorro que me haga de guía turístico.

Caramba. Amy era una de esas chicas extrañas y raras de ver. Sin complejos, con una seguridad aplastante y una autoestima por las nubes. Thaïs era así también, aunque ambas fueran diametralmente opuestas.

Mientras que mi mejor amiga tenía cuerpo de súper modelo y vestía siempre a la moda, Amy era una chica muy grande y rellenita con un estilo un tanto alternativo. ¿Eran tatuajes lo que asomaba por debajo de las mangas rosas de su camisa?

—¿Quieres que te ayude a desembolsar y a instalarte?

—No —di una ojeada a mi alrededor—. Creo que podré apañármelas yo sola.

—Bueno, ¿cuánto crees que tardarás? —quiso saber levantándose como un rayo—. Hoy empiezan los escaparates de las hermandades, por si quieres entrar en alguna de ellas. Si acabas pronto, podemos ir a dar una ojeada.

Me quedé un tanto pensativa. Me interesaban las hermandades, obvio. Pero antes necesitaba aclimatarme un poco.

—No sé si tendré tiempo hoy —tenía mucho que desempaquetar y mucho que instalar.

Amy se hizo la sorda y añadió.

—Perfecto. Te paso a buscar en una hora y media. Nos daremos una vuelta por el Campus.

Sonrió y se dio la vuelta para salir de la habitación, dejándome con la palabra en la boca.

Dejé la mochila que llevaba a la espalda sobre el colchón desnudo que tendría que cubrir. Aquello era una mudanza. Y seguro que me sentiría un poco mejor en cuanto viera todas mis cosas bien colocadas en su lugar.

Necesitaba sentirme un poco más arropada, aunque mi verdadero hogar estuviese al otro lado de un mar infinito, en otro continente.

Resoplé, me quité la chaquetilla de punto que llevaba, me arremangué el jersey blanco de algodón y me recogí el pelo en un moño mal hecho.

—Manos a la obra, Lara —me dije.

Y eso hice. Me puse a trabajar.

HUESOS Y CENIZAS

Cuatro

Antes de nada me conecté al wifi de la residencia. Escribí a mi padre, a Taka y a Thaïs para decirles que había llegado y que todo estaba bien, y les mandé una foto de mi nueva habitación. No sé qué hora sería en Barcelona, pero mi padre no tardaría en contestar. Eso seguro.

Me pasé un buen rato para sacarlo y ordenarlo todo. En mi escritorio coloqué mi MacBook Pro de 15,4 pulgadas, mi iPad Pro con su teclado y el cargador, la impresora wifi y bluetooth Canon de color blanco. Guardé parte de los libros de cabecera que me gustaba leer de vez en cuando en la parte de la librería del mismo escritorio esquinero. Llené los cajones con estuches, grapadoras, clips, chinchetas y todos los objetos de papelería que había traído de Barcelona. Todo esto de por sí había ocupado toda una maleta.

Intenté seguir un orden para la ropa; en la parte de arriba de los cajones la ropa interior y los calcetines. Después coloqué los jerseys y las camisetas de manga corta, así como ropa de deporte, sudaderas, pijamas y otro tipo de prendas que no se arrugaran en los cajones de abajo. Utilicé el zapatero para los zapatos. Obvio. Algunos no me los había puesto nunca. Me encantaba ir en deportivas, y de repente, después de Lucca y el ataque frenético de Gema por vestirme como una muñeca, tenía un ropero que casi desconocía. Un armario lleno de arriba abajo y de izquierda a derecha, con un montón de chaquetas, tejanos, faldas, bolsos, mochilas, vestidos (o sea, vestidos) y un montón de modelitos que tardaría lo mío en saber combinar. Pero me dije que vivía con una artista, ella sabría qué colores pegaban más con otros.

Llené mi parte del baño con mis productos, mis neceseres y estuchitos de maquillaje aún si abrir. Puse los ojos en blanco cuando vi un kit rizador de pestañas. Por favor, la mujer de mi padre era una maníaca de la estética y la belleza. Dejé mi colonia, *Delicious* de manzana, sobre el tocador del baño, y mis zapatillas de después de la ducha de color blancas al lado de las de Amy, que eran de Bob Esponja. Sí, Bob Esponja.

Después abrí los compartimentos inferiores del diván y saqué las sábanas, el cubrecamas, el nórdico y los cojines. Y en su lugar, metí las maletas completamente vacías.

La colcha de mi cama era blanca y a rayas verticales de color rosa palo y negras. Los cojines también tenían los mismos colores. Al final, guardé mis pastillas de dormir en una de las estanterías con puerta que quedaban encima de mi cabeza.

Cuando acabé, me coloqué en medio de la amplia habitación y vislumbré cómo había quedado todo. Y la verdad era que no quedaba nada mal. El orden me hacía sentir un poco más tranquila.

Ya me había instalado. Ahora solo me hacía falta aclimatarme. Me concentré tanto en mi tarea que no escuché el ajetreo del exterior y las idas y venidas de los alumnos que iban llegando en su nuevo año a Yale.

Al día siguiente empezarían las clases, y todos llegaban un día antes para poder hacerse a la Universidad con un poco de tiempo.

Los *fellows* aparecían solícitos para ayudar a los nuevos y dar la bienvenida a aquellos con los que se reencontraban después de un largo verano.

Me gustaba ese sitio. Me gustaba cómo olía, lo bien cuidado que estaba el jardín, lo limpio que parecía todo, y el orden y la disciplina que se respiraba, y eso que solo me encontraba en mi residencia y que no había visto nada más. Pero lo poco que mis ojos admiraron me fascinó.

Tal y como había dicho Amy, a lo largo y ancho del Campus se habían desplegado carpas con folletos informativos sobre todas las hermandades que convivían en Yale. Estaban intentando captar a nuevos integrantes, a nuevos «hermanos» que seducir.

Kilian me había mentido a la cara cuando le pregunté sobre su tatuaje y él me contestó que era un «rollo de hermandad». De la hermandad de Neptuno de Utah. Y yo me lo creí a ciegas. ¿Por qué razón iba a mentirme? Entonces no tenía motivos para dudar de él. Pero ahora sabía que era un mentiroso.

Tenía que meditar si era bueno para mí estar en una de ellas, o si lo mejor era alejarme para que nadie me etiquetara y así, con discreción, poder seguir con la labor de Luce en secreto. Esa chica había investigado mucho sobre Huesos y Cenizas, y aunque creo que con el paso del tiempo, por amor, perdió de vista aquello que quería descubrir, nada de eso empañaba lo que había intentado destapar. Algo que yo aún tenía que averiguar, porque aparecía de manera velada en sus informes. Y ese algo podía ser lo que provocó que su agresor la hiciera caer desde la Torre del Salto de Fe. ¿Quisieron silenciarla? ¿Por qué?

Debía tomarme mi tiempo, leer mentalmente cada hoja de su diario que había memorizado y sacar mis propias conclusiones. ¿Qué papel jugaban Kilian y Thomas en aquel rompecabezas?

La puerta de mi habitación se abrió de par en par y Amy entró silbando maravillada.

—Vaya, novata —me dijo admirada por el orden de mi lado—. ¡Qué rápido lo has hecho todo! —señaló la pared blanca y lisa—. Podías pintar si querías. Lo sabes, ¿no? La habitación de un alumno es su lugar sagrado. Su espacio reservado. Y puede ser como sea mientras no desequilibre a su compañero.

—Lo sé —dije sin más—. Pero me gusta así.

—Eres minimalista y no te gustan los excesos.

—Más o menos.

—No te gusta llamar la atención.

Qué bien. Otra persona que me iba a psicoanalizar.

—Intento no hacerlo.

Amy me miró de arriba abajo y negó con la cabeza. Llevaba unos tejanos ajustados, el jersey blanco de algodón arremangado y un calzado Nike rojo en los pies.

—Pues lamento decirte que no vas a tener esa suerte aquí —se fijó en mis pies—. ¿Qué número de pie tienes?

—Un treinta y ocho.

—Yo tengo un cuarenta. ¿Crees que me irán bien tus bambas?

Arqueé mis cejas negras y me relamí los labios. No entendía la pregunta. Me llevaba dos números de diferencia y creía que le iban a ir bien.

—Creo que te irán pequeñas.

—No, no creo… Parecen grandes.

A mí se me escapó la risa.

—No lo son —negué.

Ella se encogió de hombros no muy convencida.

—Un día me las pondré —me advirtió—. Me gustan. Venga —dio una palmada cambiando de tema—. ¿Estás lista?

—¿Para qué?

—Voy a alardear de chica guapa y nueva en la oficina —entrecerró los ojos—. Vamos a dar una vuelta por el Campus y así te explico cómo va todo. Soy la mejor guía que puedes encontrar por aquí. La más guapa —me guiñó un ojo—. Vamos, morenita —dio un paso al lado y extendió el brazo haciendo una reverencia—. Después de ti.

No tenía otra salida. Acepté la invitación de Amy, me guardé el móvil en el bolsillo trasero del tejano y me colgué un pequeño bolso cruzado de color marrón Pepe Jeans. Me iban a dar muchos panfletos informándome sobre todos esos clubs y hermandades que captaban a alumnos. Me los guardaría y los investigaría todos.

Amy no dejó que me aburriera en ningún momento. Me empezó a explicar todo sobre ella. Empezaba el tercer año de arte en la facultad de Arte y Arquitectura de Yale. Era una auténtica experta en modernismo, sobre todo en modernismo catalán. Me explicó que cuando era niña, leía libros de Barcelona, de arte, y que eso la obsesionó. Los profesores se dieron cuenta del caudal informativo que era Amy, y decidieron utilizarla en algunas clases de refuerzo como apoyo. Debido a su alta consideración entre el profesorado, a su extroversión y a su predisposición a ayudar siempre la nombraron *fellow*. Y yo la iba a disfrutar como compañera de habitación y guía.

Su padre era director de un museo, y su madre era propietaria de la galería más vanguardista de Nueva York, con lo cual, la muchacha tenía las espaldas bien cubiertas económicamente hablando. Ella no estaba becada como yo, pero sí la compensaban por ayudar al profesorado.

—La gente aquí viene a estudiar. Todos venimos a estudiar. Pero somos jóvenes, y por la noche las colmenas se agitan. ¿Tú tienes novio? —indagó.

—No —contesté sin más.

—Haces bien. No lo tengas. Déjate querer —sonrió sibilina—. Yo me dejo querer por muchos porque también tengo mucho amor por dar —pasamos por el lado de una carpa de una hermandad de Acapella, y puso cara de chiste—. ¿Sabes cantar?

—No —contesté—. Soy más bien una urraca estrangulada.

Amy se echó a reír y negó con la cabeza.

—Yo canto como las sirenas —dijo sin más—. Pero soy demasiado sexy para esas anoréxicas. No voy a malgastar mi voz cantando a Gloria Stefan.

Las chicas se sintieron aludidas y la fulminaron con la mirada.

Amy me pasó el brazo por encima y me susurró:

—Tranquila. Yo te protegeré de estas zorritas.

—Qué bien —murmuré.

—A ver. Te voy a enseñar las hermandades. Las que mejores actividades tienen, y más buen rollo hay. ¿Qué vas a estudiar?

—Criminología. Estaré en la facultad de Sociología y Jurídica.

—Oh, vaya —dijo impresionada—. A mí me encanta C.S.I…

Estaba cogiéndole el punto a Amy. Cambiaba de tema a la velocidad de la luz, y si no estabas atenta, te hacía un quiebro de cadera rápido. Pero me gustaba. Porque me tenía atenta siempre.

—Esta es la semana de empuje —me explicó Amy—. Todas las *frats* buscan nuevas captaciones. Puedes escucharlas a todas, cosa que nos llevará toda la semana o... —canturreó mirándome de reojo.

—¿O qué? —quería que acabara su frase.

—O puedes apostar por la mejor.

—¿La mejor? —me detuve en la carpa del lenguaje de signos. ¿Cuál era la mejor?

—Sí. Yo conozco la mejor. Tenemos todos los privilegios de las fraternidades, y además gozamos de mucho respeto y popularidad entre los alumnos. Incluso en los más «elitistas» —dijo moviendo los dedos como si fueran comillas.

—Ya... ¿y tú estás en esa fraternidad? —indagué.

—Sí. Soy la Presidenta —contestó orgullosa— y necesito una delegada.

—¿Cuántos miembros sois y cómo se llama vuestra *frat*?

—Somos la fraternidad NM LIST. Somos animalistas. En todas las actividades y las fiestas que organizamos recaudamos dinero para ayudar a las protectoras. Y hacemos un montón de cosas juntos... Somos cinco, pero contigo seríamos seis —sonrió de oreja a oreja—. La formamos una artista, *moi* —posó su mano en el pecho—, dos botánicos, un economista y un químico. Ya te los presentaré.

—¿Eres la única chica?

—Si te apuntas tú, no. No le ofrezco la oportunidad de participar a cualquiera —me aseguró.

—¿Y por qué me lo ofreces a mí?

—Por tus bambas —me contestó sin más—. Me gustaría que algún día me las prestaras.

Yo la miré como si estuviera loca. No sabía si me estaba tomando el pelo o hablaba en serio.

—No. Ahora en serio —me aclaró divertida—. Coco se licenció este año, y ella y yo llevábamos el cotarro. Me falta una mano derecha. Y tú eres muy guapa, se te ve dulce y tal... Seguro que atraes mucho a los chicos y a las chicas. Coco tenía un carácter de la ostia e intimidaba a muchos. Pero me da que tú tienes mucha mano izquierda para tratar con las personas. Y me iría genial que la mano derecha de la *frat* viviera conmigo. Es mucho más cómodo.

Amy no tenía ni idea. Me consideraba demasiado tímida para un papel así.

—A ver si me queda claro —me detuve en seco— os ganáis dinero organizando fiestas y eventos para después ayudar a las protectoras. ¿Es eso?

—Sí. Hacemos el bien en nuestra comunidad. De hecho, todas las hermandades, a pesar de las fiestas que organizan, tienen fines altruistas. Pero como ya saben cómo nos lo montamos, vienen a nosotros cuando quieren organizar una buena juerga. Piden nuestros servicios.

—¿Y qué tipo de fiestas montáis? —me picaba la curiosidad.

Amy selló sus labios y contestó:

—Eso lo sabrás si entras en la hermandad. Nunca antes. Pero nada ilegal, tranquila.

No me lo tenía que pensar demasiado. Necesitaba un grupo de personas en los que poder apoyarme si algo me iba mal, y me encantaban los animales, así que el motivo de la fraternidad vibraba conmigo. Me gustaba.

¿Por qué no?

—De acuerdo —asentí tirándome a la piscina—. Lo hago por los animales.

—Novata —se rio feliz atrayéndome como si fuera su hermana pequeña—, hazlo por los animales y por la salud mental de los alumnos. No te imaginas cómo nos necesitan… —pasó por el lado de la carpa de una fraternidad dedicada a la filosofía del Frankfurt y los Hot Dogs. Tomó un perrito caliente y lo mordió.

—¡Eh, Amy! —le exclamó el chico que estaba preparando los bocadillos—. ¿Quieres probar mi frankfurt?

—No, Robert —le contestó aburrida—. Me gustan los bratwurst.

—¿Y a tu nueva amiga? —los ojos castaños de Robert brillaron libidinosos—. ¿No le apetecería…

—Soy animalista —contesté yo—. No como perritos.

—¿Pero los paseas? Cuando quieras me puedes sacar a dar una vuelta, guapa.

Robert se echó a reír y yo fruncí el ceño.

Amy me apartó de la carpa y murmuró.

—Me temo que voy a tener que controlarte un poco. Aquí los tíos están muy salidos, Lara.

—Aquí y en medio mundo —convine yo.

—Tranquila que la tata Amy cuidará de ti. Vamos al refugio.

—¿Adónde?

—El refugio. Es donde está el resto de la *frat*. Allí nos reunimos dos veces por semana para organizar nuestras agendas, revisar contrataciones y preparar donaciones de todo lo que hayamos recaudado.

—¿Qué papel se supone que tendré yo en la hermandad?

—Serás nuestra tesorera. No creo que nadie te vaya a tomar el pelo.

Yo resoplé mientras paseábamos por el centro de aquel mercadillo de hermandades a lo largo y ancho de los jardines de las residencias y de la facultad.

Por supuesto que me tomaban el pelo. De hecho, me lo habían tomado muy bien.

Entre otras cosas, razón por la que estaba en Yale.

HUESOS Y CENIZAS

Cinco

Aquella primera noche en Yale no conseguí conciliar el sueño, ni siquiera con las pastillas. Amy roncaba como si no hubiese un mañana, a pierna suelta, y con la colcha enredada en su cuerpo. Pero yo era incapaz de cerrar los ojos.

Tenía mucho en lo que pensar y rememoraba todo lo que había aprendido ese día. La hermandad NM List, a la que repentinamente pertenecía, tenía su «refugio» en el *Koffee* de la calle Audubon del complejo universitario. Me encantó ese lugar. Tenía un rollo entre irlandés y americano que me hizo sentir a gusto, y en el hilo musical de ese local sonaban *The Corrs*. Adoraba a ese grupo.

Los compañeros de la hermandad eran muy frikis, incluso mucho más de lo que yo me consideraba. Bajo mi punto de vista ninguno era guapo, pero sí eran muy agradables y auténticos.

Hans era asiático y estudiaba en la facultad de Ciencias. Quería ser químico en laboratorios.

Ember y Oliver eran gemelos alemanes, de madre americana. Querían ser botánicos y vivían en una preciosa casa cerca del campus, con su abuela Malory.

Luis era mejicano, morenito y bajito, con los dientes muy grandes, muy sonriente y estudiaba Economía.

Todos eran estudiantes de segundo año. No quisieron profundizar en nada de lo que hacían puesto que aquel primer encuentro era una toma de contacto, y Amy tuvo la consideración de no agobiarme mucho.

Se limitaron a darme la bienvenida, a advertirme sobre lo locos que estaban todos, y a regalarme un mapa personalizado de todo el Campus de Yale, señalándome las mejores cafeterías, los mejores jardines, y los mejores restaurantes. También me orientaron sobre discotecas, cines, centros comerciales de New Haven y Connecticut en general, a lo que Amy me dijo muy amablemente: «Yo te llevaré a esos sitios. No te preocupes por nada. Los NM List cuidamos los unos de los otros».

Me gustaron esos chicos, y también me fascinó la Universidad, lo poco que sabía y que había visto de ella porque, aunque cada residencia tenía sus propios restaurantes, bibliotecas, gimnasios y zonas ajardinadas, todos podían disponer de todo si así lo querían. Era como tener una ciudad a tu disposición. No había arbitrariedades ni limitaciones.

Hablé con ellos sobre mi familia de Barcelona, mis amigos, mis notas y mis expectativas, sin explayarme demasiado.

Seguramente habríamos seguido hablando de otras banalidades si no fuera porque recibimos casi a la vez, al móvil, un correo de la Universidad.

Nos daban la bienvenida al nuevo año de estudio en Yale, y nos citaban a las ocho de la mañana en la secretaría de nuestras respectivas facultades para recibir los horarios de las asignaturas, las clases donde se impartían, el temario y la lista de libros que deberíamos conseguir, si no los habíamos comprado ya, como seguramente habrían hecho la mayoría de estudiantes.

Menos yo. A mí me faltaban muchas cosas.

Por eso, después de pasar la tarde con ellos en el *Koffee*, comer una ensalada de pollo, un café y una deliciosa *muffin*, le pedí a Amy que me enseñara el campus un poco más a fondo. No me dio tiempo a verlo todo, era enorme. Así que a las ocho de la tarde, nos fuimos a comprar unos bocadillos y los comimos en la habitación. Mi parlanchina y simpática compañera de habitación puso una película en su iMac, abrió su iTunes y escogió la de *Ahora me ves*.

Amy acabó frita antes de tiempo, y yo tuve que apagar el ordenador y la luz para irme a mi cama a dormir. O al menos, a intentarlo. Me hervía la cabeza con un montón de ideas y de pensamientos de todo tipo.

Estaba emocionada y también asustada.

Me encontraba en Yale para estudiar por fin la carrera que quería, pero al mismo tiempo, sabía que no tardaría mucho en dar con Kilian porque, si el mundo con lo grande que era ya era un pañuelo, Yale, a pesar de su inmensidad, sería un clínex. Lo vería tarde o temprano. A él y a su demoníaco hermano.

Tenía que ser lo suficientemente fuerte para enfrentarme a ellos y no mostrar flaqueza. Los Alden habían hecho una apuesta en la que yo me vi involucrada. Su juego me hizo mucho daño.

Pero yo sabía cosas que ellos ni se imaginaban. Y pensaba desenmascararlos, tuvieran o no tuvieran relación con el intento de asesinato de Luce.

Después de dormir solo dos horas y revisar el whatsapp y el e-mail para ver si Taka y Thaïs me decían algo, pues no habían contestado a mis mensajes, me levanté de la cama, me aseé y me enfrasqué en la ardua tarea de elegir qué ropa ponerme entre todo aquel nuevo arsenal que se mezclaba con mis prendas de toda la vida. Yo, que era súper metódica, no acababa de encajar bien los cambios en mis armarios. Pero tenía claro que debía ir vestida, así que intenté echar mano de mi limitado gusto en moda y decidí ponerme una camiseta de manga larga de punto color gris con el escote algo pronunciado que llevaba además una camisa negra con el cuello abierto por debajo. Unos tejanos G-Star que nunca me había puesto y a los cuales quité la etiqueta, desgastados por los muslos pero sin llegar a estar rotos. Y una parka militar que sí me gustaba mucho de Ralph Lauren que tenía varios parches en los brazos, uno de ellos era una calavera y el otro un león alado. Dios… Era como tener a Kilian en la ropa.

Me estresaba tener tantas cosas entre las que elegir. Yo era una chica sencilla, y más bien poco coqueta. Prefería ser práctica. Y ahora tenía un zapatero a rebosar y yo lo único que quería era ponerme mis bambas más cantonas y raras, las Rita Ora. Pero sabía que no pegaba nada con lo que llevaba, hasta ahí llegaba.

Así que opté por unas sneakers Calvin Klein negras con la suela blanca. Me miré en el espejo de cuerpo entero y marco color hueso que había en una de las puertas del armario de dos metros, y decidí que ya estaba bien así.

Me dejé el pelo suelto y coloqué el flequillo en su sitio. Ya lo tenía muy largo.

Abrí mis pinturas Mac y me maquillé tal y como Gema me enseñó. El secreto radicaba en parecer que, en realidad, no iba maquillada. Un poco de antiojeras, base en polvo medio tono por encima del mío, rimmel y cacao.

Bueno, al menos me sentí conforme con lo que veía en el espejo. Agarré mi bolso bandolera en el que cabía perfectamente mi iPad Pro con teclado, que parecía un portátil, mis bolis, mi agenda y poca cosa más. Ahora con un ordenador ya tenías todo el material que requerías para las clases.

También cogí mis gafas para protegerme de la luz de la pantalla y que mi vista no se cansara ni se secara. Las guardé en uno de los bolsillos de mi bandolera negra Kate Spade, al lado del compartimento del móvil.

—Joder… —murmuró Amy a mi espalda—. ¿Qué hora es?

—Queda media hora para las ocho.

—¿Y qué haces despierta? —se cubrió la cara con la manta y resopló.

Yo la miré a través del espejo. Amy era de esas personas que en cinco minutos lo hacía todo. O no. Entonces se destapó la cara y miró mi ropa.

—Me gusta esa chaqueta.

—Gracias.

—¿Qué talla es?

—Una mediana.

—Genial. Es mi talla —dijo sin más—. Un día me la pondré.

Obviamente no era su talla. Pero preferí no decírselo. Ya lo vería cuando el brazo no le entrara más de medio codo.

—Eres de esas, ¿eh? —me dijo sonriente.

—¿Qué quieres decir? —me di la vuelta.

—De las que les encanta llegar puntuales. Una friki controladora.

No me iba a ofender, pero me crucé de brazos.

—No me gusta llegar tarde. ¿A ti sí?

—¡Por supuesto! —se levantó de un salto y estiró los brazos por encima de la cabeza cuyo pelo rubio apuntaba a todas partes sin orden ni sentido—. Hay que hacer esperar a la plebe… —pasó por mi lado, caminando como si el mundo estuviera hecho a su medida y me dio un azote en el culo—. Vas muy guapa, novata. Dame cinco minutos y vamos juntas —me dijo ya desde el interior del baño—. Te acompaño hasta tu facultad. Yo iré después a la mía —cerró la puerta y encendió el grifo de la ducha.

Me senté en la cama, que ya había hecho. Se lo agradecía.

Amy me hacía sentir muy acompañada, como si no fuera nueva, y eso me agradaba. Porque odiaba ser una atracción para los demás.

Cuarenta minutos después. O sea, cuarenta, estaba sentada de lado, como una amazona, en la parte trasera de la bicicleta de Amy, que conducía como un pollo sin cabeza, agarrada a sus hombros como una garza. Estaba loca. Era una kamikaze. Aun así, el ambiente que se respiraba era el que yo me imaginaba en una universidad americana. Chicos pasándose la pelota y el frisby en los jardines, chicas haciendo corrillos y saludándose tras las vacaciones. Se diferenciaban los grupos en todos lados. Los raritos, los empollones, los guapos, los feos, los mafiosos, las golfas, las tímidas... Todos se mezclaban sin hacerlo. Era como si cada uno supiera su estatus, aunque estudiaran en la misma facultad, que ya de por sí era o para niños ricos o para becados. Y aun así, esa diferencia separatista y sectaria de por sí, se dejaba ver de buenas a primeras.

Cuando me dejó en lo que se suponía que era la secretaría de mi facultad, que encima estaba justo al lado de Trumbull, no me dio tiempo ni a despedirme. Me dio un abrazo como si fuera mi hermana mayor y me dijo algo así como «cómetelos». Y se fue a la velocidad del rayo, espantando a las palomas a través del caminito asfaltado que rodeaba el jardín del edificio principal. Podría haber llegado yo solita en dos minutos, de haber salido a tiempo.

En Yale habían tres edificios destinados al estudio de la sociología. Mi carrera se realizaría entre esos tres complejos. El CCR, el CCS y el CIQLE. Tres centros de estudio destinados a todas las áreas tradicionales de la ciencia de la sociología y la jurídica. Ahí estudiaría yo criminología.

Y llegaba tarde por culpa de Amy.

Así que entré rauda y veloz al complejo, sin tiempo para admirar su increíble diseño y arquitectura. Se encontraba en el 493 de College Street. Me fascinaba el contraste que hacían los edificios de estilo inglés y góticos de piedra blanca y arcos pronunciados, con el verde que les rodeaba y otras construcciones de ladrillo marrón y rojizo y ventanales blancos del exterior y del mismo recinto. Parecía que me encontraba en Londres en vez de Connecticut.

Me hice espacio entre la marabunta que, como yo, reclamaba sus horarios y sus asignaturas, así como la lista de lecturas y bibliografía opcional que podíamos consultar. Al llegar a secretaría fui directa a la mesa de estudiantes de primer año. Allí, un amable señor mayor llamado Stephen, que me recordaba al padre de Pinocho, me facilitó lo que necesitaba, junto con el mismo mapa de Yale que me dieron los de la fraternidad, a excepción de que este tenía los números de las aulas y de las facultades, más importantes que las cafeterías y los lugares de encuentro y ocio del Campus. Me sonreí al pensar en ello.

—¿Eres extranjera de primer año?

—Sí —le dije saliendo de mis pensamientos.

—Entonces, debes subir al despacho de la decana. Ella te saludará personalmente y solventará todas las dudas que tengas. Le gusta dar la bienvenida a todos los alumnos de fuera —Stephen sonrió al ver mi cara—. No te preocupes, la decana Foster es muy cariñosa. Te caerá muy bien.

—Gracias. ¿Dónde es?

—En la segunda planta. Todo recto a mano derecha.

—Muchas gracias —cogí todas las hojas que tenía y las guardé en la bandolera. Decidida me dirigí a saludar a la decana Foster.

La angosta escalera de piedra daba a un rellano en el que

había una máquina expendedora de bebidas y dulces. Pasé de largo y seguí el pasillo frontal que tenía en frente. Al final, a mano derecha, había una puerta marrón oscura con un letrero dorado en el que había serigrafiado «Decana Foster».

Cada facultad tenía a una decana especializada en su materia. Solían ser personas mayores, de muchísima experiencia y muy reconocidas a nivel académico por sus estudios y sus conocimientos.

Mi primera toma de contacto con la decana motivó un pellizco nervioso en mi estómago. ¿Cómo sería?

La puerta se abrió y del interior del despacho salió un chico oriental con una sonrisa tímida en los labios. Yo eché un vistazo al interior y no vi a nadie, hasta que una mujer rubia de unos cuarenta y cinco años, muy guapa, asomó la cabeza. Sus ojos azules y risueños, cubiertos por unas gafas de estilo gato de pasta negra, se centraron en mí.

Había algo muy inteligente y vivo en su mirada. Pestañeó y me invitó a entrar con un gesto de su cabeza.

—Hola —me saludó abiertamente.

—Hola.

—Pasa —me dijo mientras se dirigía a tomar asiento tras la mesa caoba que le hacía de escritorio. Su ordenador estaba encendido y solo ella podía ver lo que había en la pantalla.

Yo carraspeé y entré a su oficina algo dubitativa, sabedora de que estaba en el campo base de toda una eminencia en su materia. Una decana en Yale, nada más y nada menos. Era alta, llevaba tacones negros, una falda de tubo del mismo color con americana de manga larga, y debajo una camisa blanca de cuello con volandas. Llevaba un moño alto y perfectamente cuidado, y sus pendientes eran perlas pequeñas y discretas.

Pero se sabía atractiva y cuidaba su imagen, por eso llevaba los labios de rojo, porque no le importaba que se fijaran en ella.

—¿Eres... Lara?

Me quedé sin palabras al ver que, con la de alumnos nuevos que empezaban ese mismo año, sabía quién era.

—Sí, señora —contesté intentando parecer relajada en el respaldo de la silla, pero sin lograrlo.

—Lara Clement Miller —repitió con una dicción exquisita dejando caer sus ojos sobre mí.

—Sí.

—Tienes ascendentes americanos. Miller es un apellido muy americano —señaló.

—Sí. Mi abuelo por parte de madre era americano.

—¿Y tu padre es catalán?

—Sí.

—Qué mezcla más interesante. ¿Qué tal te ha ido el viaje desde Barcelona, Lara?

—Bien, Señora.

—¿Muchos cambios de avión?

—Solo uno, al llegar a Estados Unidos.

—Yo odio los viajes largos. No me gustan nada. Intento coger vuelos directos cuando viajo a Europa, aunque desde Connecticut no salen muchos. Todos hacen escala en otros estados.

Sonreí con vergüenza. Sí. Yo también odiaba las escalas.

—Bueno, Lara —dejó de mirar el ordenador y se centró en mí de manera amistosa—. Tienes a Amy Stickhouse como *fellow*. ¿Te ha ayudado a instalarte?

—Sí. Estoy muy contenta con ella. Me ayuda mucho.

—Es una alumna brillante de Arte. Tiene mucha energía y es un poco excéntrica, como los de su ramo.

Yo sonreí. Sí, los estudiantes de Arte tenían la fama de ser especiales.

—Bueno —cambió el tema y el tono— debo decirte que tienes un currículum intachable y las hojas de recomendación de los directores del Saint Paul's y tus informes de calificaciones han ayudado mucho a tu admisión —entrelazó los dedos de sus manos y se encogió de hombros—. Eso sumado a tu excelente inglés ha hecho que la junta haya decidido ofrecerte la beca completa.

—Estoy muy agradecida, decana —reconocí—. Prometo aprovechar mi experiencia en Yale.

—No lo dudo —me dijo satisfecha—. ¿Has recogido ya tus horarios y tus asignaturas?

—Sí —toqué mi bandolera—, aquí los tengo.

—Quieres estudiar criminología, ¿verdad? Es una carrera apasionante. Y muy exigente.

Me pasé las manos por el flequillo y me removí en el asiento. Por supuesto que lo sabía. Pero estaba preparada para cualquier tipo de desafío.

—Lo sé, decana. Estoy lista.

Trinity sonrió de oreja a oreja y pareció aplaudirme internamente.

—Esa es la actitud —celebró. Tomó una tarjeta personal de encima de la mesa en la que se reflejaba el teléfono de su despacho y su email directo—. Estaré aquí siempre que me necesites, para cualquier problema o duda que tengas y que tu *fellow* no pueda solucionar. Pero antes —tomé su tarjeta y la señaló con su dedo índice de uña roja— avísame para que pueda atenderte sin problemas. ¿Necesitas algo más? —quiso saber.

No. Creo que podía ir haciendo las cosas solas, y no se me ocurría nada que objetar. Negué con la cabeza.

—Bien, entonces eso es todo —Trinity se levantó de su silla y me invitó a que hiciera lo mismo sin mediar palabra—. Impartiré dos de las clases de tu curso.

—¿Cuáles?

—Daré introducción a la psicología e introducción a la sociología.

Me encantó saberlo. Tenía ganas de ver a aquella mujer desplegando todos sus conocimientos en un aula. Parecía ser cercana, y eso ayudaría mucho a la comunicación.

—Qué bien —contesté—. Seguro que será muy interesante.

—No lo dudes. Nos vemos cuando empiece la primera clase.

—Sí. Gracias, decana.

—Y Lara —me dijo desde el marco de la puerta—, no dudes en acudir a mí para cualquier problema, ¿de acuerdo? Intento ayudar y guiar a mis alumnos en todo lo que puedo a niveles académicos o extra académicos. Ahora, disfruta.

Yo sonreí y asentí con la cabeza. Era muy amable, y me caía bien. No sabía si podía fiarme de ella ya que era una decana, una institución, y si tenía un problema personal, al final siempre acabaría barriendo a favor de la universidad, pero sí me transmitía confianza.

Me guardé su tarjeta en la cartera mientras llegaba a las escaleras para ir de nuevo a la planta de abajo.

Trinity Foster era una mujer de poder en Yale. Mi decana. Y estaba bien saber que si algo se ponía feo, podía acudir a ella. Aunque, antes de hacerlo, me aseguraría de que todo fuera confidencial.

El primer día de clase se me pasó volando. Acabé yendo arriba y abajo, por todas las aulas donde tendría las clases, y por todos los edificios por los que tendría que moverme.

Cuando la jornada acabó, me dirigí a Trumbull, donde me senté en un banco para disfrutar de la luz del sol que aún caía sobre la facultad, y de paso, repasar toda la información de la que ya disponía.

Daba Introducción a la psicología, al derecho, a la sociología, a la criminología, antropología, métodos de investigación en ciencias sociales, estadística y medicina legal y forense. Aquellas eran mis asignaturas. Unas las daba en un complejo y otras en otros, y en diferentes aulas casi siempre.

Estudiaría por las mañanas, de ocho a dos. Y a partir de las dos, dispondría del día entero para hacer lo que quisiera. Aunque debía coger un crédito opcional, y todavía me tenía que decantar por cual.

En ese instante, mientras estaba enfrascada en mis cosas, sentí un extraño hormigueo en la nuca, como si alguien me estuviera mirando, o como si tuviese a alguien detrás.

Giré la cabeza y miré por encima de mi hombro. Estaba rodeada por el edificio Trumbull, y la impresionante fachada de la librería Sterling que se arremolinaban a mi alrededor como un fuerte infranqueable y protector.

Los estudiantes de todos los cursos iban y venían, algunos cargados de libros, otros llegaban en sus bicis y se tumbaban en el césped, con un pareo, para picotear y comer algo con los amigos que hacía tanto que no veían. Tenía a muchísimas personas a mi alrededor, pero me sentía sola, y observada, aunque no logré divisar a nadie detrás de mí que me inspeccionara detenidamente.

—¡Bu!

Amy me sacudió los hombros por delante y yo me quedé un poco impactada. Me había asustado.

—Me has dado un susto de muerte, Amy —protesté cogiendo aire. Me apoyé en el respaldo del banco y cerré los ojos.

—¿Qué crees que te va a pasar a plena luz del día, novata? —me preguntó todavía riéndose de mi cara pálida—. ¿Quién va a venir?

—Me la guardo —le advertí guardándolo todo en mi bandolera y cerrándola.

Amy aún se partía de risa. Aun así, no me quité de encima la sensación de que alguien me miraba. Como fuera, me dejé llevar por Amy, que tenía ganas de comer algo, y de paso necesitaba ir a buscar unos libros.

Yo no tenía nada mejor que hacer, así que la acompañé. Eché un último vistazo hacia atrás y seguí a Amy que arrastraba una bici de paseo fucsia. Me la quedé mirando y le dije:

—¿Hay tienda de bicis por aquí cerca?

—¿En New Haven? —ella afirmó con la cabeza. Su cola rubia y alta osciló arriba y abajo—. ¿Quieres que vayamos?

—Quiero una bici plegable para moverme por el Campus. Esto es muy grande y me gustaría poder desplazarme de otra manera.

—Entonces, vamos. Te acompañaré, pero con una condición.

—¿Cuál?

—Que luego me acompañes tú a ver el entrenamiento de los Bulldogs de fútbol americano.

La miré de reojo y sonreí.

—¿Te gusta alguien de ahí?

—Paso de los musculitos —me contestó—. Pero un chico quiere contratar nuestros servicios para la fiesta de los elegidos de su hermandad. Van a soltar mucha pasta —canturreó frotándose las manos—. Hemos quedado ahí.

Bien. Me apetecía ver cómo funcionaba la NM List y cómo trataba con sus «clientes».

—Está bien, te acompañaré.

—Perfecto, novata. Dejaré la bicicleta y cogeré el coche para ir a la tienda de bicis.

—¿Tienes coche?

—Tengo una tartana preciosa —aseguró vacilona.

Miedo me dio.

Seis

La tartana de Amy era una furgoneta ranchera que ella misma había pintado de negro brillante y tuneado como si fuera un escandaloso muestrario de retratos de famosos Pop Art. Estaba Marilyn, James Dean, Marlon Brando, Paul Newman, Audrey Hepburn... Sus rostros perfectamente cincelados según esa tendencia ocupaban toda la carrocería de la Chevrolet 3100 del año 1950. Un modelo *Pick Up*, según me contó. Tenía cuatro velocidades y cada vez que cambiaba de marchas era como si hiciera un agujero en el suelo. El interior estaba inmaculado y mezclaba la piel negra y el salpicadero del mismo color con los tonos metálicos y cromas. Lo único que llamaba la atención ahí adentro era el colgante que pendía del retrovisor central: un zapato rojo en cuya suela había escrito: «pisa fuerte».

—Me encanta restaurar cosas —me explicó Amy—. Esta camioneta era de mi abuelo. Pero funciona como un tiro. ¿Tienes carné, Lara?

—No. Me gustaría sacármelo aquí.

—¿Te cuento un secreto? —se inclinó hacia mí sin perder de vista la carretera—. Conozco a un profesor de autoescuela que te da la licencia por un precio determinado. Obviamente, necesitas hacer algunas clases y que él vea que sabes hacer mover los pies y las manos... Pero facilita las cosas si eres de las que te pones nerviosa.

Increíble. Yo no sabía ni qué decir.

—Pero ¿qué clase de pirata eres tú, Amy? —pregunté divertida.

—La mejor de Yale, querida —contestó mirando por el retrovisor.

—Les caerías de maravilla a mis amigos. A ellos les encanta saltarse las normas, como a ti —y seguían sin dar muestras de vida.

—Las normas están para eso. Para saltárselas.

De la tienda de bicis me llevé una Brompton negra, con el sillín de cuero marrón oscuro. Conocía la marca de verla en Barcelona y me alegró poder conseguirla allí también. En otras condiciones no la hubiese comprado, porque eran muy caras, pero disponía de una tarjeta de crédito con parte del dinero ganado del Alan Turing. Taka me había abierto una cuenta anónima para que pudiera hacer uso sin que nadie investigara mis movimientos, ni la relacionaran conmigo, ya que se suponía que me daban la beca por venir de una familia sin ingresos suficientes como para permitirse pagar una universidad como Yale.

En realidad, el noventa y cinco por ciento de las familias del mundo entero no serían capaces de pagar los estudios en ese Campus. Allí había gente de bien, de mucho bien. Pertenecían a otro universo. Pero yo gozaba de presupuesto para poder estar a la altura y seguir el ritmo a mis nuevos compañeros y a otros de otras hermandades más poderosas. Y eso iba a hacer. Taka y Thais me habían exigido que lo utilizara a mi antojo y en lo que yo considerase. Ellos no tenían problemas económicos de ningún tipo, yo era la pobre de los tres, por eso decidieron que la parte que no le dimos a los padres de Luce para el tratamiento de su hija, me lo quedase yo.

Tenía muchas ganas de verlos. Ojalá estuviesen ahí conmigo.

Dejamos la bici con su funda en la parte trasera de la furgoneta, y después paramos a comer algo en una hamburguesería. Si seguía el ritmo de Amy me pondría como un tonel, así que, después de esa visita en el Yale Bowl, el estadio de fútbol americano de la universidad, decidí que debía encontrar el momento de empezar a salir a correr alrededor del Campus.

Yale Bowl

Cuando llegué a aquel inmenso estadio profesional con capacidad para sesenta y cinco mil personas, me quedé sin palabras. Era un estadio tan grande o más que muchos de los campos de fútbol de España. Y lo tenían esos estudiantes de no más de veintitrés o veinticuatro años para su disfrute y el engrandecimiento de su ego.

Aquel lugar creaba ídolos, héroes y dioses, y no importaba si merecían esos títulos. Cualquiera que defendiera la camiseta de esa Universidad se merecía el respeto y la admiración de los que no eran atléticos ni competitivos. Así era la cultura de Yale.

Me senté en la grada al lado de Amy, y me subí el cuello alto de la chaqueta.

Allí, a lo lejos, un grupo de unos treinta chavales se ejercitaban con sus protecciones, sus cascos, sus mallas y camisetas ajustadas marcando sus músculos delineados, corriendo como caballos, a las órdenes del equipo de entrenadores que entre silbato y silbato daban nuevas directrices. En ese momento recordé un pasaje del diario de Luce.

«Me doy cuenta de que los miembros de Huesos y Cenizas son, también, chicos con excelentes dotes deportivas. No es de extrañar verlos

*mostrando su capitanía en todos los equipos en los que juegan. Son lí-
deres. Líderes por naturaleza».*

Según tenía entendido, a los equipos deportivos de Yale se les
llamaba *Yale Bulldogs* y todos participaban en las competiciones de
la NCAA. De inmediato quise saber quién capitaneaba al equipo
de fútbol americano. Luce había mencionado una lista pública que
la misma Universidad facilitaba para dar a conocer a los integrantes
de la hermandad.

*«No es un secreto quién es un Huesos. Hay un tablón público lla-
mado* The Rumpus *donde se facilita los nombres de la membresía de
la fraternidad. Veinte miembros adolescentes, todos procedentes de familias muy poderosas, ricas e interesadas en la perduración de su linaje.
Y es la universidad quien ofrece la lista. Y no lo hacen por ofrecer trans-
parencia. La lista pública es una advertencia para que todos los alumnos, en general, sepan con quién tratan o dejan de tratar. Es un aviso
destapado para que se alejen del camino de los Huesos…».*

Mi mente seleccionaba los fragmentos que más me interesaban en cada momento, y lo hacía sin esfuerzo. Era parte de mi don.
Mi cerebro leía con antelación antes de que yo fuera consciente de
que ya lo hacía.

Me quedé mirando a los chicos del equipo de fútbol americano. Parecían cortados por el mismo patrón, fuertes, esbeltos, duros
como toros, pero no podía identificar bien a nadie, porque todos
ellos llevaban cascos y mordían los protectores dentales deformán-
doles la expresión facial.

—Para que entres de lleno en el espíritu Yale —Amy interrumpió mis pensamientos como hacía siempre, de sopetón—, es

necesario que entiendas algo. Los Yale Bulldogs son el orgullo de Connecticut. Hay mucho fanatismo a su alrededor. Yale participa en la Liga de la Hiedra, una liga de ocho equipos de universidades privadas. De más está decir que nuestros enemigos, a todos los niveles, son los otros. Princeton, Pensilvania, Harvard, Darmouth, Cornell, Columbia y Brown. Cada año hay auténticos ríos de sangre en los campos de todas las modalidades deportivas para ver quién es la Universidad que se erige como la líder de la liga. Y algunas veces, trasciende más allá de las canchas. El fútbol americano y el hockey hielo son los más duros de todos. Cuando hay partido es la guerra.

—¿Hay peleas entre universidades?

—Por supuesto —contestó Amy—, son batallas campales secretas y clandestinas. Pero no sucede siempre. Solo cuando ha habido provocaciones de mal gusto. Y los americanos somos muy fáciles de provocar —se encogió de hombros.

«Lo que nadie sabe, es que al margen de la Liga de la Hiedra, hay otras competiciones mucho más peligrosas entre las élites de las hermandades de cada universidad miembros de la La liga de la Hiedra donde, en ocasiones, se juegan mucho más que el honor».

Me gustaría saber qué tipo de liga era la que jugaban los *Huesos y Cenizas,* y contra qué hermandades de otras universidades. ¿Y qué hacían? Luce no volvía a mencionar nada sobre ello en todos sus apuntes.

—¿Quién es el capitán del equipo de fútbol? —indagué entrecerrando los ojos.

Amy se rio con sorna.

—No apuntes tan alto.

—No me interesa en ese aspecto. Es solo que estoy harta de

ver series norteamericanas donde todo el mundo está enamorado del líder del equipo de fútbol —bromeé—. Solo me pica la curiosidad.

—Es ese de ahí —señaló a mano derecha—. El chico que tiene el veintidós en la espalda. Se llama Frederic Andersen. Y es totalmente inalcanzable para el resto de humanas. Es un miembro de *Huesos y cenizas*. La élite, amiga —alzó las manos como si rezara a Dios—. Su padre es el Rector Andersen. Es un jefazo. Se encarga de hacer constar la política de la academia, de controlar las actividades, de organizar los comités. Sabe de todo. Se entera de todo.

«Fred», pensé. El Assassin alto, ancho como un armario, rubio con el pelo rapado, y ojos azules. El mismo que avisó de que Luce iba a saltar antes de que se abriera la cabeza.

—¿Los *Huesos y cenizas* tienen relación con el resto de estudiantes de la universidad? ¿Tienen amigos fuera de su círculo?

Amy me miró como si estuviera loca.

—Estás hablando de gente que casi tiene sangre azul. No les interesa mezclarse con el resto. Son tíos muy respetados, y también muy soberbios.

Eso me dio mucha pena. Porque me creí las ganas de Kilian de saber de mí y de querer pasar tiempo conmigo, pero luego resultó que todo fue un ardid.

—A él y a su pandilla de súper guays les han tenido que dar en el ego bien fuerte —dijo por lo bajo.

—¿Cómo dices?

Amy se frotó las manos en los pantalones y dijo en voz baja.

—Se comenta que fueron a Europa hace unos días a competir por un importante galardón internacional para las mentes más brillantes y capacitadas de las universidades de todo el mundo. Lo sé porque a Hans, nuestro asiático, que es muy friki y sabe todo tipo de cosas muy raras, unos amigos suyos de Asia que estuvieron a punto de entrar en ese concurso le dieron el chivatazo. Al parecer se metieron en las fichas de los concursantes oficiales y vieron sus notas académicas y a qué universidad pertenecían. Estaban Fred y tres chicos más de la Universidad.

—Amy, cuanto más me cuentas, más miedo me das —Amy estaba en lo cierto. Pero ¿cómo podía esa información estar en manos de los miembros de la fraternidad a la que había decidido pertenecer? Y ¿por qué no mencionaba nada sobre ninguna chica? Luce estuvo con ellos participando también.

—¿Y no había ninguna chica en ese grupo?

—No. Es imposible. Hace años que Huesos y Cenizas no dejan que ninguna mujer entre en su hermandad. No porque no las admitan. Sino porque, parece ser, que ninguna vale lo suficiente para ser una *chica bone*.

—¿*Chica bone?* —eso me hizo gracia.

—Se hacen llamar así. *Chicos Bones o Bonesman.*

—¿Entonces participaron en el concurso solo chicos de la hermandad? ¿Ninguna chica más? ¿Seguro? —me quería cerciorar de que poseían información incorrecta.

—Sí.

—Sabéis muchas cosas, ¿no?

—Pues sí, guapa —chasqueó la lengua—. La información es poder, y nosotros manejamos mucha.

—¿Y qué pasó en ese torneo?

—Resulta que no lo ganaron. A pesar de que creyeron que iban a traer el galardón y la dotación íntegra a su hermandad, con todo ese prestigio que conllevaba de cara a las universidades de la liga de la Hiedra y dentro de la élite.

—¿Y quién lo ganó? —pregunté poniéndola a prueba.

—Eso ya no lo sé. Pero fuera quien fuese, les felicito. Ya era hora de que alguien les diera de su propia medicina.

«Lo ganamos Thaïs, Taka, y yo», tuve unas ganas repentinas de decírselo, pero no lo hice.

—¿Y Fred tiene novia? —a pesar de que Luce no constaba en las inscripciones del torneo como miembro de los Assassin´s, ella había viajado a Lucca y había jugado con ellos en todas las pruebas. Quería saber quién era la verdadera pareja de Luce. ¿Con quién había estado? ¿Quién diantres era el Alfil?

—¿Fred? —eso sí le hizo gracia—. Está saliendo con Laura bragasmojadas Sanders. Su padre tiene una constructora de casas de lujo. Es una futura heredera multimillonaria. Los ricos se juntan con los ricos y hacen hijos ricos. Es un círculo vicioso.

Noté un aire de despecho en su tono. «La élite se lleva en la sangre», rezaba una de las frases lapidarias de Luce sobre esa hermandad.

—¿Y se supone que te da rabia? ¿Te gusta Fred?

Amy movió la pierna con nerviosismo.

—Éramos muy amigos de pequeños. Teníamos una casa de veraneo en Rhode Island. Nuestros padres se llevaban muy bien de jóvenes —explicó—. Al padre de Kirk le encantaba visitar el museo de mi padre y organizaban reuniones. Pero con el paso del tiempo la relación se fue enfriando, y Fred y yo nos hicimos mayores —sus ojos azul oscuro se ofuscaron al mirar al frente—. Entonces, yo me convertí en la bomba súper sexy e irresistible que soy ahora, y él... él se convirtió en un Huesos. Tenemos una relación cordial, pero nunca hemos vuelto a ser tan amigos como cuando éramos niños.

—Define relación cordial —le pedí. No quería meterme en líos. Fred me conocía, y ahora iba a ser la compañera de habitación de Amy.

—Ah, cordial como «paso por tu lado, giro la cara para no mirarte, y me aguanto las ganas desbocadas que tengo de escupirte. Tengamos la fiesta en paz».

HUESOS Y CENIZAS

Entonces me empecé a reír como una loca, con el cuello echado hacia atrás y la boca abierta cual buzón. Me había cogido por sorpresa la muy loca. Y lo peor era que Amy hablaba muy seria cuando decía esas cosas, hasta que se le escapaba una risita por la comisura del labio.

Aquello provocó que los jugadores se volvieran hacia nosotras, pero procuré cubrirme el rostro con el pelo. Tarde o temprano Fred y los demás me descubrirían, si no lo habían hecho ya, pero intentaría curarme en salud.

—Mira —me dio una palmada en el muslo para que la atendiera—. Si te interesan los capitanes, ahí ha llegado uno más. Otro Huesos.

No era que yo ya lo hubiese visto. Pero mi cuerpo se preparó para el *shock* de contemplarlo al otro lado del césped, como si lo intuyera.

Sentí el frío de la decepción que regresaba a mi cuerpo, el dolor de la vergüenza por ser usada de ese modo, y también la inevitable atracción que sentiría hacia él, aunque fuese un mezquino.

Él fue el primero y el único para mí. Era muy joven para afirmar tal cosa y esperaba de verdad que el tiempo me demostrara que no era mi *kelpie,* pero en ese momento, en ese instante, lo sentí como si lo fuera.

Kilian acababa de aparecer en el entrenamiento, vestido de calle, con las llaves de un coche en su mano derecha, unos tejanos que le hacían un trasero muy sexy, y una camiseta naranja de manga corta que no podía evitar marcar aquel pecho amplio e hinchado por el parkour, las pesas y el deporte que además practicase.

Era mi Assassin. Mi asesino de sueños.

Kilian miró a su alrededor, contempló el estadio vacío y saludó a todos los chavales, que le chocaban la mano como si fuera el mejor colega del mundo. Sobre todo Fred, que se quitó el casco de entrenamiento para ir a charlar con él.

Por un momento, solo por un momento, me pareció que miraba hacia donde estábamos nosotras, pero retiró sus ojos amarillos como si no hubiese visto nada de especial importancia.

Verlo me afectaba. Más de lo que hubiera deseado. Porque mi corazón, tonto y caprichoso, no iba a la par que mi mente, más inteligente y consciente de lo que Kilian Alden había hecho conmigo.

—Y aquí tienes al niño guapo de la Universidad —murmuró Amy—. A un intocable. Un Bones que revoluciona al gallinero cuando aparece. Es el capitán del equipo de hockey hielo y del equipo de esgrima. Tiene un futuro prometedor como cirujano o algo así... —dijo sin estar muy convencida y sin darle demasiada importancia—. Se llama Kilian Alden. Cursa tercero de medicina.

—¿Tercero? —tenía entendido que cursaba segundo.

—Sí. Tiene veintiún años —continuó—. Su padre es el decano de la facultad de Derecho. Un auténtico tiburón.

¿El padre de Kilian era decano? Caramba, pues sí que se lo calló muy bien.

—Kilian tiene el respeto y la admiración de todos los tíos, y el corazón de todas las inconscientes que se enamoran de él.

Yo entraba dentro de ese grupo de inconscientes. Era una desgraciada. Una pardilla más.

—Y... ¿tiene novia?

—No —contestó sin más.

Me la quedé mirando sorprendida.

—¿Cómo que no? —Thomas me dijo que sí. Que él ya tenía novia. Y eso fue lo que más me hirió de todo. Pero Amy, que era como la wikipedia, me decía que no.

—No. Kilian no es de novias. No sentará la cabeza nunca. Es un matador. Ya sabes, de los que entra a matar, y luego si te he visto no me acuerdo. Pero lo hace con elegancia.

Vale. Eso era peor.

—Entiendo...

—Su hermano Thomas es mucho peor —me confirmó—. Tienen la misma edad pero él cursa derecho. No le importa cómo ni con cuántas. Ha provocado muchas peleas entre las golfas de la élite.

¿Thomas y Kilian tenían la misma edad y eran hermanos?

—¿Son mellizos?

—Según me contó Coco, mi excompañera de habitación, dijo que se llevaban tan solo unos meses. Puede que su madre los tuviera muy seguidos, ¿no crees? Thomas es más pequeño.

—Por lo que yo sé se necesita un tiempo prudencial para quedarse embarazada de nuevo después de haber dado a luz —contesté. Me encogí de hombros, todavía extrañada por esa noticia.

—Bah, como sea —añadió Amy sin más—. Hermanos son. Están los dos cortados por el mismo patrón.

De eso no tenía ninguna duda. Me quedó todo muy claro. Clarísimo a decir verdad. La imagen de los Alden se consolidó a mis ojos. Todo lo que pensaba de ellos desde que me fui de Lucca acabó siendo verdad. Eran mentirosos, y les encantaba jugar con las chicas.

Los focos del estadio se encendieron de repente, y me molestó a la vista. Me cubrí ligeramente, y me destapé cuando Amy me advirtió algo.

—Mira, ahí está nuestro contacto.

Cuando miré hacia mi derecha, vi acercarse a un chico muy alto, con el pelo largo y un poco ondulado. Tenía unas facciones muy atractivas, los labios gruesos y la mirada azabache. Llevaba una especie de americana fina y negra, sobre una camiseta de algodón blanca. Unos tejanos y unas botas negras que cubrían totalmente los bajos de sus pantalones. Me recordaba al Príncipe Caspian de

Las crónicas de Narnia. Era muy atractivo, parecía un poeta melancólico que no casaba con el mundo, y menos con aquel ambiente de chicos musculados y salvajes que no dejaban de placarse los unos a los otros y a los que no les importaba revolcarse por el barro como gorrinos.

Ese chico caminaba con tranquilidad, con las manos metidas en los bolsillos, como si gozara de una paz a la que solo él podía acceder. Y cuando nos localizó, fijó su mirada en la mía, y yo tuve que apartarla debido a su intensidad. Caramba…

Qué incómoda me sentí.

—Hola, Amelia —la saludó pasando por delante de mí y sentándose en la butaca al lado de Amy.

—Hola, Dorian.

Vi cómo Dorian inclinaba la cabeza hacia delante para mirarme con curiosidad. Pero no preguntó sobre mí, ni siquiera se presentó, y a mí me dio bastante igual la verdad.

—Puedes hablar delante de ella. Es de fiar —le aclaró Amy—. Se llama Lara y es mi nueva tesorera —apuntilló con emoción.

Dorian no reaccionó en ningún momento. Le importaba bien poco lo que le contaba Amy.

—No hace falta que hable de nada y me sobran las presentaciones —contestó él. Del bolsillo delantero de su pantalón sacó un folio perfectamente doblado—. Aquí tienes todo lo que quiero. Están las cantidades y las personas que seremos.

Amy, muy seria, abrió el folio y leyó con atención todo lo que pedía. Asintió con la cabeza mientras murmujeaba por lo bajo.

—Necesitaré factura —dijo Dorian fijando sus ojos en Kilian y Fred, que seguían conversando en una esquina del campo.

Espié el modo en que Dorian observaba a los dos Bones, y me pareció, no sé por qué, que habían cuentas pendientes entre ellos. Que no gozaban de buena relación.

—Está bien. Podemos con todo —contestó Amy doblando la hoja de nuevo y apropiándosela.

—Entonces, ya está —Dorian se levantó de golpe, y el movimiento propició que llegara a mí un olor a colonia masculina que me gustó. Me gustaban los perfumes de hombre, ¿qué le iba a hacer? Pasó por mi lado como si no existiera, aunque me fijé en el movimiento del rabillo de su ojo. Sí, se fijó en mí de nuevo—. Hasta mañana por la noche —se despidió volviendo a ocultar sus manos en los bolsillos, y a caminar como si levitara.

Me lo quedé mirando hasta que desapareció al final del estadio. Qué chico más misterioso.

—¿Quién es? —quise averiguar. Todo me daba curiosidad. Era nueva, y necesitaba saber quién era quién en aquel universo de poderes.

—Es Dorian Moore. El líder de la hermandad de los Llaves, los sucesores de *Scroll and Key*.

«Cuando uno llega a Yale, se deja cegar por su lema de «Lux et veritas». Luz y verdad. Pero con el tiempo, si eres observador, te das cuenta de que falta una palabra en esa frase en latín. La palabra es «Competición». Todo en Yale es competición. Los alumnos se esfuerzan por ser los mejores en sus doctrinas. Los equipos deportivos se dejan la piel por ser los campeones en sus modalidades en la liga de la Hiedra. Las hermandades luchan entre sí por lograr la supremacía sobre las demás y como consecuencia, sobre Yale.

Hay tres fraternidades de gran tradición en esta Universidad. Se les conoce por La Élite. La más poderosa es Huesos y cenizas, pero le siguen de cerca los Llaves y los Lobos. Aunque se dice que los Lobos es la hermana pequeña de Huesos y Cenizas, no es verdad. Entre ellas hay una grandísima rivalidad. Durante el año, las tres fraternidades pelean por ser la que más recaudación y donaciones reciben, pues parte de ese dinero también se lo donan a Yale para que lo use en instalaciones, obras y proyectos estudiantiles. Pero otra parte va a sus arcas privadas, con lo que financian también otro tipo de proyectos. ¿Cómo consiguen ese dinero? ¿Cómo se subvencionan? ¿Cómo se hacen la zancadilla las unas a las otras? ¿Cómo solucionan sus diferencias? ¿Y qué hacen con ese dinero que se quedan? Es un mundo aparte, y un juego donde el más listo es el que más corre, y el más rico es el más traicionero».

—Está cursando la carrera de filosofía y la compagina con la de periodismo. Sus padres son accionistas mayoritarios del *Washington Post*. Otro que, seguramente, tendrá un futuro prometedor.

—Ya veo —murmuré—. ¿Y qué hay mañana por la noche? ¿Te vas a ver con él?

—Mañana es la primera y única fiesta de hermandades que se realiza en Yale. Una especie de *Home Coming* solo para hermandades. Todas juntas, ¿comprendes? —arqueó sus cejas rubias y finas.

—¿Cómo todas juntas?

—Sí, es una especie de bienvenida general para lucir palmito. Para vernos todos las caras e interactuar un poco…

—¿Incluso los Huesos, los Llaves y los Lobos? —el estómago se me encogió al imaginarme la respuesta.

—Incluso ellos. Es una especie de evento que organiza la dirección general de Yale, porque, aunque saben lo que se cuece en cada fraternidad y a qué niveles pertenecen, no quieren que sea todo tan evidente, así que un día obligan a las *frats* a mezclarse con el resto para vender esa imagen de sueño americano, de igualdad y de pluralidad. Ya sabes, la cantinela esa de que «todos podemos ser todo lo que nos propongamos…».

—Todo fachada —sentencié algo pálida por la noticia—. Pero no creo que sea buena idea que yo vaya mañana.

HUESOS Y CENIZAS

—No digas tonterías —me señaló con el dedo y me puso de pie agarrándome por las muñecas—. Tú eres de las nuestras. Y los NM List vamos en manada adonde sea. Además, así verás cómo nos buscan todos y solicitan nuestros servicios. Vienes y no hay más que hablar.

¿Y quién le iba a decir que no? Obviamente, yo decidiría si debía ir o no, pero no me apetecía en absoluto coincidir con nadie *non grato,* pues todavía no sabía cómo iba a reaccionar. Emocionalmente, me desconocía por completo. Era una nueva Lara. En mi vida había sentido todo aquel caudal de sentimientos explosivos e inflamables hacia nadie. Ni tanto odio. No de aquel modo.

—En fin, novata —Amy se levantó de golpe y me metió prisa—, vámonos de aquí que tengo que hablar con los chicos sobre la lista de la compra de Dorian.

Yo la seguí, y miré un segundo hacia atrás a ver si Kilian y Fred todavía continuaban hablando. Pero el traidor ya se había ido.

Como fuera, necesitaba mantenerme ocupada y decidí irme a la biblioteca a buscar algunos libros de lectura optativa que incluía mi interminable lista de la compra.

La mía sí que era literal, pero antes probaría suerte en la biblioteca de Trumbull a ver si podía encontrar alguno de esos libros.

HUESOS Y CENIZAS

Siete

La conversación con Amy me había dado muchas cosas en las que pensar. Todavía estaba asentándome en la Universidad y debía organizar mi plan de acción para continuar con lo que Luce había dejado a medias.

Nada de aquello podía ser olvidado. No es que yo me considerase una especie de héroe ni de pato justiciero, pero sí creía que tenía una responsabilidad que me otorgaba el conocimiento sobre cosas que los otros ni siquiera imaginaban. ¿Y qué hacía con todo ello? Debía usarlo como mejor me convenía.

A todo esto se le sumaba el hecho de que algo muy emocional por mi parte se mezclaba con aquella labor de investigación, y debía sobrellevarlo como fuese. Dejar a un lado la rabia, la ira, el dolor y la impresión que me había dado volver a ver a Kilian.

Él… no sabía cómo explicarlo. Él parecía tan ajeno a todo. Tan frío y distante a todo lo que me había hecho y había pasado entre nosotros, que no sabía lo que más daño me hacía. Si su traición o su indiferencia.

Aun así habían cosas que Thomas me había dicho que no cuadraban con lo que Amy me había revelado.

Kilian no tenía novia, y Thomas aseguraba que sí.

Kilian cursaba tercero, y no segundo. Y los Alden tenían la misma edad, aunque Thomas era pequeño por unos meses.

Mientras pensaba en ello, después de dejar la bicicleta en un rincón despejado de mi habitación, me dirigí a la biblioteca Sterling ubicada justo delante de mi residencia, y que daba a la misma plaza ajardinada. De hecho, desde la ventana de mi habitación podía verla al otro lado.

Llevaba una lista de lecturas y sugerencias que no entraban dentro del pack completo de libros que la Universidad pactaba con una librería de New Haven y que ya había encargado. Seguramente, los recibiría al día siguiente. Mientras tanto, trabajaría on line. Mi carrera de criminología recién empezaba y no podía distraerme. Me obligué a dejar de pensar en él, y a intentar sumergirme en todo el temario de lectura que tenía por delante. Quería empaparme de conocimientos, ver y leer todo tipo de libros y, sobre todo, enamorarme por completo de aquella biblioteca Sterling.

Crucé la plaza central ajardinada de mi complejo estudiantil y me interné en el edificio que conformaba parte del corazón central de Yale. Era la más grande de las librerías de allí, también de estilo gótico y que se asemejaba a una catedral europea, con claustros, techos increíblemente altos, capillas laterales, ventanas que rodeaban las galerías e incluso un altar central alrededor del cual se podía circular. Más de tres mil trescientas vidrieras decoraban la alusiva estructura de la mágica edificación. Más de cuatro millones de ejemplares divididos en dieciséis salas llenas de estanterías se albergaban en aquel cónclave que me enamoró nada más verlo, y el cual decidí que sería uno de mis favoritos de toda mi vida. Tenía varias salas acogedoras y silenciosas de lectura, otras de estudio, y otros muchos departamentos especializados.

Me volví loca cuando llegué. Mis ojos se perdieron inestables entre tantos libros. Las luces de las lámparas de mesa eran tenues e invitaban a la reflexión, a estar ahí solo meditando y escuchando el silencio que únicamente reinaba en aquel tipo de áreas silentes y casi sacras.

Saqué mi lista del bolsillo, y sin querer molestar a nadie, ni siquiera a la bibliotecaria, me dispuse a localizar los títulos que más me interesaban sobre criminalística.

Tampoco me iba a volver loca. No podía leer demasiado y más teniendo en cuenta la cantidad de trabajo que tendría durante el curso, pero intentaría invertir mi tiempo libre en mi formación. Al menos, mientras la pirada de Amy no me liara. Me obcequé con un título en especial que me llamó mucho la atención. *Human development and criminal behaviour* de L. Ohlin.

El olor a libros me encantaba. Siempre me fascinó. Caminaba entre los angostos pasillos llenos de estanterías y me sentía como una yonki. Cuando al fin llegué a una esquina algo retirada que daba a una de las bellísimas vidrieras que rodeaban la sala, presté atención a la estantería en la que se encontraban los libros destinados al desarrollo y comportamiento criminal. No se parecían en nada al tipo de libros que me dejaban fascinada por sus tapas, sus portadas hermosas, y también algo raras. Pero el aspecto iba con la temática, más bien oscura. Tampoco podía pedirle peras al olmo. Localicé el que buscaba, arriba del todo. Guardé la lista doblada en el bolsillo trasero de mi pantalón y me puse de puntillas para alcanzarlo con la punta de los dedos. Justo cuando logré tomarlo, noté la conocida presencia tras de mí antes incluso de que abriera la boca y me dijera en un susurro:

—Hola, cachorrita.

El libro se me cayó de las manos con tan mala suerte que el lomo me golpeó encima de la ceja derecha. Vi las estrellas, pero ni siquiera me quejé. No iba a mostrar ni debilidad ni aflicción ante él, aunque me palpitara la frente y el dolor hubiese sido atroz.

Me agaché a coger el libro. Aún no me había dado la vuelta cuando noté que él se me acercaba rápidamente por la espalda.

—Joder, Lara. ¿Te has hecho daño? —me preguntó con su voz teñida de falsa preocupación.

En el momento en que sentí sus manos sobre mis hombros, me giré movida por el instinto, la dignidad y la rabia y solté un exabrupto.

—No me toques —le ordené dándole un empujón, sujetando el libro contra mi pecho con la otra mano. Creí haberle dado lo suficientemente fuerte como para que se moviera. Pero ni siquiera lo sintió. Era duro como una piedra.

Maldita sea, lo miré a los ojos, y él parecía sorprendido por mi reacción. Me miraba como si no me reconociera el truhán, fingiendo una inocencia que en realidad no existía. ¿Qué se pensaba? ¿Que nuestro primer encuentro allí iba a ser de novela rosa y pomposa? Aquellos ojos dorados y salvajes parpadearon atónitos ante mi beligerancia.

Bien. Lo quería así. Desprevenido.

Llevaba una sudadera gris oscura con capucha, que no se había colocado en el estadio pero por debajo asomaba la camiseta naranja. Seguramente se la había puesto porque empezaba a refrescar.

—¿No te sorprendes de verme aquí? —me preguntó algo perdido.

—¿Por qué? ¿Porque estás aquí y no en Utah? —le susurré fríamente en voz baja—. ¿Porque no enviaste a Thomas de vuelta a Estados Unidos? ¿Por que él es tu hermano? Por...

Kilian me cubrió la boca, miró alrededor procurando que nadie nos viera y nos ocultó a ambos justo en el espacio que había tras la estantería.

No me lo podía creer. Lo tenía ahí, cogiéndome como si nada. Inspeccionándome la ceja para asegurarse de que estaba bien y de que no me la había abierto. Pero ¿de qué iba? ¿Quién se había creído que era? Aparté la cara e intenté salir de ahí.

—Kilian, déjame en paz —le ordené—. No me toques te he dicho.

—Lara, tranquilízate. Dime qué sabes… ¿Cómo lo sabes? —me pidió manteniendo la calma. Acababa de chafarle la sorpresa sin más. Y aún no las veía venir el muy mezquino.

Me dio rabia que ni siquiera se sintiese nervioso al ver que lo había cazado en sus mentiras.

Quería aplastarle el libro en la cara. Pero mantuve a buen recaudo mis impulsos más homicidas. Sería una buena criminóloga, no una criminal.

—Sé que tú y tu hermano os apostasteis algo. Y que lo ganaste tú —me dolía decir en voz alta que lo que se habían apostado fue algo muy mío. De hecho, fue a mí—. Felicidades. Pero ahora que ya he descubierto el pastel, no hace falta que sigas con esto. Thomas me lo dijo todo. Espero que lo pasarais bien.

Él se mantuvo en silencio hasta que sus ojos se entrecerraron. La luz que entraba por la vidriera reflejaba en nuestros rostros. Sus dientes blancos destellaron a través de la abertura de sus labios.

—Baja la voz.

—No me digas lo que tengo que hacer o me pongo a gritar aquí mismo —habían estudiantes en sus escritorios consultando libros y algunos tomando apuntes.

—Lara, siento haberte mentido —me dijo en voz baja—. Sabía que nos encontraríamos aquí por sorpresa, por eso no te dije que también estudiaba en Yale.

—Kilian, me mentiste en todo —le aclaré—. No sé si dijiste

o hiciste algo que fuera verdad. No te hagas el inocente ahora.

—No lo hice con ninguna maldad. Tienes que creerme. Solo quería darte una sorpresa cuando me vieras aquí.

—Y créeme, lo ha sido. Pero muy desagradable.

—Lara, estás equivocada. No sé qué te ha dicho Thomas...

—¿En qué estaba equivocada? ¿En que os apostasteis cuál de los dos se acostaba antes conmigo? ¿En que fui un juego para ti?

—No fuiste ningún juego.

—¿Ah, no? ¿Tienes novia, Kilian?

Él sacudió la cabeza y por primera vez lo vi incómodo.

—No. No tengo.

—¿De verdad? Da igual —levanté la mano para silenciarlo—. No me importa. Enviaste a tu hermano de recadero para darme una estocada en el hotel de Fucca, porque estabas rabioso por haber perdido el Alan Turing —cuanto más hablaba más rabia sentía—. Fuiste muy ruin. No tuviste el valor de ser tú quien me lo dijera. Eres un sinvergüenza y un gallina. Un impostor.

—Eso no es verdad —dijo rotundamente—. Yo no mandé a mi hermano a decirte nada. Una vez acabado el torneo nos fuimos por todo lo que había pasado con Luce y porque nuestros padres nos ordenaron cerrar filas y regresar a casa.

—¿Y la mejor opción era huir sin más?

—¿Qué esperabas? Tú y tus amigos subisteis un vídeo que quería dar a entender que lo de Luce no fue un accidente. No queríamos problemas, podían abrir una investigación que salpicara nuestros expedientes cuando nosotros no habíamos hecho nada y por eso nuestro regreso a casa fue tan precipitado —dijo de mal humor.

Me quedé pensando en lo del vídeo. Me hubiera gustado hablar con él sobre ello. Quise haberle dicho que lo íbamos a subir, que eso no podía quedarse como un simple accidente. Pero se fue antes de tiempo.

—No le he dicho a nadie de mi grupo que tú tenías ese archivo visual —me explicó—. Solo lo sabía Thomas. Quería que se tomara lo que pasaba en serio.

—Ah, ¿solo Thomas? Ahora me dejas muchísimo más tranquila —espeté sarcástica—. Nos delataste.

—No. Thomas no dirá nada. Créeme.

—No te creo nada, Kilian. No insistas.

—Ni tampoco les he dicho a nadie de mi grupo que sabía que vosotros erais responsables de que alguien subiera ese vídeo. Como tampoco le he dicho a nadie que venías a Yale.

—Claro. ¿Ni siquiera a tu hermanito? —le acusé incrédula.

—Y menos a él. Thomas es gilipollas. Le daré una paliza por lo que ha hecho…

—¿Otro numerito más de Vengador? No me hagas reír.

—Que sea mi hermano no cambia el hecho de que es un mal nacido. Y por supuesto que no le dije nada.

—No te creo, Kilian.

—¿No lo entiendes? No hubiera sido bueno para ti estar aquí rodeada de personas que sospechen que has intentado abrir una investigación en contra de ellos. El vídeo nos señalaba como sospechosos, ¿no lo comprendes, Lara? ¿Qué esperabas? ¿Qué les dijera a todos que la responsable de nuestra huida precipitada y de que por un momento nos investigaran como sospechosos de una agresión iba a venir a estudiar con nosotros a nuestra casa?

—El vídeo solo muestra que la caída de Luce es antinatural. Otra cosa es cómo os sintáis vosotros.

—No importa lo que muestra o deje de mostrar. Podrían haber iniciado una investigación sobre el Alan Turing, sobre todos nosotros, sobre Yale… Al menos, han capado el vídeo y lo han retirado de internet —dijo más tranquilo.

—¿Qué? —dije sin comprender.

—Los padres de Luce han pedido que el vídeo dejara de circular porque manchaba la imagen de su hija. Luce era una buenísima estudiante becada, y siempre mantuvo un currículum impoluto. El vídeo la muestra bebida y bajo los efectos de la marihuana… Tampoco es una buena imagen para ella ni para nuestra Universidad. Las autoridades italianas por respeto al deseo expreso de sus padres han cerrado el caso.

—No me lo puedo creer —musité incrédula—. Y a Yale le habrá venido muy bien —supuse zahiriente. Por eso Amy no sabía nada de lo de Luce. Nadie se imaginaba que Luce había viajado con los Bones y participado del Alan Turing. La habían borrado del mapa. Habían silenciado lo sucedido.

—Fue un accidente, Lara. Déjalo ya. Si el caso se retoma será cuando Luce despierte. Porque ella es la única que puede decir lo que pasó. Y lo cierto es que se resbaló.

Aquello me dejó enmudecida. No podía darle a entender todo lo que sabía sobre Luce, ni la información que poseía sobre su estudio de la hermandad. Como tampoco podía afirmarle que sabía sin más que su salto de fe formaba parte de una iniciación que iba más allá de una simple distracción y de un simple juego. Una iniciación que él conocía. No me imaginaba qué poder había detrás del hecho que zanjaran el caso de Luce hasta que ella, la víctima, recuperase la conciencia. Entendía el dolor de sus padres, pero no comprendía que no decidieran seguir con la investigación.

Los tentáculos que cuidaban de los Bones debían de ser muy largos.

—Lo que hicisteis fue muy grave, Lara. No se puede jugar con esas cosas.

—¿Grave dices? Luce no se resbaló ni se tiró voluntariamente. Alguien la empujó.

—Ten cuidado con lo que dices y dónde lo dices —me señaló con el dedo—. No te tomes tan en serio tu carrera de criminóloga. No seas paranoica.

Se lo aparté de un manotazo, ofendida con aquella sugerencia.

—¿Por qué debo tener cuidado? ¿Por qué en vez de formar parte de la hermandad de Neptuno en realidad eres un *Bones?* Y aquí todo el mundo sabe lo poderosos que son los Huesos y Cenizas, ¿verdad? Saben cómo os las gastáis. Por eso os temen.

Aquello lo dejó sorprendido. Noté cómo presionaba los dientes y su mandíbula se tensaba.

—¿Ya has mirado el tablón? ¿El *Rumpus?*

—No. No he mirado nada. Ya sé que están vuestros nombres en el tablón. Kilian Alden. No es ningún secreto quienes conforman la membresía de la fraternidad más poderosa de Yale. Los *Bones* sois una especie de *Vox Populi.* Sois auténticas celebridades aquí. Muy respetadas y temidas. Pero a mí no me das ningún miedo.

Los ojos de Kilian intentaban ver más allá de lo que decía. Su postura era tensa, y se acercó amenazante a mí, con lo que me obligó a aplastar la espalda contra la estantería y quedarme encerrada entre esta y la pared de piedra. Apoyó sus manos por encima de mi cabeza, dejándome presa entre su cuerpo y el frío muro.

—Pues deberías. Deberías temerme, Lara. Y deberías tener más cuidado de con quién te codeas aquí.

—¿Lo dices por ti? Descuida, no pienso codearme contigo.

—No lo digo por mí —siseó.

—¿Y a ti qué te importa con quién me codee? Tú y yo no tenemos nada que ver, ni nada de qué hablar.

Kilian se encogió de hombros. Sus anchísimos hombros me privaron de visibilidad. Sus pestañas negras y alargadas oscilaron levemente.

—Me importas porque he estado pensando en ti desde que me fui de Lucca —espetó enfadado.

Me enfureció. Me estaba mintiendo. No quería creerle.

—¿En serio? Tenías mi teléfono, Kilian, y no me llamaste ni una vez.

Él asintió. No se atrevió a llevarme la contraria.

—Me dejé muchas cosas en el hotel al irme tan rápido. Los móviles que teníamos en Italia eran de tarjeta. Eran los que usábamos allí, y lo olvidé en la habitación. En mi móvil no tengo tu número. Pero he estado esperando a que empezara la Universidad para verte —acercó su torso al mío, y a mí se me calentó la sangre de indignación, y también de otra cosa. Era como si mis células reconocieran su cercanía. Sonrió divertido—. Al cretino de Thomas le va a dar un derrame cuando te vea —inhaló suavemente y cerró los ojos—. Me encanta cómo hueles…

—Vete a la mierda, Kilian. ¿A qué juegas? —lo aparté y me crucé de brazos.

—No estoy jugando.

Estaba confusa, sentía que me seguía tomando el pelo. Lo que me dijo Thomas me dejó hecha polvo y ahora Kilian no podía pretender que lo creyera de la noche a la mañana, por mucho sentido que tuviera lo que me dijera.

—No sé qué tipo de juegos sádicos tienes con tu hermano, pero yo no quiero volver a formar parte de ellos. Thomas sí vino a dejarme claro muchas cosas antes de irse. Le dio tiempo de pasarse por mi hotel.

—Ese hijo de… —gruñó en voz baja, formando puños con las manos—. Salió más tarde porque dijo que se dejó el pasaporte en el hospital —explicó iracundo.

—¿En el hospital donde debía estar ingresado hasta que se

fuera? —le pregunté sarcástica.

—Sí, en ese. Lara… —intentó acercarse a mí de nuevo pero no se lo permití—. Puede que te mintiera en eso. Thomas no iba a largarse hasta que nosotros no nos fuéramos, pero me prometió que no intercedería de nuevo.

—No te creo.

—Bueno, no me creas si no quieres. Pero no te creas nada de lo que te dijo tampoco.

—Sois hermanos. En eso no me mintió.

—Pero sí en todo lo demás —aseveró. Se acercó de nuevo a mí, guardando la distancia prudencialmente—. Mi hermano y yo tenemos una relación muy complicada. Sé que no es excusa pero… —se detuvo en cuanto vio cómo le miraba—. No tienes intención de hacer el esfuerzo de creerme, ¿a que no?

Yo negué con la cabeza. No era estúpida. No podía pasar de odiarle como le odiaba a, de repente, estar tontamente enamorada de él otra vez, solo porque él me dijera que nada de eso era verdad. No me consideraba débil ni una chica que sucumbiera al atractivo masculino, por mucho atractivo que exudara Kilian por cada uno de los poros de su piel.

Me habían hecho daño. Debía tener cuidado y protegerme de los Alden. Competían entre sí y formaban parte de una hermandad con el poder suficiente, o el apoyo incontestable de entidades tan poderosas como para detener una investigación y capar un vídeo de internet en unas horas. Tropezarme una vez con una piedra era el destino, hacerlo dos con la misma piedra era culpa mía.

—No tengo tiempo para esto. Estoy en Yale dispuesta a estudiar. No quiero meterme en líos —y en parte era verdad. Pero la otra mitad de mí sabía que no iba a poder cumplir con mi cometido. Me metería de lleno en la boca del lobo, porque mi instinto y mi sentido de la justicia me lo ordenaba—. Ni quiero tener nada que ver contigo ni con tu hermano. Ni con los *Bones*. Quiero que me dejéis en paz. Que hagáis como si no existiera.

—¿Qué te crees que soy, Lara? —me dijo con voz dura y baja.

—No lo sé —le contesté apartando la cara cuando vi que él hacía el amago de acariciarme el rostro—. Dímelo tú. Lo que no eres es el antagonista de Thomas. No eres un héroe, ni formas parte de una hermandad de Neptuno —me quedé mirando su muñeca donde oculto por la manga larga de la sudadera gris se encontraba el tatuaje del tridente—, ni cursas segundo...,

—Lo cierto es que cuando te lo dije sí cursaba segundo. Este año empiezo tercero.

—¿Te crees gracioso? —¿pero de verdad creía que me tomaba el pelo?—. Tampoco eres de Utah. Así que, ¿por qué tengo que creerme que no fui una apuesta, que no eres como tu hermano y que no tienes novia?

—Porque no lo eres. Porque no lo soy. Y porque no la tengo.

—Ahora mismo no tengo ningún motivo para creer lo contrario, Kilian. No confío en ti.

Él me miró de arriba abajo y exhaló algo abatido.

—Me importas. Me importaste en Lucca, no quise hacerte daño. Me gustas mucho, Lara. ¿Crees que me inventé todo lo que te dije y que fingí en el invernadero? Fui yo mismo. Sin mentiras ni máscaras.

Eso me tocó la fibra y provocó que me temblara la voz.

—No te atrevas a hablar de eso.

—Siento cómo ha sido todo. ¿Qué puedo hacer para que me creas?

Ah, no. Apreté los ojos con fuerza porque me entraron ganas de llorar. Me estaba emocionando. No lo podía permitir.

—Nada. No quiero que hagas nada. Solo quiero que me dejéis tranquila. No quiero problemas.

Él se cruzó de brazos.

—¿Ah, no? ¿No quieres problemas y te juntas con Dorian?

—¿Con Dorian? —aquello me pilló por sorpresa—. ¿Me viste en el estadio?

—Claro que te vi.

—Y no me dijiste nada —asumí.

Él parecía frustrado.

—¿En qué quedamos? No puedo hacer según qué cosas a no ser que quieras que hablen de ti más de la cuenta y que te ponga en el ojo del huracán. La presión en Yale puede ser insoportable. La gente vive de los chismorreos. ¿Eso quieres?

—No.

—Además, ¿sigues creyendo que pasas desapercibida? —parecía que se reía de mí—. Es imposible. En cuanto te vi se me pasaron mil cosas por la cabeza. Y ninguna buena —sus ojos refulgieron y el oro se volvió amarillo. Me encantaba cómo le cambiaba la tonalidad según la pasión y la vida de sus palabras. Tragué saliva e intenté pasar por alto el fuego en su mirada—. Y ahora estás con Amy, y a esa chica todos la conocen. Hablarán de ti. Pero ¿Dorian? —negó con la cabeza.

—¿Qué pasa con él?

—No te acerques a él, Lara.

—Perdona —levanté el dedo y paré el oído como si no hubiera escuchado bien—. Me ha parecido oír que acababas de prohibirme algo.

—No tienes ni idea de cómo funciona esta Universidad —ignoró mi ironía—. No sabes qué tipo de guerras subterráneas hay ni en qué barros te puedes quedar atrapada.

Intuía cosas. Sabía que existían. Y los archivos de Luce hablaban sobre rencillas entre hermandades, además de que habían muchas otras cosas ocultas entre líneas. Pero no lo decía abiertamente.

—No. No lo sé. Por si no te has dado cuenta, este es mi segundo día aquí. Acabo de llegar —dije sin más—. Y lo que tenga que descubrir lo haré sola.

—No con Dorian. Con él no —me censó de nuevo.

—Kilian —di un paso al frente y me eché el pelo hacia atrás—. ¿Qué te hace pensar que tienes algún tipo de ascendencia en mí? No soy tuya. No acepto órdenes de nadie.

Iba a dejarlo ahí mismo, pues encontré las fuerzas suficientes como para avanzar mis pies y escapar de aquel rincón del demonio. Pero cerró los dedos sobre mi antebrazo.

—Entonces, ¿lo que sucedió en Lucca entre nosotros se queda en Lucca? —me preguntó mirando al frente.

—Sí, como en Las Vegas —contesté sin más—. Sucedió y ya está. No estoy interesada en nada más.

—¿Y lo que sucedió con Luce? ¿También se quedará en Lucca?

Yo me mordí la lengua. Lo mejor era hacer que desistía, que si el caso estaba cerrado estaba cerrado para todos.

—Caso cerrado, ¿no?

—Sí —contestó él.

—Entonces no hay más que hablar.

—¿Y sobre lo nuestro? —insistió. Qué bien hacía su papel.

—Tampoco hay nada más que hablar. Hagamos como si no nos conociéramos.

—¿Ah, no? ¿No hay más que hablar?

—No —costó que saliera de mi boca.

No me soltó. Parecía que meditaba bien lo siguiente que iba a decirme.

—Está bien, Lara. ¿Te dejo en paz? ¿Quieres que te deje en paz? —era como si quisiera cerciorarse de que aquello lo hacía obligado no porque quisiera.

—Sí. ¿Qué es lo que no te ha quedado claro de «no confío en ti»? No quiero tener nada que ver con vosotros.

—Como quieras —dejó escapar el aire entre los dientes—. Pero procura rodearte de buenas influencias. Tus Watch Dog no están contigo. La rubia y el chino no están aquí. Y Dorian no es una buena influencia.

—Ya —di un tirón intentando soltarme de su sujeción—. ¿Y tú sí? ¿Tú sí eres una buena influencia?

—¿Yo? —esta vez dejó caer los ojos sobre mi rostro. No pude descifrar qué era lo que transmitía su expresión, pero me puso muy nerviosa—. No. Yo soy la peor —negó con la cabeza y un tono de voz muy oscuro—. Es imposible ser bueno contigo al lado —me miró de arriba abajo y yo me sonrojé por completo, hasta que tragué saliva—. No tienes ni idea de lo que se me pasa por la cabeza. De lo que me gustaría hacerte desde que te he visto —su aliento mentolado rozó mi pelo y el piercing de su lengua asomó entre sus dientes.

Yo parpadeé confusa y fijé mi mirada en sus labios. Incluso haciendo de malo y pecaminoso estaba irresistible. Sí, ese papel le iba mucho más que el de niño bueno y comedido de Lucca.

Me soltó a regañadientes y añadió un doloroso y desdeñoso.

—Anda, vete ya, cachorrita.

—*Cazorrita* —le corregí yo de mala gana.

—¿Qué? —frunció el ceño.

—Así me llamáis tú y Thomas, ¿no? *Cazorrita* —le repetí asqueada.

Kilian abrió y cerró los dedos de las manos como si quisiera que la sangre circulara correctamente y las tuviera entumecidas. Me ignoró, se cubrió la cabeza con la capucha y se despidió con un:

—Lárgate ya.

No miraría atrás. No caería en el error de clavar mis ojos en los suyos y de obligarme a creer que le había dolido soltarme, casi tanto como me dolía a mí estar cerca de él.

Me fui de ahí con la sensación de que Kilian me había hecho un favor. Como si tuviera que agradecerle que me liberase. ¿Por qué tenía que hacerme sentir así? ¿Por qué ahora, mientras recorría los pasillos con el libro abrazado contra mi pecho, en silencio y aún temblorosa, creía que me acababa de dar una patada en el trasero? El trayecto hasta la recepción y posteriormente hasta la salida de la biblioteca se me hizo eterno.

No vi a Kilian salir. Aunque tampoco me atreví a mirar a ninguna dirección que no fuera el monitor de la bibliotecaria y la puerta de entrada y salida del edificio.

Aquella noche, en mi habitación, escribí a Taka y a Thaïs de nuevo, y esta vez sí que parecía que habían recibido los mensajes. Necesitaba hablar con ellos. Eran dos días sin saber nada y no comprendía qué podía estar pasándoles.

Pedí una ensalada para llevar en el *Koffee* y me la comí mientras escribía un largo e-mail a mi padre, pues me había obligado a hacerlo cada poco para contarle mi día a día en la Universidad.

Cuando acabé me di una ducha, y ya con el pijama puesto empecé a repasar mentalmente todo lo que tenía de Luce.

Aunque ella al principio tenía un objetivo claro sobre lo que quería investigar, con el paso del tiempo esa primera idea se difuminó, y sus apuntes se fueron convirtiendo en un diario de a bordo en el que contaba su experiencia con un *Bone*. Con su *Bone*. Obviamente habían muchos datos relevantes entre tanta información, pero parecía omitir otros clave. Era como si ella misma se hubiese obligado a restringir información incluso por su propio bien. Como si temiera que algún día la cogieran y se delatara con demasiada facilidad si alguien encontraba aquel caudal de archivos que señalaban indirectamente pero que no delataban del todo. Y en ocasiones me parecía que ocultaba nombres y acciones conscientemente como si protegiera a alguien más… ¿Tal vez protegía al Alfil? ¿Hasta qué punto lo que sentía por él se interpuso con su vocación y su investigación?

El móvil, lo que instigó a Luce a investigar a los Huesos y Cenizas fue su inclinación por posibles ritos satánicos y de brujería y su culto a la Oscuridad. Quería averiguar a qué le rendían pleitesía, qué veneraban y por qué, y cuánto de eso influía luego en la vida adulta de los Bones, para qué lo utilizaban.

Sin embargo, su perspectiva cambió al llegar a la Facultad y empezar a hacer vida en ella. Para empezar, descubrió que *Calavera y Huesos* ya no existía. Pero que su filial, Huesos y Cenizas, los relevaron. Ella orientó su investigación hacia su idea principal, algo impactante y puede que demasiado fantástica. Pero la Universidad la cambió. Los Bones la cambiaron y le hicieron olvidar su objetivo, aunque eso no restaba importancia a todo lo que descubrió. Yo debía encontrarlo, hallar las claves entre líneas.

«El poder atrae. El poder siempre atrae y quien diga lo contrario miente descaradamente. La primera vez que le vi no me cupo ninguna duda. Era poderoso. Soberbio. Inalcanzable. Una chica normal caería en las garras de ese Bone con una facilidad pasmosa, porque todo en él es magnético. Su sonrisa, sus ojos, su fortaleza. Su inteligencia. Pero una chica normal pasaría inadvertida ante él. Porque los Bones no se

fijan en chicas cualquiera. No dejan que les rodeen medianías.

No aceptan a miembros femeninos desde hace años en su frater-nidad, aunque digan lo contrario. Y quiero ser yo la primera que entre en su casa y abra sus entrañas. Quiero ser una Bone reconocida. Infil-trarme. Sé que puedo llamar la atención. Tendré cuidado, iré guardando toda la información en la nube.

Soy Artemisa, soy la cazadora de noticias con más popularidad on line. Y si he tenido el talento para ocultar mi identidad todo este tiempo, es porque soy inteligente.

Ese Bone se fijará en mí. Haré que se fije en mí. Le quiero a él. Quiero un reconocimiento público e internacional dentro del mundo del periodismo por mi labor, por esta investigación, y con esto lo voy a lograr. No negaré que puedo pasármelo bien con ello. Es un caprichito de diva que tengo. Porque ese chico es un dulce. Y a nadie le amarga un dulce».

En Lucca no llegué a hablar con Luce. No la conocía. Pero por su manera de escribir y de verse a sí misma daba a entender que se trataba de alguien con muchísima autoestima y una seguridad pasmosa en sí misma. Además, se sabía sexy. Porque una mujer que no se sintiera guapa no osaría a acercarse a alguien que describía como hermoso y poderoso. O se sentía igual, o no se acercaría jamás. Además, sabía que tenía mucho más que ofrecer, aparte de su be-lleza. Aquella era su baza.

Yo no sabía qué era lo que la hacía especial, pero en Lucca la vi sonreír, la vi coquetear con todos los Assassin´s y la vi cerca de Kilian más que de ningún otro. Pero mantuvo su relación en secreto. Era hermosa y transmitía un halo de suficiencia a su alrededor.

Desconocía dónde me iba a llevar toda aquella aventura llena de misterio, ambición y oscuridad, pero esperaba que el ardor de estómago y la quemazón del corazón que sentía desde hacía días valiera la pena con el desenlace, fuera el que fuese.

Luce decía que a nadie le amargaba un dulce.

A mí sí me amargó.

Ocho

Al día siguiente aún retumbaba en mi cabeza el eco del encuentro frontal con Kilian. No quería tener nada que ver con él. Me habían tomado el pelo y eso no lo podía olvidar. Por mucho que me gustara, por mucho que quisiera abrazarlo y que las cosas fueran de otra manera, no podían ser así, y tenía que aceptarlo y lidiar con ello y con mi corazón indispuesto.

Por eso intenté tomarme las cosas de otra manera. Relajarme y dejar que el tiempo me hiciera sentir mejor. Solían decir que el tiempo curaba las heridas, y yo estaba deseando que lloviera Mercromina. Además, no podía olvidar que allí había ido a estudiar, a aprender y a disfrutar en la medida de lo que me fuera posible, pero también a resolver el conflicto de Luce.

De camino a mi primera clase oficial recibí una carta de mi padre al e-mail.

Mi pequeña bicho raro, no sabes cuánto te echamos de menos.

Nos alegra saber que estás bien y que ya te has asentado. No tenía ninguna duda en tu eficacia y sabía que en un día lo harías todo. También me alegra saber que has hecho nuevos amigos y que te has apuntado a una hermandad animalista. Así me gusta, hija. Que no te metas en líos y que adoptes costumbres sanas y de relevancia en la sociedad.

Espero que todos se porten muy bien contigo y que tú te muestres tal cual eres, Lara. Alguien adorable, fuerte y leal, y muy divertida cuando quiere.

Gema no deja de hacer tortitas por la mañana porque piensa en ti, y en los desayunos de fin de semana. Y la casa cuando huele a tortitas huele a domingo, y eso me tiene un poco descolocado. Pero ya sabes lo obsesiva que es. Cuando se le mete algo en la cabeza no deja de hacerlo hasta que se cansa.

Bueno, bicho. Escríbeme más, siempre que puedas. Nos encanta leerte.

Te queremos mucho.
Papá y pijastra.

Al rato recibí otro e-mail, esta vez de Gema.

Tu padre te contará milongas y todo lo que él quiera, pero ya sabes que empieza a chochear y se pone muy pesado y empalagoso. No soy yo quien hace las tortitas. Las hace él. Y también se pasa cada noche por tu habitación, y le desea buenas noches a ese peluche con cara de trol empanado que tienes en la cama. Se imagina que eres tú.

¿Cariño, tú que eres tan lista y tan guapa, conoces algún tipo de pastillas para la depresión que no necesiten prescripción médica? ¿Crees que se las puedo meter en el café?

Un beso, mi hijastra querida.
No hagas nada que yo no haría si estuviera en tu lugar y tuviera tu cuerpazo.
Besos, te queremos.
Tu querida y única pijastra

Leí los e-mails en mi móvil, y me tuve que reír. No podía hacer otra cosa. Y en ese momento, de esa guisa me encontró Amy, sonriente también al verme a mí sonreír.

—¿Qué lees que te hace tanta gracia, novata?

—Una carta de mi padre.

—Joder —me acompañó un buen tramo—. Las cartas de mi padre me hacen llorar. «Amy, estudia más», «Amy, deja de fumar marihuana», «Amy, la tarjeta echa humo. ¿En qué te gastas tanto dinero?»... Bla, bla, bla...

—Uf, qué duro debe de ser... —dije con ironía.

Amy me miró de reojo y yo sonreí.

—No sé si me ha gustado ese tono —murmuró.

—No entiendo por qué —continué tomándole el pelo.

—Bueno, como sea —me echó el brazo por encima—. Esta noche es la fiesta de las hermandades, guapa de cara, y nosotros hemos quedado a las ocho en casa de la abuela de Hans para recoger la mercancía. Quedaremos a las siete y media en la habitación, ¿vale?

—Vale, pero ¿qué mercancía? —le pregunté con curiosidad.

—Es un pequeño catering que ofrecemos a todos para que sepan qué hacemos y en las fiestas reclamen nuestra colaboración.

—¿Un catering?

—Un bufé.

—¿Comida?

—Sí, eso es —se echó a reír—. Comida. Todos quieren. Todos comen. Todos pagan. Es una regla de tres.

Me detuve en seco y la miré de arriba abajo. No me la creí en absoluto y me imaginé lo peor. Intuí lo que Amy no me decía.

—Amy, ¿qué tipo de comida ofrecemos?

—La mejor —dejó ir una carcajada.

—Ay, por Dios —me sujeté el tabique nasal y cerré los ojos—. No te creo.

—Bah, no te preocupes. Está todo controlado. Tú relájate. Esta tarde te lo cuento y ves cómo funciona. Ahora me voy a ayudar a uno de los profesores de Arte Moderno. Va a llegar tarde y le voy a suplir un rato —se quedó callada y me señaló como si fuera una advertencia—. Eh, novata. Ponte guapa esta noche, ¿eh? A las siete y media pasaré a buscarte por nuestra casita. Que todos vean la amiga pibón que tengo. Y sé simpática.

—Sí, sí —alcé la mano para despedirme de ella.

No sabía dónde me había metido.

¿Había elegido la fraternidad correcta?

Clase Psicología social

—Se supone que vais a estudiar esta carrera porque respondéis a un perfil en concreto. Os interesan los problemas de la sociedad y de las personas. Os gusta involucraros y buscar soluciones a esos problemas.

Estábamos escuchando al profesor Donovan. El más joven de toda la Universidad. Tenía veintiocho años, era muy atractivo. Su media melena castaña, sus ojos claros, esa barba de pocos días y aquel aspecto de viejo rockero a lo Jon Bon Jovi en sus buenos tiempos hacía que todas las chicas se sonrieran cuando las miraba, y que después cuchichearan sobre lo guapo que era. Me sorprendía que alguien con su aspecto diera clases en Yale. Y sí, sí era guapo. No lo iba a negar. Pero si algo me gustó de él y de la clase que él impartía en Psicología Social y Psicología de Grupos era su modo de interactuar. En el primer año de carrera era meramente introductorio, aunque daba unas nociones básicas para aplicarlas en los cursos de los años siguientes.

Como fuera, me gustaba su modo de hablar y de hacerse entender. Cómo se dirigía a nosotros, con qué familiaridad. Lo escuchábamos con atención, sentados todos en nuestras butacas, en aquella aula circular que no estaba llena ni por asomo y que me recordaba a un anfiteatro en miniatura. Él hablaba en su altar, con su pizarra detrás. De vez en cuando bajaba de aquel estrado y caminaba de un lado al otro, mirándonos uno a uno a los ojos. Y nos preguntaba si respondíamos al perfil de alguien que quisiera estudiar criminología.

En honor a la verdad, ya había leído muchos libros y artículos que me adelantaban al curso que estaba realizando. Mis conocimientos adquiridos al ser autodidacta eran avanzados para alguien de mi edad. Muy avanzados. Pero no quería parecer pedante ni tampoco dar a conocer mi pequeña peculiaridad, que en materia de estudios y metodología, era un mundo entre el resto de compañeros y yo. La memoria eidética me facilitaba mucho las cosas, porque era capaz de memorizar libros enteros. ¿Jugaba con ventaja? Sí, por supuesto que sí. Pero eso no desmerecía el hecho de que también me había aplicado y esforzado en todo, leyendo más, queriendo aprender más, desarrollando más mi mente y también mi capacidad de visualización, de comprensión, porque uno podía tener un don, pero debía ejercitarlo para que no se durmiera. Y más aún teniendo un objetivo. Lo que le sucedió a mi madre Eugene fue atroz, me traumatizó de por vida, me cambió, y no iba a descansar hasta que los culpables pagaran por ello. Tenía cuatro años por delante para titularme. Y me había jurado resolver lo que pasó, de un modo o de otro.

Yo estaba despierta. Más que nunca. Los acontecimientos en

el Turing, con Luce, con Kilian y Thomas y demás, me hacían estar en alerta, activa mentalmente. No podía relajarme.

—¿Y usted? La chica de la camisa a cuadros rojos y negros.

Me di cuenta de que me hablaba a mí y salí rápidamente de mi mundo interior.

—¿Yo?

—Sí —Donovan cogió su libreta de tapas negras y revisó los nombres de los alumnos de su clase—. ¿Cómo se llama? —me preguntó con su atención fija en la lista.

—Lara. Me llamo Lara.

—Ah —cerró su libreta y me sonrió—. Usted es la chica becada de Barcelona.

Cuando toda la clase se giró para inspeccionarme, me sentí incómoda. Cómo odiaba llamar la atención. Quise hundirme en la silla.

—Sí.

—Y bien, Lara. ¿Tiene las cualidades que hay que tener para ser criminóloga?

—Supongo que tengo algunas. Pero espero aprender las que me faltan en mi formación. Como las aplicaciones científicas y muchos otros conocimientos que me faltan.

—¿Y qué competencias cree poseer?

¿Cuáles creía poseer? Vaya por Dios.

—Tengo sentido de la justicia, de la moral y de la ética. Y creo poseer inteligencia social.

Aquello le sorprendió. Lo noté en su lenguaje corporal, en el modo en que se puso receptivo.

—Hábleme de ese aspecto suyo. ¿Por qué cree que posee inteligencia social?

Fijé mis ojos en la pantalla de mi iPad Pro cuya carcasa era roja, aunque el teclado y la tableta fueran dorados, y me descrucé de piernas para acomodarme mejor.

—Soy muy observadora —contesté sin más—. Creo poder captar los sentimientos de las personas y recordar aspectos cualitativos del lenguaje corporal y detalles de conversaciones así como de mi entorno.

Donovan me observó con atención. Estaba estudiando mi pose, mi manera de hablar y de comunicarme. Me estaba psicoanalizando en un momento. Pero yo me mantuve estoica durante su escrutinio. Después, sin más, apartó su atención de mí y se dirigió a toda la clase.

Alzó un dedo y dijo en voz alta.

—Hay diez cualidades que deben caracterizar a un buen criminólogo. Durante el curso hablaremos de ellas. Pero una muy importante, como bien ha mencionado la señorita Lara, es la inteligencia social. Los rasgos que ella ha descrito son básicos, ya que en su futura profesión se relacionarán con individuos con niveles emocionales muy inestables y distintos del suyo. Poseer inteligencia social y desarrollarla, les ayudará a establecer las dinámicas adecuadas y les otorgará clarividencia para realizar actuaciones muy concretas.

Dicho esto, Donovan me sonrió y con un gesto de su barbilla reconoció mi respuesta como correcta.

—Pero no solo basta con eso —me dijo, aunque hablaba a toda la clase—. Confío en que posea más cualidades —me advirtió en tono de humor.

—Y yo —contesté sin querer hacer la gracia. Aunque no resultó. Al parecer eso hizo reír a mis compañeros, a los que desconocía por completo. Aunque no tardaría en familiarizarme con ellos.

—Los otros nueve rasgos son determinantes. Profundizaremos en ellos durante el primer trimestre.

Me gustaban los desafíos. Pero no me agradaban los juicios públicos. En la universidad trabajaría aquel pequeño problema de introversión que tenía. Allí puliría muchas cosas de mi carácter que podían ser escollos para la consecución de mi objetivo.

Decían que en la Universidad una maduraba. Yo lo iba a hacer a velocidad de crucero.

Aquel mediodía, después de las clases, la perspectiva que tenía sobre mi estancia en la facultad de Yale cambió por completo. Dio un giro de trescientos sesenta grados que ni por asomo me esperaba.

Me encontraba en Audubon, en el Koffee. Meditaba en la estrategia que debía seguir para no comer siempre allí y gastarme un dineral en menús. Quería comer mejor, pero allí no lo conseguiría. También podía ir al restaurante de mi facultad pero aún no había sacado tiempo para informarme sobre la tarifa que se debía pagar por tener la «pensión completa» en la Universidad. Y conociéndome, no sabía cuántas veces podría tirar de ella, porque pensaba estar merodeando por todos los lugares de encuentro de los Bones que insinuaba Luce en su trabajo de investigación. No porque no pudiera gastármelo, ya que gracias al premio de Alan Turing tenía una cuenta corriente que en la vida me hubiera imaginado. Pero ese dinero también debía invertirlo en lo que necesitara para mi investigación de los Huesos y cenizas y resolver lo que fuera que había descubierto Luce. Y no solo eso. Entre ese grupo de hombres estaba el agresor de la joven Artemisa. Debía desenmascararlo.

Sabía lo que haría Gema con ese dinero. Y, obviamente, también sabía lo que haría la archicaprichosa de mi amiga Thaïs con él. Porque lo hacía a diario, a ella que le sobraba el dinero. Pero yo no era como ellas.

No era excesivamente caprichosa, y si lo era no tenía caprichos caros. La cuestión era que estaba bebiendo el refresco, comiéndome mi pollo empanado y mi ensalada, esperando que viniera alguien de mi fraternidad, que siempre comían ahí, y de repente, a mis espaldas, escuché una voz que no podía ubicar en Yale. No allí.

—Hola, pequeña Hobbit.

Me atraganté con la ensalada, y cuando me di la vuelta, cubriéndome la boca con la mano para que nadie viera el estucado verde que me rodeaba los labios, mis ojos se abrieron de par en par al ver a la persona que tenía en frente. Y no venía sola.

—¡Taka-taka! ¡Thaïs!

Me levanté como si tuviera un muelle bajo el trasero, y me eché al cuello de mis dos mejores amigos. ¡Estaban ahí! Les abracé tan fuerte que no les dejé hablar.

Taka tenía el pelo teñido de blanco platino y todo de punta, con su cresta. ¿Dónde había ido a parar su azul eléctrico? Vestía de negro, como si fuera un punk, y llevaba una mochila Louis Vuitton de piel negra y gris a la espalda. Sus ojos rasgados sonreían y eran tan oscuros que parecía que estaban repasados con Kohl.

Thaïs llevaba una cazadora tejana con una insignia dorada en los laterales, una camiseta negra ajustada debajo, y unos jeans que se le adherían a la piel y dibujaban su silueta como un guante. Llevaba el pelo rubio recogido en una cola alta y estaba todo lo guapa que ella era. Un bombón.

Ambos sonreían igual de felices que yo.

—Nos vas a ahogar —murmuró Thaïs abrazándome igual de fuerte.

Me aparté de ellos y los miré acongojada. ¿Qué demonios estaban haciendo allí? No comprendía nada.

—No me lo creo… —dije atorada por la emoción—. ¿Qué estáis haciendo aquí?

—No podíamos estar sin ti —me dijo Thaïs pellizcándome la mejilla.

—No, en serio —le pedí yo. Me fue bien ese pellizco para cerciorarme de que lo que veían mis ojos era verdad—. ¡¿Qué hacéis aquí?! ¿Cómo sabíais que estaba en Audubon?

Taka mostró su móvil con un geolocalizador, y Thaïs miró a otro lado.

—¿En serio? ¿Me has estado siguiendo? —Era inevitable. A Taka no le importaba violar la privacidad de nadie por eso había tenido tantos problemas con la ley y la seguridad de medio mundo.

—No vas a convencerle de que lo que hace está mal. Créeme. Lo he sufrido en mis carnes —espetó Thaïs.

Me los quedé mirando a los dos. ¿Seguían igual? ¿Habrían solucionado su problema de atracción sexual no resuelta?

—Lo que hago, solo está al alcance de muy pocos, chicas —concluyó él guardándose el móvil en el bolsillo—. No voy a dejar de hacerlo. Me ahorra tiempo, además de evitar cruzarme con muchos mediocres por el camino.

—Eres bastante odioso —murmuró Thaïs.

Taka arqueó sus cejas negras y dio una palmada para frotarse las manos con gusto.

—Bueno, venga, al lío.

—Al lío, eso digo yo —inquirí—. ¿Qué hacéis en Yale? ¿Cuánto tenéis pensado quedaros?

—Pedí asistir como oyente al Máster que tiene lugar aquí sobre hacking ético y seguridad —sonrió inocentemente—. Dado mi historial, la empresa accedió al instante. Les daba igual pagarme el Máster que eligiese fuese donde fuese. Y puesto que les interesa que me reforme de verdad, accedieron con los ojos cerrados.

—¡¿Qué?! —grité emocionada—. ¡¿Me hablas en serio?!

Taka se encogió de hombros y sonrió.

—El japonés estaba muy preocupado por ti —intervino Thaïs mirándolo de reojo—. Y yo también. Él buscó información como un loco sobre qué curso podía pedir subvencionado por Apple y su departamento de nanotecnología y cibernética. Uno en el que no tuviera que trabajar demasiado. Ya sabes que es un vago —puso los ojos en blanco—. Y encontró este. Y yo he decidido hacer mi último curso de periodismo aquí en Yale. Me enteré de que el señor Boob Woodward, el periodista del caso Watergate iba a dar una de las asignaturas y eso no me lo puedo perder —se llevó la mano al corazón—. Es una eminencia —después sonrió abiertamente y me guiñó el ojo—. Y, además, no íbamos a dejarte sola aquí sabiendo que los *Cenizos* —así los había bautizado Thaïs— saben que tú tenías el vídeo que se subió a internet y que, por cierto, ya han retirado.

Madre mía. No sabía ni qué decirles. ¿Estaban ahí por mí? ¿Los dos habían cambiado sus destinos por mí? Eso suponía mucho, más de lo que yo alguna vez podría agradecerles.

—Pero Thaïs, has tenido que pagar un dineral para hacer el último año de carrera aquí —supuse con pesar.

Ella le restó importancia.

—Tengo muy buenas notas, y en Oxford —que era donde ella cursaba periodismo— convalidan asignaturas con Yale, tienen un plan de colaboración específico. En realidad no he tenido que pagar tanto. Vengo medio becada. Además —dijo sin más— ya sabes que hace tiempo que no me preocupo por el dinero. Y tengo mucha mano con los decanos de Periodismo de Oxford.

—Tiene mano con todo el mundo —murmuró Taka hacia

el otro lado.

—La información es poder, Pokémon de pelo blanco. Y el dinero también.

Y era verdad. *Frikinews* era un éxito solo a la altura de *La Voz de Artemisa.* Aunque, Thaïs era mucho mejor negociadora, y los sponsors y los patrocinios de sus páginas le pagaban auténticas barbaridades por salir en ellas.

Luce y Thaïs tenían cosas en común. Las dos eran propietarias anónimas de webs de información digital de éxito. Las dos eran periodistas. Jóvenes. Con talento. Sin embargo, Thaïs tenía toda la vida por delante y era mucho más sagaz y perspicaz de lo que probablemente lo fue Luce, la cual se debatía entre el limbo y la conciencia en un hospital de Inglaterra.

Después de aquel reconocimiento volví a abrazar a mis dos mejores amigos a los que adoraba, y por primera vez me sentí más tranquila, más en casa.

—Gracias. Os quiero, chicos. No me lo puedo creer todavía —aseguré—. Yale cambia por completo con vosotros aquí.

—Y nosotros te queremos a ti, Hobbit —explicó Taka.

Cuando nos separamos les obligué a tomar asiento. Tenía tantas cosas que preguntarles. Tanto por saber.

—Pero ¿dónde os vais a hospedar? ¿En la facultad?

Taka se echó a reír y me señaló con el dedo.

—En la facultad, dice. No, querida.

—¿Ah, no?

—La empresa de Taka le paga una casita aquí en los alrededores. Nos quedaremos los dos ahí.

Me cubrí los ojos con la mano y negué con la cabeza. Estaba impresionada.

—Por Dios, Taka. Eres un niño mimado.

Se encogió de hombros.

—Cuidan de mi cerebro.

—¿Y vais a estar los dos solos ahí? —fruncí el ceño y noté cómo Thaïs me daba una patada en el gemelo por debajo de la mesa.

—Sí —contestó ella—. Cada uno tendrá su espacio, ¿verdad, japo?

Taka asintió y se concentró en el poso de su cerveza que al parecer le hablaba del futuro o de algo parecido para que le prestara tanta atención.

—Ya… —no quise indagar más—. ¿Por qué no me dijisteis en Lucca que teníais pensado darme esta sorpresa?

—Porque no lo pensamos allí —contestó Thaïs.

—Ha sido muy precipitado todo, ¿no creéis? —les recriminé.

Taka se inclinó hacia mí y bajó la voz.

—Los videos de Luce desaparecieron de internet. No se encuentran en ningún servidor. Los han borrado —me explicó—. Y los padres de Luce no han querido continuar con la investigación. Las autoridades encargadas de estudiar el caso lo han cerrado y han concluido con que fue un lamentable accidente de una chica bebida y fumada. Todo nos dio muy mala espina. Que tú estuvieras aquí sola no nos gustó. Por eso hemos venido. Para echarte una mano.

Es que eran unos soles. Tan raritos ellos, tan inteligentes… Los quería.

—Sé lo del vídeo de Luce porque fue Kilian quien me lo explicó —les dije.

—¿Kilian? —a Thaïs los ojos verdes claros le hicieron chiribitas—. ¿Ya te has encontrado con el traidor?

—Sí.

—¿Y…? —me animó agitando su mano.

—Y no fue bien.

—Vale. Somos todo oídos —se reclinó en la silla y se cruzó

de brazos—. Empieza.

Mientras bebíamos y comíamos les expliqué todo lo que había hecho hasta entonces en Yale. La gente que había conocido, la fraternidad a la que pertenecía, cómo era mi compañera de habitación, todo lo que me había explicado sobre algunos miembros de *Huesos y Cenizas* y sus padres, y cómo de desastroso fue el encuentro con Kilian.

Thaïs silbó al tiempo que clavaba el tenedor en su ensalada.

—¿Todavía no has visitado esos lugares de reunión de Bones de los que habla Luce en su investigación?

—Aún no. No me ha dado tiempo. Primero debía aclimatarme un poco, y después ir paso a paso.

—Bueno, pues ya nos tienes a nosotros para echarte un cable en lo que necesites —espetó Taka estirando las piernas por debajo de la mesa hasta que golpeó sin querer el pie de Thaïs. Él apartó los pies de golpe y se sonrojó. Thaïs, muchísimo más segura de su feminidad y del poder de su sexualidad de lo que él era, arqueó una de sus cejas rubias y lo miró ladinamente. Estaba claro que seguían igual—. Ya sabes. Si hay que entrar en alguna base de información, si hay que joderles alguna operación o averiguar de dónde les vienen los ingresos y qué hacen con ese dinero... ¿Por dónde quieres empezar, Lara? —me preguntó de frente.

—No lo sé. Quiero ver antes por dónde van los tiros y en quién podemos confiar y en quién no —dije dando vueltas al vaso de mi bebida—. Esta noche hay una fiesta de hermandades en el campus. Es una especie de *Home Coming* solo para *frats*.

—Vaya, ya hablas como una universitaria —Taka me tomaba el pelo.

—Solo apta para los que pertenezcan a una fraternidad —le expliqué—. Kilian me advirtió sobre Dorian, que es miembro de la hermandad de «La Llave», que es otra filial de la desaparecida «Pergamino y llave». Si hay algún tipo de enemistad entre ellos quiero saber cuál es, porque las hermandades aquí tienen una rivalidad muy insana, tal y como me contó Amy.

—¿Quieres formar una coalición con los de «La Llave»? —me preguntó Thaïs—. Qué mala —bromeó.

—No —negué—. No quiero eso. No quiero pertenecer a ninguna hermandad, me va bien estar donde estoy. Y me gustaría que fuerais miembros también de NM List. Convenceré a Amy para que os acepte. Será la excusa perfecta para ir juntos a todos lados sin despertar sospechas de ningún tipo. Quiero aprovechar la noche de las hermandades para ver cómo actúan los grupos entre sí. Siempre hay que tener aliados. Serán los primeros que quieran hablar sobre sus enemigos. Y puede que tengamos enemigos en común.

Taka hizo una mueca de conformismo con la boca y alzó su cerveza.

—¿Hay fiesta esta noche, entonces?

—La hay —sentencié más feliz y decidida que nunca.

—¡Pues por la noche de las hermandades!

Nueve

Taka y Thaïs eran personas que preferían no relacionarse demasiado. Muy suyas, muy inteligentes y que se aburrían con facilidad si lo que les rodeaba no les llamaba la atención. Seguramente a mí me pasaba lo mismo, pero tenía un grado más de sociabilidad que ellos. Sin embargo, los dos estaban ahí porque me querían, porque querían protegerme y ayudarme, y eso hablaba mucho y muy bien de su sentido de la amistad y de su fidelidad. Las personas como nosotros teníamos pocos amigos, de hecho nos rodeábamos de gente solo conocida. «Amigo» era una palabra sagrada para nosotros. Pero los tres nos considerábamos familia, nuestros vínculos eran infinitamente más fuertes que los de una simple amistad. Al final, la gente de una vibración atraía carácteres y personas similares. Y nosotros nos imantamos nada más conectar.

Lo que estaba por ver era cómo se relacionarían ellos dos con Amy y el resto de chicos. También eran personas con talento, pero un poco especiales.

Cuál fue mi sorpresa cuando llevé a Taka y a Thaïs a mi habitación, media hora antes de la hora a la que habíamos quedado, donde Amy se estaba cambiando para la fiesta y me esperaba para ir a casa de la abuela Malory. Mi excéntrica nueva amiga apareció con un turbante rosa en la cabeza y una toalla del mismo color que rodeaba su cuerpo. Tenía las uñas de los pies y de las manos pintadas de fucsia.

No calculé su reacción. Debí entrar yo primero, pero en vez de eso, Taka siempre tan expeditivo, se me adelantó.

—¡La madre que…!

Cuando escuché su exclamación y vi que le lanzaba a la cabeza un libro de la Sagrada Familia, entré a empujones para calmarla al grito de:

—¡Amy, es mi amigo!

—¡Joder! —Taka no se lo podía creer.

—¡¿Quién es este chino?! —profirió horrorizada agarrándose la toalla.

—Soy japonés —contestó Taka protegiéndose detrás de Thaïs, entrecerrando sus ojos en una fina línea oscura.

—¡¿Por qué tiene el pelo blanco?!

Vi por el rabillo del ojo cómo Thaïs se partía de la risa por lo bajini e intenté controlar la situación.

A Amy le quité de las manos una taza negra que tenía una frase estampada en blanco donde ponía: «No estoy gorda. Me pasé con la silicona». Se la iba a tirar también la muy loca. Pero algo así, que me hizo soltar una carcajada en medio de aquel circo, no podía hacerse añicos.

—Amy —le agarré de las muñecas y la obligué a mirarme a los ojos—. Estos son Taka y Thaïs. Son amigos míos —le hablé muy lentamente para que me atendiera—. Han venido a estudiar a Yale en su último año. Y les gustaría formar parte de NM List. ¿Crees que podrías admitirlos?

—¿Amigos tuyos? —les hizo una radiografía completa—. ¿Y qué estudian? ¿En qué facultad? ¿En qué residencia van a estar?

—Es una historia muy larga. De camino a casa de la abuela Malory te la cuento. Pero Taka va a realizar el Máster sobre hacking ético.

—¿El de la facultad de informática e ingeniería? —preguntó Amy sin quitarle los ojos de encima.

—Sí —contestó Taka saliendo poco a poco de detrás de Thaïs.

—¿Y la Barbie? —echó una mirada desdeñosa a Thaïs. Mi amiga solía despertar ese tipo de reacciones en las chicas.

Thaïs se cruzó de brazos con aquella aplastante seguridad que tenía en sí misma y ni corta ni perezosa contestó:

—Yo he venido a tirarme a tu padre y a robarte a tu novio.

Abrí los ojos de par en par. Agaché la cabeza esperando lo peor, medio sujetando a Amy porque me la imaginé corriendo como un miura a embestir a Thaïs. Pero en vez de eso, mi compañera de habitación se echó a reír y cambió el semblante.

—¡Me gusta! ¡Ya me caes bien! —la señaló—. ¡Eso ha estado muy bien!

—Gracias —asumió ella—. Pero no lo digo en broma —continuó muy seria.

Amy continuó riéndose, tomándosela a guasa, y al final se acercó a ellos cubriéndose con la toalla que se le abrió por atrás y le vi todo el enorme trasero blanco.

Les dio la bienvenida con las mismas ganas y la misma energía con la que me recibió a mí. Me encantaba Amy.

—Entonces, además de ser una guarrilla —le soltó Amy— ¿qué vienes a estudiar?

—Periodismo. Mi último año —explicó mi irresistible amiga.

—Pues genial, entonces. ¿Te dedicarás a la prensa rosa? Das todo el perfil —caramba a Amy le encantaba seguirle el juego a Thaïs.

—No. Montaré mi propia revista editorial. Rollo *Penthouse* e *Interview*, ¿sabes? Quiero darles una oportunidad a todas las rubias sin futuro como yo. Por cierto, estás invitada a ser una de mis portadas. Puede que seas la primera.

Amy se reía como una loca y me miraba maravillada, dándome la enhorabuena.

—¡Esta me encanta! Necesitamos a gente con carácter en NM List —les dijo dándose la vuelta y mostrándoles el trasero a ellos.

Thaïs cubrió los ojos a Taka el cual sonrió de oreja a oreja. Yo les advertí que no dijeran nada con la mirada.

—Pero tengo que hablarlo con mis compis para ver de qué os podéis hacer cargo.

—Les encontraremos un hueco seguro —pasé un brazo por encima de Amy y la invité a que dejara de enseñarles el culo—. Amy, por Dios, cámbiate.

—¿Y tú? —me miró de arriba abajo. A continuación miró a Taka y a Thaïs por encima del hombro—. Hemos hecho camisetas. Tenemos que llevarlas para que sepan quienes somos. Estamparé un par más para vosotros. Luego os las doy.

—Nos las pondremos encantados —contesté—. Nos vamos a ir de la habitación para darte un poco de intimidad —me disculpé con ella—. Debí haberte avisado de que venía.

—Soy demasiado irresistible, ¿verdad, coreano? —miró a Taka por encima de mi cabeza.

—Soy japonés —repitió él pasándose la mano por la cresta blanca.

Ah, no. No sólo tenía que lidiar con Taka y Thaïs, que ya de por sí eran bastante cortantes, además ahora se les sumaba Amy. ¿Es que era la única cuerda de ahí?

Salí de la habitación con ellos siguiéndome los pasos. Thaïs muerta de la risa, y Taka murmurando algo por lo bajo sobre las nacionalidades.

Bueno, para haber sido la primera toma de contacto, no había estado mal.

Todos se habían llevado la impresión correcta. No habían fingido. Eran inadaptados y, seguramente, se llevarían de maravilla.

También se habían llevado una buena impresión del culo de Amy. Eso no lo iban a olvidar jamás.

Tampoco olvidaría jamás el trayecto desde Yale a casa de la abuela Malory. Amy nos llevó en su ranchera y nos fue señalando todas las tiendas y restaurantes a los que había ido, recomendándonos en todos ellos sus platos favoritos. Cerquita había un *Kiko Milano*. A tres manzanas tenía un *Barnes and Noble* y los tres nos emocionamos al verla. Nos encantaban las librerías y comprar todo tipo de ejemplares y ediciones especiales de la sección de cómics y animes. Taka mencionó que quería conseguir el *Platinum End* de Tsugumi Ohba. Y Thaïs mencionó algo de una novela gráfica de Random Riggs de *Miss Peregrine's Home for peculiar childrens*. Tarde o temprano iríamos a comprar allí, era una verdad universal como que la tierra era redonda.

Mientras tanto, Amy ponía la música de Pink a todo volumen, y Thaïs a grito pelado explicaba que habían llegado a las seis de la mañana, que se habían instalado ya, que harían el turno de mañana en la Universidad, a excepción de algún crédito opcional que escogerían por la tarde durante esta semana. También dijo que pronto harían una cena mejicana en su casa para toda la fraternidad y que quería entrar a hacer prácticas como ayudante en el periódico de la Universidad.

—Las plazas en el periódico están complicadas —le dijo

Amy—. Coco, mi excompañera de habitación, ocupaba una plaza en la redacción, pero al irse creo que ya la han dado a dedo a la hija de uno de los señores feudales de Connecticut, la cual entra este mismo año a estudiar en la universidad —comentó mirándolos por el retrovisor.

—¿Le dan la plaza a pesar de ser de primer año?

—Por supuesto. Es pura jerarquía. Papi rico y poderoso, niña bien colocada en la facultad.

—¿Hay enchufes en Yale? —quise saber.

—¡Todo son enchufes en Yale, novatos! ¡Todo! —bufó con incredulidad—. Cuánto os tengo que enseñar...

La casa de la abuela Malory era enorme y estaba recubierta de madera. Tenía un jardín delantero por el que accedías al porche y a la puerta principal, en cuyo marco pendía una bandera patriótica de Estados Unidos. Habían dos plantas y unas golfas y estaba a unos veinte minutos de Yale, en los derredores de New Haven. Me recordaba a las típicas casas de urbanizaciones que salían en las series y películas americanas. Tenía un balancín, y un muro de altura mediana alrededor que protegía el recinto.

Ember y Oliver, los gemelos alemanes, salieron a recibirnos, y los dos se quedaron de piedra, embobados, al ver a Thaïs. Taka puso los ojos en blanco. No era la primera vez que nuestra amiga provocaba eso en los demás, dejarlos anonadados y sin argumentos.

—Joder con la Barbie —espetó Amy.

Después de eso, vinieron las presentaciones, y los gemelos nos invitaron amablemente a pasar al interior de la casa.

La abuela Malory estaba en la amplia y luminosa cocina, acabando de hornear la última tanda de *muffin*. Era una señora sonriente que parecía vivir en una permanente felicidad. Tenía el pelo blanco recogido en un moño bajo, sus ojos eran azules y usaba unas pequeñas gafas para ver de cerca que se le resbalaban por el puente de la nariz. Su delantal rosa estaba manchado de harina, y sus pantuflas azules claras también. Había hecho *muffins* de todo tipo. De chocolate, con *fondue* azul y blanca que recordaban a los pitufos. De crema. Con lacasitos, conguitos, de todo… Era una artista la mujer.

Y olía de maravilla. Pero había algún ingrediente que no acababa de reconocer.

—¿Esta es la comida que llevamos a las fiestas? —quise saber saludando a la abuela—. Encantada, abuela Malory. Soy Lara.

—Encantada, querida —dijo la señora—. Qué bonita eres —acarició mi barbilla con ternura, y pensé en mi abuela irlandesa que ya no estaba entre nosotros—. Mis nietos no me dijeron que tenían amigas tan guapas.

—Nosotros tampoco lo sabíamos —contestó el rubísimo Oliver dejando caer los ojos sobre Thaïs y sobre mí. Yo los distinguía porque uno tenía el pelo un poco más largo que el otro.

—Tampoco sabía que también tenían a un cosaco —señaló Malory mirando a Taka.

Taka resopló y negó con la cabeza.

—Soy japonés, señora.

—Oh, ¿como Jackie Chan?

—Ese es chino —contestó acercando la nariz a las enormes magdalenas—. Aquí huele raro.

—Es por la harina —le dijo Malory yendo a coger un paquete blanco con una fórmula química serigrafiada en él—. Es especial. La hacen los chicos —explicó mostrándoselo.

Taka lo tomó entre las manos y husmeó en su interior. Se

echó a reír y nos lo enseñó a Thaïs y a mí.

Yo estudié la composición de aquella harina blanca y vi motitas extrañas en ella.

—¿Qué lleva? ¿Perejil? —pregunté.

—Pff, perejil dice la novata —murmuró Amy riéndose con los gemelos—. Anda, venid con nosotros —Amy tiró de Taka y de mí al mismo tiempo—. Abu, les voy a enseñar el jardín.

—Haz lo que quieras, cariño —le dijo dándose la vuelta para echar un vistazo al horno—. Estás en tu casa, ya lo sabes.

Mientras Amy y los gemelos nos arrastraban por la casa hasta el otro extremo, no me dio tiempo a ver la casa por dentro. Pero cuando llegamos al porche trasero, cualquier adjetivo o palabra que pudiese pronunciar se murió en mis labios.

De la nada, así sin más, frente a nosotros teníamos un enorme jardín dedicado único y exclusivamente a la plantación de María. Marihuana. Un jardín muy muy grande con forma rectangular.

—Increíble —susurró Thaïs—. ¿Lara, en qué tipo de fraternidad nos hemos metido?

—Joder —murmuró Taka—. Esto es el puto paraíso.

—Amy —sacudí a mi compañera por los brazos, tan sorprendida como los demás—. ¿Sabe la abuela Malory que está cocinando con María?

—La abuela solo cocina con Jamie —intentó sacar hierro al asunto nombrándome un programa de cocina americano.

—En serio, jodida loca… —gruñí.

Amy se echó a reír sin parar, y miró a los gemelos para que me lo explicaran.

—Por supuesto que lo sabe —me explicó Ember—. Le gusta el olor de los cogollos —se encogió de hombros.

—Ya —me giré bruscamente hacia él—. A mi padre también le gusta el olor de los cogollos. Pero ¡de los que son hortalizas!

—Ella no puso ninguna objeción en que plantáramos en su casa.

—No te creo —no me lo podía creer.

—Sí —el rubio Ember parecía divertido con mi cara de susto—. Le dije que necesitábamos recaudar dinero para las protectoras y que nuestra idea era que ella también se ganara su dinerito si nos ayudaba. Mi abuela adora a los animales, como nosotros.

—¿Y accedió a plantar cogollos? —mi voz sonaba aguda por la estupefacción.

—Sí. Pero ella no los manipula.

—Ah, ya. Me dejáis más tranquila ahora que sé que ella no los machaca —espeté con cinismo.

—Mira, novata —Amy me puso las manos sobre los hombros para tranquilizarme—. Relájate. Déjame que te lo contemos. La abuela tiene este jardín maravilloso que nos alquila para nuestras plantaciones. Ember y Oliver estudian biología y botánica respectivamente. Han conseguido crear una especie de híbrido de Marihuana que no huele, que no nos delata, con lo cual ningún vecino sabe lo que hacemos aquí. Hans, que es asiático como Taka, es químico. Él creó una especie de harina que sirve para cocinar y que se mezcla con el polvo molido de los cogollos. Que es el paquete que te ha enseñado la yaya.

—¿La yaya? La pobre yaya no sabe que es un camello —rugí enfurecida señalando a la cocina.

Allí todos se reían por mi reacción. Pero a mí no me hacía ni puñetera gracia.

—El compuesto químico que ha creado Hans no deja restos de marihuana en la sangre —dijo Oliver—. La gente que come nuestras magdalenas mágicas se sienten muy bien, porque el globo no les dura eternamente. Hans ha añadido al compuesto una especie de vitamina B-12 que al cabo de unas horas reacciona con la harina fermentada en el estómago. Nadie tiene efectos secundarios y, al día siguiente, se encuentran de maravilla.

—Ese Hans es Dios —sentenció Taka orgulloso, apoyando sus manos en su cintura.

—No tenéis ni ética ni moral —espeté.

—No es malo. Al fin y al cabo comes *muffins* que no te empachan y que te hacen sentir bien —finalizó Amy.

—¿Eso es lo que te piden todos para sus fiestas de fraternidad? —ya lo entendía. Por eso los NM List tenían tanta demanda.

—Esto es lo que nos da tanto dinero para nuestra fraternidad y para poder ayudar a todos esos animales indefensos. Hacemos mucho dinero, Lara —dijo Amy más seria.

No entendía entonces por qué, si ellos cinco solos hacían tanto dinero, habían aceptado a tres personas más entre los que repartirse ganancias en la fraternidad. ¿Por qué necesitaban más manos?

—No lo comprendo —le dije—. Tenéis todo este tinglado montado que os va de maravilla. Te arriesgas mucho al confiar en más gente.

—Sí —asumió ella—. Pero sé que tú no eres una chivata. Y que tus amigos son como tú. Además, necesitamos más manos. La logística se ha hecho demasiado grande. Cada vez tenemos más pedidos entre las fraternidades. Y necesito a gente de confianza a mi alrededor.

—¿Y crees que somos los adecuados?

—Solo si os interesa. Dime que sí —juntó sus manos y me rezó. ¡A mí!—. Porfa… —sus dientes blancos y rectos y sus mullidas mejillas se movieron de un modo que me hizo sonreír—. Nadie sabe lo que llevan nuestras magdalenas. Nadie lo puede detectar.

—Pero se corre el riesgo de intoxicar a alguien, Amy —observé.

—No. Es imposible —dijo Hans apareciendo con un batín blanco, gafas de plástico transparente y una mascarilla desechable cubriéndole la boca—. He creado la harina más hipoalergénica del mundo y… —enmudeció cuando vio a Thaïs.

—Ah, sí. Esta es Thaïs —la presentó Amy.

Hans enrojeció hasta la raíz del pelo negro pero no abrió la boca.

—Hola, guapo —lo saludó Thaïs coqueta.

Taka se puso muy tenso a su lado. Ella era muy consciente de lo que provocaba cada uno de sus comentarios y movimientos en él. Y disfrutaba con ello la muy malvada.

Hans carraspeó y bajó la mirada.

—Es una harina perfecta. Nadie nunca sabrá nada.

—Que sepan o que no lo sepan es lo de menos —dijo Amy mirándome de frente—. Mira, te voy a decir la verdad, Lara.

Eso ya me gustaba más. Habían cosas que no me cuadraban y necesitaba clarificarlas.

—Ahora te escucho —me crucé de brazos y me apoyé en la barandilla de madera, dando la espalda a aquel campo de Marihuana e ingresos clandestinos.

—Te hablé de Frederic ayer, ¿verdad? Del capitán del equipo de fútbol de los Bulldogs.

—Sí.

—Lara, esto que te voy a contar no lo debe saber nadie o si descubren que ha salido de mi boca se nos caerá el pelo.

—No vamos a decir nada a nadie —le prometí.

—Bien. Cuando veraneábamos en Rhode Island, el padre de Frederic le contó una historia sobre la noche de las hermandades.

—Sí —Taka y Thaïs copiaron mi gesto y se colocaron uno a cada lado, flanqueándome. Eso también les interesaba.

—El señor Kirk le habló a Frederic sobre un ritual que tenía lugar esa noche y en el que solo podían participar las fraternidades con más presupuesto y poder económico de la Universidad. Esa noche apostaban entre todos una cuantiosa suma de dinero. Cada una de las fraternidades que participaban en ese ritual debían poner la misma cantidad. Aquella noche se hacía llamar *La Misión.* En ella se fijaba un objetivo para todos, una misión, como dice el nombre —dijo en voz baja, añadiendo misterio a su historia—. Quien lo consiguiera antes, vencía a las demás y se quedaban con todo el dinero, además de que ganaban reputación de cara a Yale.

—¿Una competición entre fraternidades de la misma Universidad?

—Sí. Pero no pueden participar todas. Solo las más elitistas y las que dispongan de ese dinero para jugárselo. Y, obviamente, no todas disponen de él.

—¿Y en qué se basa la competición exactamente?

Amy negó con la cabeza, sin saber muy bien qué contestar.

—No lo llegué a descubrir. Solo sé que es una misión que hay que cumplir. Alguien pone el objetivo. Y competimos entre nosotros. La fraternidad que gane será la líder entre las de élite de la universidad.

¿Alguien? ¿Quién era ese alguien? Nosotros tres nos miramos con interés. Todo lo que fuera competición e ingenio nos encantaba. Pero competir contra esas fraternidades nos ponía de lleno en el centro de la diana como enemigos a batir.

—Supongo que los Huesos vienen siendo los ganadores desde hace años —murmuré.

—Sí. Lo son. El resto aspira a quitarles el trono, a superarles, a tener los privilegios que tienen por ser los favoritos de la dirección y los rectores.

—Esas fraternidades que participan me imagino que son las de más reputación, ¿no? —adiviné. Tal vez era esa competición y rivalidad de la que hablaba Luce en su informe? ¿Podrían ser los Lobos, los Llaves y los Huesos los únicos competidores? —aventuré sin más.

—Sí, por supuesto. Mirad, chicos, los Huesos y Cenizas y todas esas fraternidades de élite nos menosprecian —aseguró decepcionada—. Frederic se ha reído de mí, y de nosotros. Somos solo peones con los que jugar para ellos. En algún momento nos la han jugado, haciéndonos bromas pesadas. Como el día que las tres fraternidades aseguraron que abrían las puertas a todos aquellos que quisieran formar parte de ellos y que para ello tenían que reunirse todos en el centro de la plaza del Old Campus. Y allí nos tiraron huevos a todos, pintura y sacos de plumas —recordó con tristeza—. Además de que tuvimos que escuchar muchos insultos por ser como éramos. Me llamaron gorda inmunda, Amy la cerda y muchas cosas más... Y lo mismo hicieron con Hans, Ember, Oliver y Luis, que llegará ahora mismo —anunció—. Después de aquella novatada, nos unimos para montar NM List y para tenerlos comiendo de nuestra mano.

—Nunca mejor dicho —intervino Taka—. Se ponen las botas con las muffins de la abuela Malory.

—¿Frederic te hizo eso? —a mí me parecía horrible ese tipo de humillaciones. No las toleraba. ¿Los Huesos eran así? ¿Gastaban ese tipo de bromas? Luce no hablaba de episodios de ningún tipo en concreto.

—Él fue el que más huevos me tiró —me aseguró Amy rabiosa.

—Pero si erais amigos —indagué—. Vuestras familias...

—Es un Bones, Lara —me cortó Amy—. Nunca te fíes de uno de ellos. Nunca —me repitió apasionada.

Taka y Thaïs me miraron de soslayo, como advirtiéndome del peligro que corríamos allí.

—Y se la tenemos jurada desde entonces. Pero es demasiado fácil para nosotros llevarles magdalenas llenas de laxante. Esa sería una buena venganza —se metió las manos en los bolsillos delanteros y movió los hombros—. Queremos enfrentarnos a ellos con sus propias armas. Queremos ganarles la pasta y robarles el prestigio. Pero para participar en esa noche privada de las hermandades, necesitábamos unos ahorros.

Yo sacudí la cabeza incrédula ante lo que acababa de oír.

—Y montasteis este negocio —comprendí.

—Sí. Llevamos dos años de beneficios, hemos ayudado a un montón de protectoras de las cuales muchas llevan ya nuestro nombre. Pero hemos ahorrado. Ahorrado para esta noche en concreto. He esperado este año como agua de mayo.

—¿Queréis asistir a esa reunión clandestina con la pasta en mano? —preguntó Thaïs—. ¿Y qué os hace pensar que os aceptarán?

—Son jugadores. Todos son jugadores —explicó Amy—. Todos quieren ganar. Nos verán como presas fáciles y aceptarán que participemos. Creerán que no tenemos ninguna posibilidad.

—Y no tenemos ninguna posibilidad —dijo Hans—. Míranos, joder. Esos tipos son todos deportistas, atletas, muchos hacen parkour en su gimnasio privado y en las calles de New Haven… y además son listos.

—Eh —le advirtió Amy malhumorada—. Que yo también soy atleta.

Thaïs frunció el ceño y la miró como si estuviera loca.

—A ver que me centre —les pedí a todos que me prestaran atención—. ¿Tenéis el dinero?

—Sí. Lo trae Luis, el economista del grupo.

—¿De cuánta pasta estamos hablando? —Thaïs arqueó su ceja rubia y soberana.

—Cuarenta mil dólares.

Taka silbó y Thaïs profirió una exclamación.

—Es mucho dinero para una simple competición —dijo mi amiga—. La que gane se embolsa ciento veinte mil dólares para sus propósitos.

—Sí. Pero tenemos un problema. Los gemelos son torpes como elefantes en cacharrerías, culpa de su cuarenta y ocho de pie —les miré los pies y sí. Parecían barcas—. Hans sufre episodios de agorafobia, por tanto, salir con él será un problema. Y Luis... Luis sencillamente es un cagado. A él le gusta recopilar dinero y ya está. Necesitamos más activos como grupo porque yo sola no voy a ninguna parte. Taka se ve atlético, yo soy un toro —se dio una palmada en el vientre redondo—, seguro que Thaïs corre mucho con esas piernas tan largas, y Lara parece ágil y...

—No —yo negué con la cabeza rotundamente—. De Lara olvídate. Solo sé correr y dar patadas, como un Pokémon nivel cero, no sé nada más.

—Pues mira, como yo —dijo Amy resuelta.

Nada de eso me valía. Posiblemente no era tan mala opción aceptar la propuesta de Amy, sobre todo porque eso me dejaría observar más de cerca a los Huesos. Pero también era muy arriesgado.

—Lo único que podemos hacer es enfrentarnos a ellos con nuestro ingenio —señalé—. Y aun así, no sabemos de qué tipo de pruebas estamos hablando. ¿Estás dispuesta a presentarte en esa reunión secreta con cuarenta mil dólares en mano sin saber qué es lo que tenemos que hacer? Podrías perderlos así —chasqueé los dedos.

Amy se encogió de hombros pero nos miró con decisión.

—Somos la única representación que tenemos los pardillos de a pie para que no nos infravaloren nunca más. Estamos dispuestos a todo. Y ansiamos verles la cara cuando nos presentemos en su fiesta particular, de igual a igual, con la pasta como bandera que nos acredita como participantes de pleno derecho. Van a palidecer. Y eso ya vale más que todo el dinero del mundo.

Taka se pasó las manos por la cresta blanca y le dijo a Thaïs en voz baja:

—Nos metemos en problemas de nuevo.

Mi rubia amiga sonrió con interés.

—Me gustan los problemas —lo miró con descaro—. Venir aquí ya supone enfrentarnos a uno muy gordo. Pero no me dan miedo los conflictos. A ti sí, ¿Taka-taka?

Thaïs se lo dijo con segundas. Y si yo lo capté, Taka que no era precisamente tonto, también debió hacerlo.

—¿Y bien? —Amy tenía esperanzas en nosotros.

Miré a mis dos amigos y carraspeé al ver la decisión en sus rostros.

—¿Estáis seguros de que queremos hacer esto? —me aseguré antes de dar el sí.

—Sí —dijo Taka—. Será divertido. Como en Italia.

—¿Italia? —inquirió Amy.

Yo le quité hierro al asunto. Nadie sabía que nosotros les arrebatamos el premio Turing a los niños bonitos de Yale. Y así debía ser. Solo los Assassin´s lo sabían, y no les interesaba decírselo a nadie. ¿Cómo quedaría su reputación entonces?

—Muy bien —dije sin más—. Nos apuntamos, Amy.

Ella abrió los ojos de par en par y alzó los puños en señal de victoria.

—¡Síii! ¡NM List al poder! —me abrazó hasta aplastar mi rostro contra sus tetas, e hizo lo mismo ni corta ni perezosa con Taka y Thaïs—. Esta noche se van a quedar muertos.

Muertos se iban a quedar, no solo por ver que una fraternidad nueva asistía a su reunión solo apta para gente pudiente y elitista.

Sino, porque se iban a quedar locos cuando Kilian y los demás vieran que el trío que les habíamos vencido en Lucca, estaba ante ellos en Yale.

HUESOS Y CENIZAS

Diez

«No ha sido fácil llamar la atención de mi Bone. Después de días de observación, me he dado cuenta de que no se mezclan con los demás y no dan excesivas oportunidades al resto para que se les acerquen. Su hermetismo es muy profundo y muy marcado. Su secretismo es inaccesible. Por eso se deben aprovechar las contadas noches y los eventos especiales en los que se dejan ver y se mezclan con la plebe. Y yo tuve una oportunidad y la aproveché. Aunque para ello me obligué a unirme a una fraternidad que no era de mi interés solo para poder estar ahí y hacerme ver.

Las fraternidades de élite son nidos de gallitos donde acostumbran a hacer ostentaciones de quién la tiene más grande y quién es más macho.

Decidí apostar por una fraternidad que tuviera poder, seduje a su líder y me sumé a ellos. Él me dijo que solo accedería a aceptarme si realizaba la Iniciación que tendría lugar en La noche de las hermandades. Una fiesta solo apta para fraternidades, en la que correría el alcohol y la música.

Y asistí.

Nunca había visto nada parecido. En Inglaterra las fiestas eran salvajes, pero aquí… Esto es otro mundo.

Al «Cerrajero», el cual es su nombre en clave en su hermandad, *le gusté tanto que no se despegó de mí en toda la noche. Me cortejó y bailó conmigo mostrándome ante los demás como un trofeo. Era justo lo que quería. Que me enseñara. Los chicos son como perros de caza; quieren la presa que no pueden tener. El «Cerrajero» me invitó a una reunión clandestina. Cuando te mueves entre fraternidades con una trayectoria a sus espaldas, cuyos miembros son todos hijos de gente poderosa, se ponen nombres en clave entre ellos, para dotar a su persona de sigilo, respeto e impermeabilidad. Les gustan los nombres místicos.*

Asistí a la reunión de la mano de mi acompañante. Para entonces, ya me imaginaba que la prueba que tenía que pasar para entrar en su hermandad era la de acostarme con él. Me deseaba. Le gustaba mucho.

Pero en esa extraña reunión, también descubrí el hambre en los ojos de mi Bone. Él también me quería. Me quería para él. Y supe que lo tenía justo donde quería».

Mi don era selectivo. La memoria fotográfica no quería decir que me hubiera aprendido de memoria todo lo que Luce escribió en su diario de a bordo e investigación. Solo me daba facilidades para releer cada hoja y encontrar aquello que necesitaba. Algunas cosas se me quedaban y las conseguía retener. Otras debía encontrarlas y leerlas para descubrirlas de nuevo. Era como tener un libro al que poder consultar siempre que uno lo quisiera. Pero eso no quería decir que supiera perfectamente lo que había escrito en él. A no ser que lo hubiese releído unas decenas de veces, que era algo que no había hecho.

Por eso repasé lo que había en mi mente y visualicé cada hoja y cada pasaje de lo que había escrito Luce. Y lo encontré. Encontré el fragmento en el que hablaba de esa *Noche de las hermandades*.

«No obstante, no me permitieron quedarme, porque no era miembro oficial de ninguna hermandad, todavía. Y mucho menos de ninguna de la élite que se reunía ahí. Solo era el ligue del «Cerrajero« tal y como el Bone dejó claro. Y entre todos acordaron que debía irme. Eso provocó un fuerte roce entre mi objetivo y mi pretendiente, al que acusaron de irresponsable.

Estábamos en el cementerio, ante la tumba de Webster, y volverme sola no me hacía ninguna gracia. Pero lo que más rabia me dio fue no saber por qué realizaban esa reunión y por qué se exigía tanta puntualidad a las 03:22 de la noche».

Bingo. Pero yo sí lo sabía.

Amy nos lo había dicho. Sin embargo, tenía que buscar información sobre ese tal Webster. Tal vez, Amy que conducía a mi lado sabría por qué se reunían allí.

La hora exacta, la de las tres y veintidós tenía que ver con un número clave de la orden de los Bones. Me fijé en que el 322 se repetía a menudo en los informes de Luce.

—Le dan pasmos, ¿verdad? —oí que decía Amy a Taka y a Thaïs sentados en lo parte de atrás de la ranchera, rodeados de caja de muffins ligeramente condimentadas de plantas mágicas.

—Solo se abstrae —contestó Thaïs—. Tiene un mundo interior muy rico.

—¿Qué decís? —dije yo disculpándome.

—Nada. A veces te quedas como congelada —Taka controlaba las cajas para que no se cayesen—. Como si te dieras una vuelta por Narnia.

Era cierto. Cuando me perdía en mi cabeza sufría ligeros episodios de desconexión, por eso me gustaba usar mi don en un lugar donde estuviera segura y a solas, para no perderme nada de lo que me rodeaba.

Llevábamos puestas las camisetas negras con las letras en blanco escritas en el pecho NM List, con un Bulldog estampado debajo. Las camisetas no quedaban nada mal.

Nos habíamos maquillado con las pinturas que llevaba Thaïs en el bolso y me había dejado el pelo suelto. La verdad era que, para ser nuestra primera noche de fiesta Universitaria y dentro del rollo de las hermandades, no íbamos ni muy sexys ni muy llamativas. Pero mejor. Prefería ese look al otro. Uno discreto. Solo camiseta negra, cazadora, los tejanos y las converse de piel y bota alta con cuña, también negras.

La fiesta tenía lugar en la plaza central del Old Campus de Yale. Y llevábamos un stand para montar con cientos de magdalenas hechas por la abuela Malory.

Lo que íbamos a hacer, por mucho que Amy, Hans y los demás dijeran que eran completamente deliciosas y que todos se sentían de maravilla cuando las comían, no estaba bien. Esas magdalenas con cabezas de pitufos y otras formas y sabores, no estaban hechas con harina normal y corriente. Pero Amy las vendía, hacía negocios con ellas, y todos estaban contentos.

Había conseguido cuarenta mil dólares de beneficios con ellas solo en la Universidad, lo que me hacía pensar en qué más no habría hecho y vendido para lograr tal dineral en tan poco tiempo.

Como fuera, incluso la fiesta había pasado por completo en segundo plano. Esa noche cambió nuestro objetivo. Queríamos ir a esa reunión. Queríamos desafiar a la Élite sabiendo que con el dinero en mano no nos podrían rechazar. Queríamos jugar sin ser conscientes de dónde nos internábamos realmente y cómo de profundo iba a ser ese bosque. Y... Dios... qué ganas tenía de verles la cara a todos cuando descubrieran que estábamos de vuelta.

Taka y Thaïs me hacían sentir segura y arropada. Ya no estaba sola en Yale como lo había estado Luce. Amy también me daba confianza y, sin ser consciente de ello, me había abierto la puerta a lo que estaba buscando.

—Amy, ¿hay algún tipo de tumba en Yale en honor a un tal Webster? —le pregunté sin más.

Amy arrugó la frente y medio sonrió.

—Joder, novata. Sí. Claro que la hay. ¿No sabes la historia de los ilustres de Yale?

—No. No la he leído.

—Es un obelisco dedicado a Noah Webster. Estudió aquí y fue un famosísimo lexicógrafo que creó el diccionario de lengua inglesa, el «Webster», el diccionario más importante después del famoso «Oxford».

Me encantaba que me sorprendieran y aprender cosas nuevas. Y con Amy a mi lado parecía que se cumplían las dos cosas a la perfección. Por eso me gustaba estar con ella.

Ya sabía dónde debíamos ir.

Catorce increíbles edificios, entre los que se encontraban los más antiguos desde 1718, el año en el que se fundó Yale. Allí, entre aquella arquitectura victoriana y gótica tenía la sensación de que me encontraba en otra época. Una en la que las mujeres deberíamos llevar largas y abombadas faldas y estrechos corsés.

Aquella Facultad interminable me tenía enamorada.

En el centro del Old Campus, de la zona antigua de Yale, se congregaban decenas de hermandades destinadas a la música, a la ecología, a la religión, al deporte, a la cocina... Todas con sus carpas perfectamente iluminadas.

Era increíble. Biodiversidad al máximo exponente.

Cuando llegamos, todos nos miraron como lo que éramos: gente nueva, carnaza, novatos. Menos a Amy y a los gemelos, que los saludaban con ímpetu e interés, sobre todo cuando veían que entre todos cargábamos cajas y cajas de muffins para exponer en una alargada mesa libre ubicada frente al Memorial Quadrangle. Frente a nosotros, un extenso jardín llamado New Haven Green, y cientos de «hermanos» y «hermanas» procedentes de diferentes hermandades, dispuestos a pasárselo bien, a beber sin control y a enrollarse los unos con los otros sin importarles qué babas se estaban comiendo, nos esperaban con ansia.

Luis y Hans no asistieron. Se fueron a sus habitaciones porque no les gustaba sociabilizarse si no era estrictamente necesario. Y para ellos no lo era, porque ya habían cumplido con su parte. Uno recolectar y gestionar el dinero de la hermandad, y el otro producir la «harina mágica» para hornear muffins. No les interesaba nada más.

Pero a los gemelos les gustaba estar detrás de la mesa, vendiendo magdalenas mágicas a tres dólares. ¡Tres dólares! Y decía que estaban a mitad de precio por ser fiesta de hermandad. Lo increíble era que la gente iba a por ellas en estampida.

Mi cabeza empezó a hacer cálculos. Si llevaban seiscientas muffins y las vendían todas... Se embolsaban mil ochocientos dólares en una noche. Y eso a ese precio «rebajado». Con precio normal llegarían a los tres mil seiscientos.

—Sí que son conocidas tus magdalenas, Amy —le dije esquivando un brazo con dólares en la mano que pedía tres para llevar.

Ella sonrió orgullosa.

Thaïs por su parte se estaba comiendo una, la muy penca. Fui corriendo a quitársela de las manos, porque la necesitaba coherente y cabal.

—¡¿Qué haces, tarada?! ¡Dámela! —exigí de malas maneras.

—Larita, tranquila —la alzó por encima de su cabeza con lo cual no pude alcanzarla—. Por una no va a pasar nada.

Taka apareció tras ella y se la arrebató de las manos.

—No te vas a comer un pitufo de estos —le prohibió tirándolo al suelo.

Ella miró la magdalena con fondue azul y blanco desperdigada en el suelo y, después, estupefacta fulminó a Taka.

—Mira, vamos a convivir juntos un tiempo, japo —le recriminó señalándolo desafiante—. No me controles. No me coartes. Yo hago lo que me da la gana y no le doy explicaciones a nadie a no ser que…

—¿A no ser que qué? —dijo Taka vacilón—. No vas a comerte una magdalena alucinógena delante de mí. Porque si eres golfa sin harina mágica, no quiero imaginarme cómo serás de golfa con ella.

El hermoso rostro de Thaïs cambió de repente. Vi perfectamente el momento en el que se colocó la máscara para fingir que nada de lo que decía mi amigo le importaba. Pero a mí ya no me podía engañar. No después de la conversación que tuvimos en Lucca.

—Me cansas, Taka —le espetó con su voz teñida de decepción y amargura—. Eres agotador.

—Y tú no tienes dos dedos de frente —él era mucho más alto que ella y parecía que se la comía con su estatura—. No eres consciente de lo que provocas a tu alrededor con tus contoneos y tus tonterías. Esto es una Universidad.

—¿No me digas?

—Sí, tontita. Y no voy a estar siempre ahí para protegerte y arreglar tus desaguisados. No pienso partirme la cara si se propasan contigo, porque es justo lo que parece que quieras que hagan.

Thaïs se puso roja como un tomate, y los ojos se le aguaron.

—¡¿Y quién te ha dicho que quiero que arregles nada?! ¿Quién te ha dicho que te necesito para algo? No necesito un protector —lo miró de arriba abajo y presionó la mandíbula con irritación—. Eres imbécil —con toda su personalidad y su orgullo, se agachó a recoger la muffin, y delante de Taka se comió lo que quedaba de ella. Después, palmeó con sus manos delante de él para limpiarse las invisibles migas, y se fue provocando que su melena se agitara de un lado al otro como una llama de sol y oro.

—Tío… —murmuró Amy mirándolo de reojo—. Eso ha sido intenso.

—Taka —lo reprendí yo—. O la dejas en paz o le dices de una vez por todas lo que te pasa con ella. Pero ser como el perro del hortelano que ni come ni deja comer, eso sí que no.

—¿De qué hablas?

—No estoy ciega.

—Ni yo —asumió Amy.

—Estar a vuestro lado últimamente es como saltar a la comba con un cable de alta tensión —proseguí ayudando a colocar las magdalenas en su mostrador—. Y no me gusta. Así que si habéis venido a ponerme más nerviosa, os aseguro que no me hace falta. Porque ya tengo suficiente con lo mío.

—Cállate, Hobbit —me ordenó.

—Vete a la mierda, nipón —le contesté dándole una colleja e ignorándolo.

Taka no la perdió de vista en toda la noche. Y no lo haría. Thaïs era superior a él. No lo podía evitar.

Ayudé a Amy a colocar en la mesa las cajas de Muffins y a guardar el resto en el interior de la carpa. ¡Se llevaban cajas enteras! Era alucinante. Ember y Oliver iban metiendo el dinero en sus riñoneras y cada vez estaban más llenas.

La música irrumpía alta, las mesas vibraban con ella y entre comida y bebida las fraternidades empezaron a «hermanarse» entre ellas y a hablar de lo que hacía cada una. No tardarían nada en aparecer las primeras parejitas y en robar fotos que después circularían por los grupos de whatsapp como en una revista sensacionalista.

—Eh, mira —Amy me cogió por los hombros y me dio la vuelta para que mirase en una dirección en concreto—. Ahí están. Ya han venido los Huesos.

Mi mundo se paralizó por completo y los vi aparecer entre la multitud a cámara lenta. Se me encogió el estómago y un nudo de angustia, nervios y algo más me presionó el pecho.

Alrededor del New Haven Green se habían colocado unas gradas metálicas para que, quien quisiera, tomara asiento mientras bebía, escuchaba música y veía bailar y hacer locuras a los que estaban de pie.

En una de esas gradas estaban Kilian, Thomas, Frederic y Aaron. Los Assassin's contra los que nos enfrentamos en Lucca. Cuatro de los veinte miembros que formaban la hermandad. Los más importantes. Y uno de ellos me había roto el corazón y había hecho de lo más bonito que le había dado nunca a nadie, algo sucio y sin sentido. No se lo perdonaría jamás.

—Tenemos que controlarlos, Lara —me dijo Amy en voz baja sin perderlos de vista—. En cuanto se vayan, les seguiremos.

Miré mi iWatch. Entre unas cosas y otras ya eran las doce de la noche. El tiempo pasaba volando. Si iban al obelisco de Webster sería para estar ahí a las tres y veintidós. Porque ese número era clave para los Huesos. Tenía que ver con la fecha de la muerte del orador griego Demóstenes. Según lo que recordaba de alguna secuencia del informe de Luce, en esa fecha la diosa Eulogie, Elocuencia, a la que veneraban, se fue al paraíso para regresar siglos más adelante como guía que iluminaría a la sociedad secreta de Calavera y Huesos.

Era todo muy extraño, teñido de un oscurantismo que me ponía la piel de gallina. Pero de lo que fue la antigua sociedad secreta a lo que era hoy su predecesora, había mucha diferencia. Los tiempos habían cambiado. ¿O no?

Kilian estaba guapo como siempre. Tan alto, tan misterioso, con su pelo rapado, sus ojos que parecían dos faros amarillos, su tez bronceada... Se mordía el piercing de la lengua y jugaba con él entre los dientes al tiempo que estudiaba lo que le rodeaba con una palpable indiferencia. Era tan distinto del chico que conocí en Italia. Como si no tuviera alma. Como si en algún momento entre Lucca y Estados Unidos hubiera perdido el corazón.

Pero entonces, sucedió algo que me removió el estómago por completo. Algo con lo que no contaba. Algo que me destrozó, porque yo sí sabía leer el lenguaje no verbal, y aquello me puso la piel de gallina.

Una chica que parecía también de primer año se acercó a él. Era rubia, preciosa y delicada como una princesita. Él le sonrió y le abrió los brazos para que esta lo abrazara con una confianza que me dejó hecha polvo.

No me gustó nada. ¿Quién era? ¿Qué era para él?

—Vaya, vaya... mira lo que trae la marea. Esa chica que ves con Kilian —Amy me había leído la mente—, es Sherry Nicholson. Hija de unos de los jueces del Tribunal Supremo de Washington. Tiene diecinueve años, y es la que se ha quedado con la plaza libre que ha dejado Coco en el periódico de la facultad. Y parece ser que le ha gustado a uno de los Alden. Hacen buena pareja. Qué asco dan —murmuró—. Menudo cotilleo. Hablarán de ello durante todo el año —aseguró.

Fue como si la punta de una filosa espada me rajara de arriba abajo. La chica besó la mejilla de Kilian y pegó la suya a la de él, como si fuera su persona favorita del mundo. Y Kilian… Kilian le sonreía de un modo en que nunca me sonrió.

Tragué saliva y me clavé las uñas en las palmas sudadas de mis manos. Le odiaba. Le odiaba más de lo que nunca había odiado a nadie. Era un sentimiento que me disgustaba pero que al mismo tiempo me encabritaba y me llenaba de energía.

Me di la vuelta arrastrando a Amy conmigo y le dije:

—Escúchame. A las tres de la madrugada los Huesos desaparecerán. No les podemos quitar las ojos de encima —de repente me moría de ganas de verles, de enfrentarme a ellos y de decirles a la cara: «a mí no me vais a quitar de en medio». Exigía venganza. Quería venganza.

—¿A las tres? ¿Por qué a esa hora?

—Porque son unos frikis de las claves secretas —dije sin darle mucha importancia—. Y todo lo que hacen tiene que tener un sentido. A las tres y veintidós se reunirán en el cementerio. Es el número que aparece debajo de su escudo de la calavera y los huesos.

—Pero ¿cómo sabes tú eso? —sus ojos marrones oscuros me miraban como si fuera un milagro.

—Es intuición. Solo intuición.

—Intuición es cuando sé que las bragas se me van a meter entre las nalgas —señaló con interés—. Lo que dices no es intuición. Es clarividencia, querida —me pellizcó la mejilla con cariño—. Eres buena, novata.

No. No lo era. Solo sabía cosas que los demás ni siquiera imaginaban. Y juré que iba a usar todo lo que había caído en mis manos en contra de Kilian y los suyos.

—Ven, te serviré una copa —dijo meneando su trasero al ritmo de la canción de Rihanna y Calvin Harris, *This is what you came for*.

No la rechazaría. La necesitaba más que nunca. No toleraba ver a Kilian con otra chica y mis ojos parecía que lo buscaban constantemente.

Era una masoquista.

Después de beber la primera copa y de que el ponche relajara mis nervios y calentara mi estómago, decidí ayudar a los gemelos a servir muffins. Me sirvió para despejarme y para conocer a todos los clientes en potencia que iban a consumir ese tipo de bollería. La música se me metió en la cabeza, la canción de *The greatest* de Shia me animaba a mover el cuerpo mientras iba cobrando cajas enteras de magdalenas de toda la vida con gorros y caras de pitufos.

Y entonces, entre un grupito de cinco chicos muy pesados que me pedían una rebaja, uno se hizo hueco a empujones, y se quedó mirándome de frente, fijamente.

Sus ojos negros y de espesas pestañas me dejaron congelada, igual que su rictus serio y severo. Su pelo negro y alborotado con curiosos ricitos que reposaban alrededor de sus orejas y en su nuca le daban un aspecto aniñado e infantil. Pero su cuerpo alto, nervudo y duro, dejaba entrever que de niño ahí no había nada. Era un hombre.

Uno que me lo hizo pasar muy mal en Lucca y de quien no guardaba un agradable recuerdo.

Thomas Alden tenía una cara de sorpresa que en otras circunstancias me hubiera parecido cómica. Llevaba un jersey blanco de manga larga, unos tejanos y unas botas marrones claras en lo pies. Y se estaba mezclando con la plebe, a diferencia del resto de Bones.

Sus sorprendidos ojos no lograban ubicarme ni dar sentido a lo que estaban viendo.

—No me jodas —gruñó en voz baja.

—No. No lo hago —le contesté. Uf, no lo soportaba—. ¿Quieres una muffin?

—¿Qué estás haciendo aquí?

Ya estaba. Ese tono autoritario y repelente me ponía de los nervios. Pero no iba a sucumbir. Permanecería serena y tranquila ante él.

—He venido a estudiar.

De repente, Thomas no se cortó un pelo. Me agarró por la chaqueta y me apartó de la mesa disimuladamente. A nadie allí le sorprendió el gesto por lo visto, inducidos como estaban bajo el poder y el olor magdalénico, centrados solo en conseguir sus dulces.

Yo no quería montar un espectáculo, así que le sonreí falsamente, aunque él me habló entre dientes.

—*Cazorrita,* no sabía que ibas a estudiar aquí… —podía ver cómo se le cortocircuitaba esa cabeza llena de espeso y rebelde pelo negro.

—¿Yo? Yo sí. En cambio, tú y tu hermanito deberíais estar en Utah —reí tontamente—. Y aquí estás —lo señalé de arriba abajo—. Comprando muffins.

—¿Sabe mi hermano que estás aquí? ¿Te ha visto? —sonrió también disimulando la inquina que ambos nos teníamos.

Thomas era muy guapo. Ya me lo pareció en Lucca. Pero poseía una belleza extremadamente peligrosa. Era muy consciente de ella, la usaba a su antojo, y había un brillo persistente, febril y malicioso en sus ojos negros. No hechizaban. Subyugaban en contra de la propia voluntad. Todas las chicas lo miraban hambrientas a su alrededor, pero Thomas solo me miraba a mí, como si quisiera despellejarme o arrancarme la cabeza.

Y lo cierto era que no me disgustó despertar esas emociones en el tipo que había intentado sobrepasarse conmigo y que tanto daño me había hecho en Lucca. Porque yo me sentía igual respecto a él.

Si hubiese podido, le hubiera arrancado la cabellera negra de cuajo.

—Por supuesto —contesté—. Ayer hablamos.

Él se quedó notablemente contrariado, como si se preguntara por qué su hermano no le había dicho nada.

—No lo entiendo...

—Me extraña que no te haya contado nada. Vosotros, que lo compartís todo —espeté supurando veneno en cada palabra.

—¿Qué demonios haces en Yale?

—¿Eres tonto? —le increpé—. Es-tu-diar. Como tú —sonreí cuidando de que nadie escuchara lo que nos decíamos.

Ese chico dio un paso hacia delante y me dirigió una mirada perdona vidas.

—Pues harás bien en no acercarte demasiado a nosotros.

—¿Amenazas tan pronto?

—Es una advertencia. Más vale que nadie sepa...

—¿Más vale que nadie sepa qué, chulo?

Ay, Señor. Eso sí que no.

Taka se quedó detrás de él y Thomas se dio la vuelta con la misma cara de incrédulo que me había dirigido a mí.

—Pero ¿qué es esto? —leyó nuestras camisetas—. ¿Qué hacéis los dos aquí? ¿Cómo os han aceptado?

—Sortearon unos números en los botes de Nutella y nos tocó —Taka destilaba furia en sus ojos grises y rasgados. Tenía el cuerpo en tensión como si estuviera dispuesto a atacar—. Como te pasó a ti.

—Increíble —murmuró Thomas asomando una sonrisa de las malas—. Pues nada. Sed bienvenidos a mi casa —abrió los brazos como si abarcase todo el New Haven Green—. Pero recordad esto— se inclinó sobre mí para decirme en voz baja—: El torneo fue un juego. Esto es la vida real. Y aquí se juega según nuestras reglas.

Taka le puso una mano nada amistosa sobre el hombro y lo apartó de mí.

—El torneo no fue ningún juego. Nada de lo que pasó ahí lo fue —le recordó—. Ni tu intento de propasarte con Lara. No creas ni por un momento que me he olvidado de lo miserable que eres.

—Pfff… No fue para tanto.

—¿Qué no fue para…? —Taka se iba a lanzar a por él, pero yo me interpuse y lo detuve para tranquilizarlo.

—Baja la voz —le pedí.

—Lara, déjame —me ordenó Taka.

—No. Aquí no. No nos metamos en líos —le imploré serenándolo—. Vete. Estaré bien. Aquí hay mucha gente. No me hará nada. A él le gusta actuar cuando no hay nadie mirándolo. Como a los cobardes.

—No soy un jodido violador —protestó Thomas iracundo controlando el volumen de su voz.

—Deja que lo dude —le corregí.

Noté que Thomas se tensaba y un músculo palpitaba repetidamente en su mandíbula a punto de romperse. Parecía haberlo ofendido.

Taka se estiró el bajo de la camiseta negra y echó los hombros hacia atrás.

—Procura no acercarte a mi amiga —eso fue lo único que le dijo mi amigo japonés—. Estoy por aquí —me recordó—. No voy a quitarle los ojos de encima.

—Relájate, Bruce Lee —Thomas se divertía con aquello.

Mi japonés obvió la última puya, y se alejó de ahí porque yo se lo había pedido.

Cuando Thomas y yo volvimos a quedarnos a solas sentía que controlaba la situación y que lo controlaba a él. Sin droga de por medio todo era más fácil. Era como si supiera qué tipo de personalidad volátil tenía.

—Lo que hiciste en Lucca —le susurré en voz baja, recriminándolo— es un delito. Y dado que yo fui la víctima decidiré si fue o no fue para tanto. Puedo ponerte una denuncia cuando quiera.

—Inténtalo, bonita —instó desafiante—. Pruébalo aquí, en Estados Unidos a ver qué pasa.

—Las leyes son las mismas en todas partes.

Thomas sonrió y su malicia inicial desapareció de sus ojos. Negó con la cabeza y exhaló suavemente.

—Eres muy inocente. Entiendo por qué mi hermano sentía esa fascinación por ti.

—Cállate.

—Pero esta es otra liga, ya te lo dije. Por vuestro bien es mejor que nadie se entere jamás de nuestra aventura europea, Lara.

—Deja de amenazar —le dije yo aburrida con aquel papel de sheriff—. Y lárgate de mi vista. Me cansas.

—No sin antes llevarme un par de cajas de esas. ¿Me las sirves? —señaló una de las cajas de seis de muffins pitufas. Lo dijo con tanta normalidad que eso me dio aún más rabia. Thomas tenía una lengua afilada y era un bravucón—. Voy a llevárselas a mis amigos. Están ahí —inquirió señalándomelos—. Supongo que los conocerás.

Claro que los conocía. Ya los había visto antes de que Thomas me viera a mí. Pero no pude evitar no mirar. Cuando les observé me di cuenta de que Kilian nos miraba fijamente, como si fuera un faro controlador. Thomas le saludó con la mano y le sonrió.

—Hola, hermanito —solo le pude escuchar yo.

Esa chica, Sherry, estaba sentada entre sus piernas abiertas, hablando animadamente con Aaron. Oh, joder... Cómo me reventaba.

—¿Recuerdas lo que te dije, Lara? —continuó Thomas.

Yo me centré solo en darle las dos cajas con rapidez, y asegurarme de que se llevara las magdalenas más feas y más deformadas de todas. No quise seguirle el juego.

—Recuerdo muchas cosas —le contesté entre dientes—. Ninguna habla bien de ti.

Él se encogió de hombros e hizo un mohín de indiferencia total.

—Me importa un comino. Te dije que Kilian tenía novia. No mentí. Pues es ella. Es Sherry. Es su primer año en la Universidad y Kilian se va a asegurar de que se sienta como en casa. ¿A que es guapa? Una chica rubia, americana, de piel de porcelana, y de buena familia —me guiñó un ojo—. Creo que sus destinos ya estaban entrelazados desde que nacieron. Los Alden y los Nicholson —suspiró como si su historia de amor le llenara de felicidad—. Míralos qué monos.

—Son treinta y seis dólares —contesté con voz temblorosa. Ese cretino... me iba a hacer llorar. Maldito fuera él y toda su familia.

En ese instante, Thomas me miró con atención, en silencio. Odié cada segundo de aquella inspección y retiré el rostro. Seguro que disfrutaba de mi aflicción, porque era un sádico y le gustaba hacer daño a los demás.

Le oí carraspear y sentí cómo inclinaba la cabeza a un lado.

—La verdad es que tienes un perfil precioso.

—¿Por qué no desapareces? —cuando mis ojos encontraron los suyos, él parpadeó de un modo que me extrañó. Parecía que se había ido de la realidad y regresara de su particular ensoñación.

Me dejó el dinero encima de la mesa. Quince dólares.

—Quédate el cambio —añadió mientras se daba la vuelta con las dos cajas de muffins, silbando como el Rey midas que se creía que era. El mar de chicas alrededor se abrió como si Thomas fuera Moisés e, inmediatamente después, todos esos ojos cayeron sobre mí.

Amy me apartó de la jauría y dejó que los gemelos se encargaran de todo. Con cara de pasmo, me alejó del mostrador y nos ocultamos en el interior de la carpa.

Ahí, en aquella parcial intimidad, la rubia peli teñida frunció el ceño e intentó traspasar mi alma con su acerada mirada.

—¿Qué demonios ha sido eso con Thomas Alden? ¡Joder, tía! ¡Saltaban chispas! ¡Creo que le has gustado!

Amy no tenía ni idea.

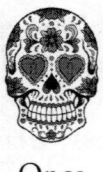

Once

Mi encontronazo con Thomas ya había puesto las cartas sobre la mesa. Los Huesos al completo sabían que estábamos allí. Lo que no se imaginaban era que les íbamos a sorprender en el cementerio, en su reunión secreta.

Amy todavía parecía conmocionada con la tensión que reinó entre Thomas y yo, y fantaseaba sobre mí y los Huesos y sobre la posibilidad de que me convirtiera en la estrella revelación de la temporada en la Universidad. Nada más lejos de mi intención. Pero cuanto más quería pasar indiscreta, más visible me hacía. Era como la Ley de Murphy que se cebaba en mí inclemente.

Durante el transcurso de la noche no quise volver a mirar en dirección de aquella grada de animación de los Huesos. Se me retorcían las tripas de tan solo imaginarme a Kilian y a Sherry juntitos y acaramelados, separados de todo y de todos, porque sangre azul como la de ellos no se podía mezclar con la purria.

No sabía cómo lidiar con todo lo que sentía.

Necesitaba salir de ahí. En la carpa ya no quedaban cajas de muffins, por eso le pedí las llaves del coche a Amy y salí del Old Campus para ir a la ranchera a por las que quedaran.

En el Campus quedaban muy pocas ya, magdalenas sueltas por aquí y por allá, y algunas por el suelo mordidas. El noventa por ciento estarían fermentando en los estómagos de todos aquellos estudiantes que hacían valer su título de "hermanos" para estar ahí y correrse una buena juerga.

La gente bailaba y hacía locuras. Habían corrillos que rodeaban a unos cuantos inconscientes al grito de "Bebe y bebe". Llevaban barriles enteros de cerveza, muchos de ellos ya estaban desperdigados por el césped, vacíos, tristemente abandonados como si ya nadie los quisiera. Algunas chicas se subían a las gradas metálicas y las usaban como si fueran podiums discotequeros para provocar al personal.

Yo tenía hambre, no había comido nada. Y al haber estado toda la noche en la carpa de los NM List no había podido ir a buscar ni un mísero hot dog, que también vendían otras fraternidades.

Busqué a Thaïs, intenté dar con ella entre toda la marabunta, pero no la encontré.

Cuando llegué a la antigua ranchera tuneada como si fuera una obra de arte Pop, recogí las pocas cajas que quedaban, aunque eran las suficientes como para que no pudiera cargar con todas ellas. Tenía pensado hacer dos viajes cuando escuché la voz de un chico llamarme por la espalda.

—¡Eh! ¡Animalista, espera!

Me di la vuelta con las cuatro cajas sujetas y vi a Dorian Moore correr hacia mí sin despeinarse apenas. Sus pasos ágiles y largos lo colocaron a mi lado en un santiamén.

—Deja que te ayude —me dijo con una sonrisa asertiva en su rostro.

Me fijé en la simetría de su rostro y mi mente empezó a analizar su personalidad según su estructura y fisonomía facial. Sabía hacerlo, pero intentaba no violar la intimidad de los demás de ese modo. Si no urgía, prefería ir conociéndolos, aunque fuese difícil para alguien como yo.

HUESOS Y CENIZAS

Dorian llevaba una cazadora negra de motero, un jersey de punto rojo debajo y unos pantalones tejanos negros con zapatos del mismo color. Me recordó a un vampiro. Rojo y negro, colores característicos de la noche y el misterio. Como él era. Misterioso.

—Hola —le saludé aturdida. Aún no había aceptado su ofrecimiento cuando él ya me estaba quitando las cajas de encima—. No hace falta...

—Insisto —cargó las cajas con una mano—. ¿Tienes más?

—Sí. Hay dos cajas más por sacar.

—Cógelas, te ayudaré a llevarlas.

No me hice de rogar, abrí la puerta del coche y tomé las dos últimas que habían a los pies de los asientos.

—Ya está. Solo quedan estas —confesé cerrando la puerta de nuevo.

—Eso es bueno. Señal de que habéis hecho pleno esta noche.

Soplé sorprendida.

—Es una locura.

—He ido a buscar un par a vuestra carpa pero Amy me ha dicho que habías ido a por las que quedaban. He decidido adelantarme antes de que te las quiten por el camino.

Yo me eché a reír. Sí, seguramente habría pasado algo de eso, así que agradecí su ayuda.

—Por cierto, soy Dorian —me ofreció la mano libre como pudo y yo se la acepté. Tenía la palma un poco fría—. Nos vimos en el estadio...

—Sí. Sí. Te recuerdo. Nos encargaste algo para dentro de unas tres semanas, ¿me equivoco?

—Sí —asintió—. En nuestra hermandad organizamos una fiesta. Y necesitamos gasolina para esa noche —se encogió de hombros—. Los dulces que preparáis son adictivos.

—No están nada mal —dije con la boca pequeña. Eran adictivos por esa harina de camuflaje que creó Hans. Un auténtico despropósito.

—¿Cómo te llamas? —en su mirada de color café oscuro no encontraba ninguna emoción como la que sí vi reflejada en los ojos de Thomas. No me sentía amenazada por Dorian a pesar de que era igual de alto que Kilian y su hermano, pero este tenía unas formas más elegantes y aristócratas. Los Alden eran atletas, animales deportivos... Pero Dorian parecía un espadachín de formas definidas. Estaba fuerte, pero no avisté los músculos hinchados y desarrollados como los otros dos. Parecía no necesitar emplear la fuerza para conseguir sus propósitos.

—Me llamo Lara.

—Encantado, Lara. ¿Eres de primer año?

—Sí.

—¿Becada? ¿Extranjera tal vez? —me tanteó con la mirada.

—Sí. Vengo de Barcelona.

Dorian arqueó las cejas negras y me miró con más interés.

—Tienes un inglés perfecto.

—Gracias.

—Barcelona es una ciudad preciosa.

—¿Has estado? —le pregunté con curiosidad.

—Una vez, de pequeño. Me encantó.

Ahí estábamos los dos, cargados con cajas de muffins llenas de marihuana que podrían meterme en la cárcel en cualquier momento, y conversando sobre mi ciudad.

Era sorprendente. Dorian me ignoró en el estadio de fútbol y ahora estaba ahí hablándome como si fuera alguien simpático y considerado. La gente se transformaba por unas míseras cupcakes.

—¿Cómo llevas estar en esta Universidad? Puede ser un poco intimidante —me miró condescendiente por encima de las cajas—. Hasta que te acostumbras. La gente aquí no es tan estirada como parece.

—No creo que lo sean —contesté. A mí no me ofendía la gente rica, competitiva, educada y con ambición. A mí solo me molestaba la gente con malicia, cruel e hipócrita, fueran ricos o pobres. Habían muchas cosas que no toleraba, pero lo pijo y esnob me daba bastante igual. No le daba importancia.

Dorian continuó observándome. Le gustaba medir a las personas. Era analista, como yo.

—Me ha parecido ver a Thomas Alden molestándote. ¿Qué quería?

La observación me dejó fuera de juego. ¿Cuánta gente se había enterado de aquel inamistoso interludio?

—Eh... No. Nada. Se quería llevar muffins de más —mentí—. Ha sido un pesado —disimulé—. ¿Le conoces?

Él asintió.

—Le conozco lo suficiente para saber que no es buena compañía. Los Alden y la hermandad a la que pertenecen se creen los amos del mundo. Es bueno que no te acerques a ellos.

Vaya, qué interesante. Kilian me había dado la misma advertencia sobre Dorian. Eso quería decir que si tenía un modo de provocar al Assassin era dejando que Dorian se acercase a mí. Los enemigos de mis enemigos eran mis amigos.

—Lo siento. No conozco cómo van aquí las normas y los protocolos de las hermandades. Aunque todas me dan muchos respeto.

Dorian volvió a sonreír de una manera dulce.

—Es comprensible —dejó caer los ojos sobre las letras de mi camiseta—. Por ahora estás en una hermandad que tiene contacto con todas. Pero te daré un consejo, si lo quieres. ¿Lo quieres?

—Sí. Todo buen consejo es bienvenido —contesté con interés.

—Si alguna vez te interesa cambiar de hermandad, apuesta por la mía. Los Llaves somos legales y cuidaremos de ti. Te protegeremos de gente como los Alden.

Los llaves. Los predecesores de Pergamino y Llave.

—Odio las pruebas de acceso —arrugué la nariz. Y era cierto. No me gustaba tener que demostrar nada a nadie.

Dorian negó con la cabeza.

—Eso siempre es negociable —me guiñó un ojo y después sacó del bolsillo de su pantalón una tarjeta de visita—. Toma.

Oteé la tarjeta. Estaba su teléfono directo y su mail.

—¿Es tu teléfono?

—Sí —se encogió de hombros—. Por si alguna vez necesitas algo. Un guía, un compañero para ir al cine, alguien que te cuente cómo funcionan las cosas en esta Universidad... Ya sabes. Llámame. Sin compromisos.

—Eres muy amable, Dorian. Muchas gracias. —Acepté la tarjeta y la guardé en el bolsillo del pantalón—. Lo tendré en cuenta.

Él se echó el pelo largo y negro hacia atrás y me pareció muy interesante. Había algo en él que era embelesador y glamuroso. No podía dejar de mirarlo.

—¿Vamos? —le dije.

—Sí. Vamos.

De camino a la carpa no dejaba de pensar en la cara que iba a poner Dorian cuando nos viera presentándonos a ese cónclave secreto. Iban a alucinar. Todos.

Como alucinó Amy cuando me vio llegar charlando con Dorian, ambos relajados. Él me preguntó qué le echábamos a las cupcakes. Yo le contesté que si se lo dijera tendría que matarlo.

Cuando él arrancó a reír, me pareció guapo. Los ojos se le iluminaron y su perfecta dentadura brilló en la nocturnidad.

En ese momento, la mandíbula de Amy tocaba el suelo. Me

dirigió una mirada de: ¿qué tienes que en una noche dos de los tíos más populares de la Universidad han querido hablar contigo?

Ni yo lo sabía. De lo que estaba segura era de que prefería mil veces más la compañía de Dorian que de cualquiera de los dos Alden que me habían fastidiado la existencia.

Eran las tres de la madrugada, en el Campus la gente se retiraba y la fiesta daba sus últimos coletazos. Siempre pensé que las fiestas universitarias duraban hasta la madrugada. Pero la verdad era que empezaban pronto y acababan no más tarde de las tres. Así lo alumnos podían dormir unas horas antes de asistir a clase de nuevo y superar la resaca.

Thaïs había hecho de relaciones públicas, como buena periodista que era. Ember y Oliver estaban literalmente K.O. Los gemelos habían bebido y comido como locos y se habían quedado inconscientes en la carpa, durmiendo con la boca abierta manchada de muffins.

Amy se aseguró de quitarles las riñoneras llenas de dinero por si acaso a alguien se les ocurría robarles. Y mientras subíamos a la ranchera de Amy, Taka y Thaïs se aseguraban de mantener las distancias y de ni siquiera mirarse. Hasta que la rubia dijo:

—He hablado con el redactor jefe del periódico de Yale.

—¿Hablado? —Taka estaba de un humor de perros—. Te has frotado contra él como si fuera la lámpara de Aladino.

—Y me ha dicho —Thaïs oyó llover— que la baja de Coco está cubierta.

—Te lo dije —le recordó Amy.

—Pero queda otra plaza libre que ha dejado la estudiante de

intercambio Luce Spencer —procuró decirlo lentamente para que Taka y yo advirtiéramos lo que diría a continuación.

—Luce Spencer... —Amy se quedó pensativa, y mientras aseguraba la posición del retrovisor añadió—. Creo que era estudiante de intercambio de segundo año. Becada, me parece.

—Sí. Eso me han dicho —confirmó Thaïs—. Al parecer, tuvo un aparatoso accidente este verano —los tres nos miramos—. Y ha vuelto a Inglaterra para recuperarse.

¿Para recuperarse? Luce estaba en coma, hospitalizada. Su accidente, que no lo fue, fue muy grave. Pero allí nadie sabía nada. Sin videos y con información capada en según qué países nadie sabía la verdad. Excepto lo que los padres habían dicho a Yale. Y excepto lo que sabía de más el agresor.

—Vaya. Una pena —lamentó Amy.

—¿La conocías? —le pregunté.

Movió la cabeza rubia negativamente.

—Solo por su ficha de extranjera en la Universidad. Coco tampoco me mencionaba demasiado de ella... Supongo que era muy introvertida.

O puede que estuviera demasiado tiempo centrada en su estudio y obcecada con su relación con el Alfil. Porque si la tuvo, y el Alfil era un Huesos, ¿cómo nadie la conocía? ¿Por qué no era popular? ¿Nadie se dio cuenta de que estaban juntos? ¿Nadie en todo ese tiempo?

—Entonces, ¿vas a entrar? —quiso saber Taka con tono poco conciliador.

Ella lo miró de reojo.

—Puede que sí. Tengo que hablar con el director del periódico el lunes que viene.

—Oye, novata —intervino Amy rompiendo la tensión entre mis dos amigos—. ¿Estás segura que la reunión es en el cementerio?

—Sí —contesté.

—¿Y cómo lo sabes?

—Porque nadie visitará un cementerio a estas horas. Y porque es un lugar neutral para las hermandades.

—¿En qué sentido? —quiso saber Amy conduciendo por las carreteras del Campus.

—En la muerte todos somos iguales —le expliqué. Sabía que era bajo el obelisco de Webster, pero aquella era mi conclusión al respecto—. Bajo tierra no hay diferencias. Somos pasto de los gusanos, seamos ricos o pobres, guapos o feos. La Élite buscará un lugar así, que no esté marcado por marcas territoriales ni banderas ondeantes de ninguna fraternidad.

—Joder... ¿De dónde has salido tú? —me preguntó centrando sus atención en mí.

—Mira a la carretera —le pedí agarrando el volante.

—Eres una caja de sorpresas.

Y más que se iban a sorprender con el tiempo.

Groove Street Cementery

Cuando nos plantamos frente a la entrada principal del cementerio, custodiada por una puerta egipcia, nos dimos cuenta de que el acceso estaba cerrado. Si mirabas más allá, al interior, las lápidas, cruces, panteones y esculturas de piedra blanca resaltaban entre el horizonte negro y brumoso. Se me puso la piel de gallina.

—No podremos entrar por aquí —aseguró Amy—. Pero hay una entrada por el Jean Pope Park. Solo tenemos que saltar el muro.

—Llévanos —le pidió Taka.

Rodeamos el muro que delimitaba el perímetro del cementerio de New Haven, el más antiguo y también el primero que se erigió como privado. Se construyó con idea a crear manzanas enteras destinadas a familias de la zona. De hecho, aquel lugar era un claro ejemplo de la visión que tenían los seres humanos de la muerte. Preferían yacer juntos, a pesar de hacerlo sin vida. La familia era la familia, ¿no decían eso?

Escalamos el muro de piedra que estaba un poco erosionado y por el que era fácil introducir la punta de los pies para impulsarse. Esquivamos las ramas de los árboles que dificultaban el salto al otro lado, aunque sonara metafórico, y pasamos de la calle de los vivos, al campo de reposo de los muertos.

Nos mantuvimos en silencio, con ojos avizor, cerciorándonos de que ningún fantasma nos perseguiría por aquel ultraje a su descanso eterno, o peor aún, ningún humano nos delatara.

Amy encendió la linterna de su móvil y Taka hizo lo mismo, y nos dispusimos a andar a través de las calles pavimentadas.

A pesar de la solemnidad y del romanticismo gótico que exudaba aquel lugar, también estaba lleno de erudición, y eso me gustaba. Quería saber sobre cada historia, sobre cada tumba, sobre cada caído, fuera como fuese. Veteranos de guerra, exPresidentes, profesores de Yale, famílias aristocráticas... ¿Y por qué estaban ahí? ¿A quién custodiaba cada ángel? ¿Por qué parecía que las figuras de piedra hablaban más de los secretos de los muertos que de los miles de cuchicheos que habrían oído de los vivos? ¿Cuántos lamentos y lágrimas habrían presenciado? Habían desde las típicas tumbas de piedras de pizarra de la antigua Nueva Inglaterra y otras con cabezas aladas, hasta las típicas estatuas realistas, moradoras de camposanto y veladoras de los muertos.

Mi mente memorizaría cada detalle, y posiblemente, en sueños, pasearía por allí alguna noche, para estudiarlo todo con más calma. Ahora lo único que podía hacer era limitarme a observar sin analizar demasiado, aunque cada tumba de piedra me llamara y me incitara a detenerme y a leer lo que aún tenían por contar, a pesar de que hubiesen acallado su voz para siempre. El cementerio era un manto verde recorrido por largos pavimentos de piedra grisácea. Las motas de color la ponían el césped verde musgo, en algunas tumbas un tanto más amarillento, los árboles ginkgo y las magnolias plantadas en lugares estratégicos. Y en los muros delimitadores del cementerio, en sus bases, colocadas en línea, habían cientos de lápidas sepulcrales de siglos de edad, oscurecidas por el transcurso del tiempo.

Era hermoso. Evocador. Y triste. Todo a la vez.

—No pertenecen a nadie —me dijo Amy alumbrándolas—. Son lápidas decapitadas. Se trasplantaron del antiguo cementerio de New Haven hasta aquí.

—¿Dónde se supone que está el obelisco? —preguntó Thaïs en voz muy baja.

—Llegaremos en cinco minutos —contestó Amy.

Y así fue. Después de recorrer parte del cementerio y de perderme en esquinas encantadas, llegamos a la cuadra perteneciente al obelisco funerario de Noah Webster.

Y allí, dentro de la cuadra, alrededor del obelisco, estaban los miembros de las tres hermandades de élite, tal y como dijo Luce en su diario.

Kilian, Thomas y Frederic como representantes de los Huesos. Dorian y otro chico más que no conocía como representante de la hermandad de la Llave. Y otro chico de piel oscura y ojos claros, terriblemente sexy, que tenía cara de querer matar a cada uno de los que estaban ahí y que no parecía ni de uno ni de otros. Llevaba una sudadera con capucha con el rostro de un lobo, unos tejanos algo rotos y un calzado deportivo negro Nike. ¿Sería el líder de los Lobos?

Era obvio que allí nadie gustaba a nadie. No se caían bien. Y eso era bueno.

Cuando nos vieron llegar y nuestros focos de los móviles les alumbraron la cara, supe que todo lo que estaba pasando esos días y todo lo vivido en Lucca valió la pena. Les acabábamos de dejar fuera de juego.

Dorian elevó sus cejas hasta que desaparecieron entre sus mechones largos y negros. Thomas puso los ojos en blanco y Kilian, sencillamente, me fulminó sin más. El que nos miraba como si nos hubiéramos perdido era el chico mulato.

Sobre la base de piedra del obelisco de Webster habían tres bolsas negras de mismo tamaño amontonadas la una encima de la otra.

Frederic dio un paso al frente. No estaba de buen humor. Se acercó a Amy y le exigió explicaciones.

—¿Qué coño es esto, Amy? No podéis estar aquí.

Ella me sonrió y después se sacó la mochila azul eléctrica que llevaba a la espalda y la dejó caer encima de las bolsas negras que reposaban en medio del círculo que habían creado las tres fraternidades. La tensión se podía cortar con un cuchillo.

—Venimos a optar por el premio de La Misión.

—¿Qué? —dijo el Bones malhumorado.

—Los requisitos son pertenecer a una hermandad con más de un año de antigüedad, y disponer de una cuantiosa base de dinero que apostar. Ahí tenéis los cuarenta mil que se exige para participar —alzó la barbilla y se echó a reír—. Y no me mires con esa cara de pardillo. Sabes perfectamente que no os podéis negar. Son las reglas.

Frederic no sabía donde meterse. Kilian y Thomas permanecían el uno al lado del otro impertérritos. Dorian analizaba los gestos y las expresiones de todos. Y el mulato se crujía los nudillos mientras nos sentenciaba con su mirada azul clara.

Yo no quería mirar a Kilian, pero lo hice. Me moría de ganas de saborear aquella victoria, aquella intrusión en su territorio y aquel abierto desafío. Sin embargo, él dilató los orificios de la nariz y el amarillo de sus ojos se tornó bronce. Más oscuro. Estaba convencida de que si pudiera echar fuego por la boca lo haría. Y yo le metería un extintor.

—¿Cómo conocéis esta tradición? —indagó Dorian entretenido.

Thomas se pasó la mano por el pelo rizado y bufó como si todo le aburriera.

—Bah —Amy no le dio importancia—. La conozco del tiempo que Frederic y sus padres veraneaban en Rhode Island con nosotros, cuando aún era una buena persona y no el gilipollas elitista que es ahora —sonrió falsamente mirándolo—. Sé que cumplimos las dos condiciones y que las normas no han cambiado. ¿A que no? —miró a Dorian y este se encogió de hombros y le dio la razón con un movimiento de cabeza.

—Es la misma desde hace una década —contestó sonriéndome y preguntándome entre líneas «¿En serio te vas a meter en esto?».

—Esto es una locura —eso fue lo primero que dijo Kilian. Yo le escuché atentamente, a ver qué iba a decir—. No tenéis nivel para competir contra nosotros.

—¿No somos de tu liga? —le piqué.

Tenía un volcán dentro de mí. Un cráter que se abría, cuyo interior de lava e indignación me quemaba hasta lo indecible.

—Aquí no hay ninguna liga —aseguró Dorian saliendo en mi defensa—. Si conoces la tradición y cumples con las condiciones, puedes participar en *La Misión*. Así lo dice El Escriba.

¿El Escriba? Nuevo dato, pensé.

—¿Por qué no te callas? —le ordenó Thomas a Dorian.

El Llave se centró en él como lo haría un experto psicópata, y le dirigió una sonrisa radiante.

—Son las normas. No se pueden vulnerar.

A Kilian no le convenció en absoluto. Se cerró en banda y me lanzó una advertencia furibunda con sus ojos salvajes.

—No pueden participar.

—Dame una razón —Amy se cruzó de brazos y se colocó en medio de los chicos, para que la vieran bien—. Tenemos los cuarenta mil. Somos los NM List y este es el tercer año de nuestra fraternidad. Queremos jugar.

—Ya —Kilian apretó los dientes y una vena de su frente se hinchó, marcando hasta el punto que estaba frustrado con todo aquello—. Pero es que esto no es un juego. Aquí competimos en serio. No tenéis ni idea de cuál es la naturaleza de las pruebas.

El mulato detuvo su perorata alzando la mano.

—No les des más pistas —su voz irrumpió cortante—. Si tienen el dinero no tenemos derecho a decirles que no —sonrió como lo haría un perdonavidas—. Si es lo que quieren, allá ellos.

—Pues mira sí —Amy iba lanzada y no parecía temer a nada ni a nadie—. Es lo que queremos. No todo es fuerza y habilidades físicas. También sirve el intelecto, Glenn Vanity.

Glenn Vanity, líder de los Lobos. Iba memorizando caras, nombres y apellidos.

—Aquí no hay compasión ninguna —aclaró Kilian—. La Misión no es para nenas.

Thaïs se erizó como un gato y le espetó.

—Entonces ¿por qué estás aquí?

Se me escapó la risa y eso ofendió todavía más al Alden rompecorazones.

—Haced lo que os dé la gana —me avisó—. Ya os he advertido. ¿Queréis jugar? De acuerdo. Que participen.

—Más dinero para nosotros —Thomas se metió las manos en los bolsillos y oteó la mochila azul de Amy con interés.

—Como si esta vez fuerais a ganar vosotros —murmuró Glenn en voz baja.

—¿Hace falta que lo cuente? —Thomas era un provocador—. ¿Tenéis honor o no?

Taka dio un paso al frente y para mi sorpresa le soltó.

—Cuenta este dedo lleno de honor si quieres —le mostró el dedo corazón.

Los ánimos se caldeaban, Taka tenía ganas de pegar a Thomas. Amy quería patear a Frederic. Thaïs quería arrancarle la cresta blanca a Taka. Y yo deseaba hacer lo mismo con los ojos de Kilian. Los únicos que parecían entretenidos con el ambiente eran los líderes de los Llaves y Los Lobos.

—Está bien —Dorian y su apariencia tranquila y serena exigía calma—. Al único que tendríamos que rendir cuentas por esta usurpación es a Frederic.

—¿A mí? —Frederic se señaló a sí mismo—. Yo no tengo la culpa de que esta gorda sea una chafardera y escuche conversaciones privadas.

—¡No te metas con mi amiga Thaïs! —contestó Amy echándole cara, dando a entender que la gorda no era ella.

Thaïs se echó a reír y se cubrió el rostro. Era surrealista.

—¿Por qué no nos dejamos ya de disputas absurdas y leemos el mensaje del Escriba? —sugirió Dorian—. Cuanto antes lo leamos antes saldremos de aquí. Alden —ordenó a Kilian—, como ganadores del año pasado eres tú quien debe desenterrar el mensaje. Procede.

—No acepto órdenes tuyas —contestó Kilian con voz glacial—. Pero quiero irme de aquí lo antes posible.

Kilian parecía que iba a romperse en cualquier momento de lo tenso que estaba. Miró a cada uno de los miembros de mi fraternidad con gesto muy contrariado y a mí ni siquiera me prestó atención. Oh, qué cretino.

Se agachó a los pies del obelisco. Arrancó la banderita de Estados Unidos clavada en la arenilla negra alrededor de la base de piedra del ornamento funerario y sacó del palo metálico un pergamino de no más de cuatro centímetros de grosor enrollado a la vara. ¿Quién lo habría dejado ahí? ¿Quién era El Escriba?

—¿Quién es El Escriba? —pregunté sin más. Era una pregunta muy normal y evidente. Como recién llegada quería saber todo aquello que desconocía.

—Si ganáis La Misión puede que lo descubras —contestó Kilian como un borde redomado—. Mientras tanto, no te importa. Solo debe importarte el objetivo a cumplir.

Uf, cómo me molestó. Pero tenía que disimular y fingir indiferencia, por mucho que me hiriesen sus desplantes.

Dorian me miró, me hizo un gesto como si Kilian estuviera loco y me guiñó un ojo. Me hizo sonreír.

El gesto lo captó Kilian a la perfección y estoy segura que vertió todo su odio en Dorian, aunque se asegurase de controlar el lenguaje de su cuerpo.

Desenrolló el papel y procedió a su lectura.

«En Harvard hay un tesoro literario e histórico que les gusta mucho exponer y del que les encanta presumir. Se trata de «La Biblia de Gutenberg». Del siglo quince y con un valor de varios millones de dólares. Ese es vuestro objetivo. La Misión se inicia el 30 de Octubre a las doce de la noche desde La Selva. Y finalizará el 31 de Octubre, ese será el día señalado para conseguir vuestra hazaña. La fraternidad que lo logre se reunirá en este lugar el mismo día a las doce de la noche. Si nadie lo logra, el Escriba se quedará con el bote. Todo vale. Todo está permitido. Que empiece el juego».

Amy abrió los ojos de par en par pero no añadió nada más. Todos los miembros de la fraternidad se dispusieron a abandonar la parcela de Webster y nosotros nos quedamos allí, inmóviles. No cogieron el dinero.

—¡Eh! —Amy les llamó—. ¿Y qué hacéis con las bolsas? ¡Los muertos no pueden gastárselo!

Dorian se detuvo y al menos tuvo el gesto de explicárnoslo.

—El Escriba recogerá el dinero. Ahora debéis iros —me miró fijamente—. Será divertido veros participar.

—Seguro —musité decidida. No íbamos a arrugarnos.

Cuando Dorian también desapareció, mi grupo y yo nos quedamos ahí paralizados.

—Venga. Vayámonos —dijo Taka iniciando la caminata de vuelta.

—La Biblia de Gutenberg… —Amy meditaba maravillada sobre ello.

Pero yo solo pensaba en el desdén de Kilian, en el menosprecio de Thomas y en lo ofuscados que estaban los Alden por vernos allí. Enfrentándonos a ellos de nuevo.

HUESOS Y CENIZAS

Doce

Y así, de la noche a la mañana, sin comerlo ni beberlo, me vi en una situación de tesitura parecida a la de Lucca, pero con notables diferencias.

Sí, en casi dos meses había una fecha señalada para realizar una Misión en la que íbamos a competir todos contra todos. Cuatro fraternidades de élite (Bueno, nosotros en realidad éramos de azúcar) de legendaria rivalidad, se verían las caras y lucharían por dar con una Biblia.

Pero, al margen de la gran aventura que teníamos entre manos, ya estaba en la Universidad y vivía con Amy. Ya sabía quiénes eran los Alden, no me iban a tomar más el pelo y poseía información sobre algunas cosas de las que investigó Luce y que me daban ventaja sobre algunos factores. Taka y Thaïs vivían juntos en una casa alquilada. Juntos pero no revueltos. Y por fin estudiaba la carrera que quería. Estaba cumpliendo mi sueño, al mismo tiempo que me enfrentaba a mis miedos.

La primera semana después de aquella reunión nocturna y clandestina en el cementerio Groove Street, la invertimos entre asentarnos con nuestras clases y en estudiar un poco la distribución de la Biblioteca de Harvard y su seguridad. Nos reuníamos de vez en cuando para mirar planos y disposiciones.

Pero eran los primeros días. Taka y Thaïs por ejemplo, eran recién llegados igual que yo. Mi japonés estudiaría en la facultad de ingeniería. Mi rubia locuaz en la de comunicaciones. Eran nuevos, de tercer año, sí, pero nuevos. Debían hacerse con todo.

Por eso, los siete días siguientes los invertimos en nosotros, en llevar aquel inmenso campus por la mano y en conocer todo de arriba abajo.

Amy sí que estaba más impaciente por que nos centráramos en La Misión, pero mi compañera de habitación comprendió nuestras necesidades y se portó de maravilla. Nos explicó cómo funcionaba la facultad de arriba abajo. Nos ayudó a no sentirnos extranjeros.

Para ser sincera, nunca fue mi intención inmiscuirme de ese modo entre las hermandades de Élite. Claro que tenía el objetivo de continuar con lo que Luce dejó a medias, pero no de aquel modo.

No quería ponerme una diana, no quería ser la perseguida, pero al formar parte del desafío en el que Amy nos metió, eso fue justo lo que hicimos. En eso me convertí. En alguien *non grato* para los Bones.

Los Huesos nos tendrían en el punto de mira. Y no me sentía nada cómoda. Siempre me imaginaba que Thomas o Kilian me asaltaban en alguna esquina del Campus para increparme. Me hacía sentir muy mal, muy expuesta. Y además, en muchas ocasiones me sentí observada.

Lo que no comprendía era por qué ambos me protegían de los demás. Eran los únicos de su hermandad que conocían la identidad de los que subieron el vídeo del fallido salto de Fe de Luce.

HUESOS Y CENIZAS

Sabían que fuimos nosotros, y aún así no lo decían. ¿Por qué me encubrían si yo no les importaba? Para Kilian no estaba dentro de su liga, y Thomas me odiaba. ¿Entonces? ¿Por qué nos protegían no diciendo nada al resto de Bones y a sus líderes? Me hacía muy a menudo esa pregunta.

Me pasaba el tiempo temiendo darme de bruces con ellos, temiendo ver a Kilian con Sherry, y al mismo tiempo preguntándome por qué mantenían nuestro secreto. Era una caja sin fondo llena de contradicciones. Así que, lo único que podía hacer para dejar de comerme la cabeza de ese modo, era entretenerme con el croquis informativo que había logrado recopilar de Luce. Necesitaba más datos. Estaba convencida de que en ese pen que copiamos no estaba todo lo que ella tenía. Pero en su diario mencionaba y repetía que se aseguraría de guardar toda la información en la nube. ¿Qué nube? Hablé con Taka sobre ello, y me dijo que en el pen no había ningún enlace oculto a una nube que le hiciera de disco duro y receptor. Que tal vez era su modo de llamar "nube" al pen. Pero a mí no me convencía nada esa conclusión.

Como fuera, continuaba teniendo su estudio entero en mi cabeza. Solo debía escoger cada página y leerla mentalmente con atención para extraer los pasajes siempre más interesantes y reveladores.

Como aquellos en los que nombraba sus primeros encuentros con el Alfil y los lugares donde se veían y que tenían nombres tan extraños.

Los intentaba cuadrar con el mapa de la Universidad, pero muchos de ellos no coincidían. Y eso era también algo que me tenía un poco en ascuas. ¿Qué mapa tenía Luce? Quería ver esos lugares con mis propios ojos, reconstruir su historia.

Cuando no estaba centrada en lo de Luce, me alegraba poder estar tranquila y disfrutar las clases de la señorita Foster, porque eran fascinantes. Compartír las tardes con mis amigos, y concentrarme en lo único que me debía importar: mis estudios. Estar ocupada me ayudaba a no pensar en lo que me dolía el corazón ni en lo vejada que me sentía. Así que me centré con todas mis fuerzas en dejar que pasaran los días hasta que lo viera todo con total normalidad, hasta que nada me doliera.

Después de las clases, al mediodía, nos reuníamos los tres para comer en el Koffee, y por la tarde íbamos junto con Amy a la casa que tenía Taka alquilada, que compartía con Thaïs. Aquel era nuestro nuevo centro de operaciones. Los gemelos, Hans y Luis se encargaban del negocio de las Muffins y de ir cogiendo encargos, y lo hacían todo desde casa de la abuela Malory.

Pero nosotros cuatro, que también tendríamos una misión conjunta, cogíamos las llamadas de los centros de protección canina y nos informábamos sobre los casos de los animales abandonados y cómo ayudarlos. Era gratificante poder colaborar en una labor como aquella.

Amy era una gran chica y nos había explicado muchas de las acciones legales que había emprendido la fraternidad contra todo tipo de maltrato animal que habían visto. No muchos, la gente no iba pegando a sus mascotas por la calle, pero siempre había algún salvaje mal nacido dispuesto a ello. Fuera como fuese, los tres adorábamos poder hacer aquella labor y siempre estábamos a la orden del día en cuanto a noticias internacionales de alertas animalistas. Ayudaríamos en todo como pudiéramos.

Debo decir que la "Takasa", como lo llamábamos Amy y yo, era una buena casa. Que en su jardín había piscina, que tenía dos porches, dos plantas, una preciosa buhardilla y una cocina americana completamente equipada. Las habitaciones eran amplias, la de

HUESOS Y CENIZAS

Thaïs alejada de la de Taka.

Amy no pudo evitar no hacer alguna broma al respecto cuando nuestra amiga nos enseñó la casa mientras Taka continuaba en el salón probando un nuevo software de ordenador.

—Que digo yo —Amy entró en la habitación suite de Thaïs y se sentó en la amplia cama de matrimonio que tenía para ella sola, rebotando cual Gremlin poseído. El balcón que daba al jardín era muy grande. Tenía un vestidor contiguo, una tele de unas mil pulgadas y una bañera circular con hidromasaje—, ¿Taka no ha realizado su maniobra Pearl Harbor?

Thaïs se apoyó en la cómoda blanca de seis cajones y contestó perdida:

—¿Cómo dices?

—Sí. Si el japonés no ha atacado tu base naval de los Estados Unidos.

Oh, por Dios. Me estaba bebiendo una coca cola light en aquel instante, y la comparación hizo que se me saliera la bebida por la nariz. Me moría de la risa. Thaïs no. Y eso me hizo más gracia todavía.

—No te rías, Larita —me pidió.

—Ha tenido gracia —reconocí saliendo al balcón para admirar las vistas.

—¿Cuál es el problema? —quiso saber Amy—. Os gustáis, ¿no es así? ¿Entonces?

Yo le hice el gesto de las tijeras con los dedos, señal de que debía cortar la conversación, pero Amy me miró, debió entender otra cosa y frunció el ceño.

—¿Es lesbiana?

—¡¿Qué?! —estaba como una cabra—. ¡No! ¡Joder, Amy, no ese tipo de tijeras!

—¿Yo? —Thaïs apoyó su mano en su pecho—. No. No lo

soy.

—Ya decía yo. No hay lesbianas como tú —aseguró la estudiante de Arte.

—Es un tema un poco delicado —Thaïs se quedó con la mirada fija en un punto de la pared—. Somos muy amigos como para enrollarnos. Y él... Él no quiere.

Sabía muy bien cómo se sentía Thaïs al respecto. Desde que regresé de Lucca comprendí que el modo que se veían el uno al otro era totalmente distinto del modo en que yo podía ver a Taka, y se parecía mucho más a la manera que tenía de sentir hacia Kilian. No sabía qué hacer para ayudarles, igual que ellos no tenían ni idea de lo que hacer para que me dejara de doler el corazón. Seguramente el tiempo era más sabio que nosotros y nos ayudaría a superar nuestros males de amores. Y sino, yo estaba decidida a empezar a ingerir muffins de pitufos como una loca, porque necesitaba dormir, de verdad que sí, y hacía varias noches que no pegaba ojo por culpa de imaginarme a Kilian con el ángel rico y rubio que había elegido para él.

Y me moría de los celos.

Y me odiaba por ello.

Pero la calma es solo un mero pasatiempo del dedo juguetón del destino. Es una falacia que te hace creer en que lo malo ya pasó, cuando en realidad precede siempre a una gran tormenta.

El viernes al mediodía sucedió algo que cambió mis planes por completo.

La última clase del día era con la señorita Foster, la asignatura de Introducción a la Psicología. No sabía por qué, pero encontraba que el modo de contar las cosas de esa mujer me hipnotizaba. Se veía a leguas que era alguien dominante, segura de su poder y controladora de su entorno, aunque tenía la empatía suficiente como para ser asertiva y resilente y hacer sentir a gusto a los alumnos para que participasen. Era una mujer fuerte y poderosa, justo lo que yo querría ser un día.

Pensaba sobre ello cuando cogí la bici y me dirigí a *Barnes and Nobles* para ir a buscar un cómic para Taka y otro para Thaïs. Les quería regalar algo por lo que hacían por mí, por no dejarme sola, y por querer echarme una mano con el tema de Luce y los Bones, aunque aún no nos habíamos puesto en serio con ello.

Cuando llegué a la librería, me dejaron entrar con la bicicleta. Antes de ir directamente al librero a pedir los tomos que había encargado, decidí dar una vuelta por la sección de cómics. Me gustaba descubrir perlitas y quería ver cuánto tenían de manga y anime a la venta.

Justo al lado, en el pasillo contiguo estaba la puerta del baño. Pensé en entrar ahí a leer para no estorbar a nadie en medio del pasillo, pero como tampoco había gente me quedé de pie echando una ojeada a todas las rarezas que encontraba.

Me fascinaban los trazos del dibujo japonés y coreano, aunque no era ni de largo la mayor experta en ellos del trío de amigos frikis que tenía. Pero sí sentía un extraño placer en admirarlos. Me gustaban.

Tomé el tomo 1 del *Assassin's Creed: Awakening* y la imagen me llevó al salto de fe que Kilian y yo hicimos juntos en la Torre.

Recordé ese beso en el cielo, sus ojos abducidos en los míos. Y me fui.

Yo perdida en él. Él mirándome como si no hubiera nada más en el mundo. Pedazo de actor estaba hecho...

Pensar en ello provocó que me acongojara y que la rabia por saber que todo fue una mentira me dejara por los suelos.

Aun así, quise echar un vistazo al interior del libro. Me di la vuelta para sentarme en el suelo y poder ojearlo, y al moverme, me choqué contra el duro pectoral del chico que provocaba mis lágrimas.

Estábamos destinados a encontrarnos entre estanterías de libros. Yo no me lo podía creer. Había pasado la semana temiendo encontrármelo en las esquinas más insospechadas de la Universidad, y cuando bajé la guardia y salí de ella, fue cuando di con él fortuitamente.

Kilian llevaba una sudadera del equipo de hockey de los Bulldogs, del cual era capitán. Era negra, gris y blanca y tenía una Y griega enorme estampada en el centro con una cara de Bulldog. Le quedaban tan bien los colores de Yale...

Me miró como si se hubiera extraviado, aunque su gesto era duro y seco hacia mí. Yo simplemente me aparté, pero él me impidió pasar.

—¿Qué haces aquí?

—He venido a por pizzas —contesté con un tono ácido—. ¿Y tú?

—Qué graciosa —contestó sin pizca de gracia—. ¿Te lo vas a quedar? —me preguntó de repente.

Me quedé mirando el ejemplar y me di cuenta de que era el único que había ahí.

—Pues quería echarle un vistazo, a ver si valía la pena —pensé que si él lo quería no iba a darle el gusto de conseguirlo.

—El librero me ha dicho que es el último.

—Pues una lástima, ¿no crees? —contesté moviéndolo como un abanico—. De repente he descubierto que lo quiero comprar. Adiós.

Quería darle la espalda y huir de ahí. Pero no. No iba a ser tan fácil.

—Lara.

Me detuve aunque ni siquiera me giré para encararle.

—No ha sido una buena idea presentar candidatura para La Misión. No habrá compasión con vosotros. Sois los débiles. Los primeros que nos querremos sacar todos de encima.

—Uy, qué terrorífico suena... ¿Acaso en Lucca tuviste algún tipo de compasión, Kilian? —le increpé—. No soy ajena a la inclemencia. Ya la conozco, créeme.

—Pero esto es distinto —me dijo en voz baja—. Es un tipo de competición agresiva. Se necesitan habilidades para superar las pruebas de Cockaponset.

Cockaponset... ¿Ese era el nombre de la selva? ¿De verdad era tan bocazas? ¿De verdad me lo acababa de decir así sin más? ¿Por qué? ¿Sería una trampa?

—No saldréis de allí con posibilidades de nada...

—Déjanos a nosotros valorar si tendremos posibilidades o no —le pedí cansada de sus menosprecios—. Preocúpate de tu hermanito y de ti y de vuestras fechorías.

—Lara, no sé a qué estás jugando —me advirtió—, pero por tu bien espero que no cometas ninguna locura.

—Después de haber cometido la mayor locura de todas en Italia —le contesté sin amilanarme— me trae sin cuidado lo que pueda hacer ahora. Más no me puedo equivocar.

—¿De verdad crees que fue una locura lo nuestro?

—Totalmente. Fue un juego para ti. Una competición. Nada más. Yo estaba de acuerdo con que debía vivir el momento, pero pensando que vivía una verdad —le recriminé—. Pero me equivoqué. Fue un error.

Aquello enfureció a Kilian y olvidó por un momento que estaba en un lugar público. Me agarró del brazo y me acercó a él de un tirón.

—¿De verdad crees que lo nuestro fue un error?

—Suéltame —le pedí—. ¿Qué papel estás haciendo ahora? ¿Quieres que te den un Óscar?

—No tienes ni idea de quién soy, ni de lo que quiero o dejo de querer —se había picado. Estaba frustrado. Se sentía impotente.

Y eso me dio poder.

—Sé más de ti de lo que imaginas. Entras en un perfil fácil de catalogar. Todos los Bones sois iguales. Seguís un mismo patrón.

—No me menosprecies —sonrió mirando a un lado y al otro—. Podría sorprenderte.

—Jóvenes. Arrogantes. Ricos. Autoritarios. Poderosos. Caprichosos —enumeré—. Pero inseguros, cobardes, mezquinos e inmaduros. Todos sois así. Tú no eres distinto, aunque me la colaste bien en Lucca.

¿Parecía dolor aquello que brillaba en las profundidades doradas de sus ojos y que clamaba por atención? ¿Decepción? ¿Pesar?

¿Qué era? ¿Y por qué me dejó en fuera de juego?

—Hice mucho más que colártela en Lucca —contestó soltándome de golpe—. ¿Te gustó tu primera vez? ¿Aún me sientes entre las piernas?

No sé qué demonios me pasó por la cabeza ni qué me impulsó a hacer eso. Nunca me imaginé a Kilian hablando en esos términos más propios de Thomas, por eso la sorpresa me hizo reaccionar así. De Thomas no me ofendería, de Kilian me destrozó.

Le di una bofetada tan fuerte que le giré la cabeza. Temblaba de la indignación, y se me encogió el pecho.

—Que me hables de eso me dice todo lo que tengo que saber sobre ti, capullo —odiaba aquel tipo de dicterios. Pero nacían de un lugar muy profundo en mí, donde no tenía por qué ser tan buena si no quería.

Kilian volvió a agarrarme de la muñeca, se cercioró de que nadie nos miraba y me arrastró hasta la puerta del baño. Una vez dentro la cerró con pestillo.

Yo me quedé tan aturdida que no supe ni qué hacer. Pero tampoco me dio tiempo a pensar.

Me agarró de los hombros y me pegó la espalda a la fría pared del baño. Solo había un retrete.

Y entonces me cogió la cara con ambas manos, me aplastó contra la pared pegando su ancho y alto cuerpo al mío y me besó con violencia, y con un hambre que ni supe saciar ni creía que supiera hacerlo.

—¿Qué...?

No me dejó hablar. Me metió la lengua en la boca, y su piercing rozó la mía. Nos intercambiamos el oxígeno. No era capaz de responder ni de reaccionar. No estaba siendo amable, sino más bien desesperado. Y entonces, su mano descendió hasta dejármela entre las piernas, presionando en esa zona en la que sólo él había estado. Sentí el calor de su piel a través de la tela del tejano. Le agarré el brazo y le clavé las uñas para que me soltara. Pero no lo hizo.

No sé por qué pero aquello me hizo sentir sucia. Y al mismo tiempo me calentó. Fue como si encendiera mi cuerpo.

—No me digas que fue un error —sus dientes mordieron mis labios con dureza, tironeó del inferior hasta que me quejé y se me saltaron las lágrimas. Me lo iba a dejar hinchado. Seguro—. Recuerdo muy bien cómo es estar dentro de ti. No se me va a olvidar jamás.

—¿Por qué haces esto? —se me rompía la voz, se me acumulaban las lágrimas. ¿Qué estaba haciendo? ¿Quién era ese chico?

—Lo hago porque quiero —él parecía arrepentido por lo que acababa de hacer, por verme así—. Intento estar alejado de ti porque es lo que tú quieres y lo que me has pedido.

—Ah, y como nos encontramos en la librería ¿tienes derecho a hacerme esto? No está bien que me trates así.

HASTA LOS HUESOS. II

—No. Lo que no está bien —suavizó la presión de sus dedos entre mis piernas y me acarició suavemente— es que me metas en el mismo paquete que a los demás. No sabes nada de mí.

—Sé lo que me contaste en Lucca y es todo mentira.

—Te equivocas. Pero no me has dejado explicarme —curvó su mano y me agarró por mis partes—. Y no me has creído cuando lo he hecho.

—Es que no me interesa saber nada más de ti —las lágrimas resbalaban por mis mejillas. No quería bajar la mirada, quería permanecer fuerte. Pero no podía—. Puedes dejar de tocarme, ¿por favor?

—¿Seguro? —al parecer le encantaba mi labio inferior. Se lo quedó mirando durante largos segundos en los que yo intenté sacármelo de encima—. Creo que tú tampoco me puedes olvidar.

—Tienes novia —le dije fría y enfadada—. Eres fácil de olvidar así. ¿Le gustará saber que estás metiéndome mano en el baño de *Barnes and Noble?* Pobre Sherry... Tiene mi misma edad, ¿no? —le tanteé—. ¿También la tratas así a ella?

Kilian arrugó la frente y apartó su mano de mi zona íntima. Fue nombrar a Sherry y detenerse.

—A ella no.

Él dio un paso atrás y dejó de estar en contacto conmigo.

Daba igual lo que dijera. Todo me iba a sentar fatal. Estaba muy sensible, Kilian se me acababa de echar encima como un salvaje y yo no sabía ni cómo sentirme.

—No vuelvas a tocarme —le ordené—. Hazlo y te denunciaré —sorbí por la nariz y me sequé las lágrimas con el antebrazo.

Kilian agachó la cabeza y se hizo dueño de su respiración descontrolada.

—Joder... —murmuró afectado.

—Déjame salir de aquí —pedí hecha un flan.

Él recapacitó al cabo de un silencioso y tenso rato y por fin abrió el pestillo y me dejó huir.

Tenía las mejillas al rojo vivo y las pestañas húmedas, y de esa guisa salí de ahí, con Kilian pisándome los talones.

Cuando rodeamos la estantería de cómics, Sherry, pobre ignorante, estaba sentada en una silla mirando una revista. Guardaba una mochila y una chaqueta de chico y masticaba un chicle con brío.

A mí me ignoró, no me conocía, pero cuando vio salir a Kilian detrás de mí, se levantó y le dedicó una sonrisa de chica dulce y solícita.

—¿Has encontrado el que buscabas? —le preguntó con acento de niña sureña.

Yo me detuve a su lado. Había venido a la biblioteca con ella, con su chica, el muy desgraciado. La miré con tanta intensidad que ella tuvo que devolverme la mirada para preguntarse quién demonios era yo y por qué parecía que había corrido la maratón. Le dejé la revista en la silla que había dejado vacía y finalicé con un:

—Toma. El cómic no es tan bueno como me imaginaba.

Sherry no supo qué contestarme a excepción de un "oh".

Kilian tampoco añadió nada más. Se limitó a coger su mochila del suelo y agarrar el cómic que yo había rechazado llevarme.

No quería más Assassin's en mi vida.

Me sentí un poco agredida y también un tanto avergonzada. Nunca nadie me había tratado así, con esa ansiedad y tan poca suavidad. Me dolía el labio y me ardía la entrepierna. Era un bestia. ¿Dónde había quedado el tacto y el romanticismo del invernadero de Lucca? ¿Es que se podía ser un animal también en ese ámbito?

No tenía paciencia ni para llevarme los encargos que había hecho para Taka y Thaïs. No pensaba quedarme ahí adentro ni un segundo más. Les diría a mis amigos que fueran ellos a buscarlos de mi parte.

Yo solo quería coger mi bici, ir al Koffee y llorar por el camino lo que no lloraría delante de mi pandilla.

Kilian me acababa de desbaratar de arriba abajo. Había ido acompañado de la futura presentadora del telenoticias, y en cambio me había robado un beso y tocado en lo más íntimo en el baño.

Él y Thomas tenían razón. No tenía ni idea de cómo funcionaba su liga.

Y lo cierto era que ese tipo de jugadores me asustaban.

Trece

Friday Night Light

Cockaponset —repitió Taka observando la disposición del bosque de New Haven al que la Élite llamaba la Selva. Íbamos a estudiar aquel lugar y a aprendérnsolo como la palma de nuestras manos. Si queríamos salir de ahí con tiempo para ir a buscar la Biblia de Harvard tendríamos que ver cómo era todo—. ¿Qué se supone que nos pasará aquí? El Escriba nos da veinticuatro horas para ir y volver de Harvard con una Biblia. Estaremos en dos Estados diferentes. No podemos ir dando palos de ciego.

Hablaba apoyado en uno de los árboles del jardín de su casa, estudiando a través de su iPad la imagen vía satélite que reflejaba la pantalla.

Kilian me había dicho el nombre de la selva, así sin más. Nos ayudó disimuladamente, como hizo en una de las pruebas de Lucca. Y si no había mentido, al menos, era el único que nos iluminaba entre aquel tono oscuro y privado de la Élite.

No entendía los gestos caballerescos cuando de sobra se había propasado conmigo en el baño. De hecho, deseaba que él mismo se maldijera por aquel desliz, por mencionar el nombre de la Selva, que lo hubiese hecho sin querer y yo, avispada, lo hubiese cogido al vuelo. Pero Kilian podía ser muchas cosas, sin embargo, no era descuidado ni estúpido.

Pensaba sobre ello, sentada en el balancín de madera que mis amigos tenían en su jardín, cerca del árbol en el que se apoyaba Taka, meciéndome distraídamente, cuando Thaïs se sentó a mi lado con una limonada.

Chocó su hombro con el mío y me ofreció el otro vaso que llevaba.

—La madurez es una mierda —dijo sin más impulsando el balancín con algo más de brío. Le había contado lo sucedido y ella me escuchó como si estuviera viendo una película de amor. No lo entendía—. Tu cuerpo se descontrola, tus hormonas se disparan, de repente te gustan cosas que no imaginabas que te gustarían y aprendes también que hay cosas que nunca podrás tener —sorbió de su limonada y exhaló con gusto—. Qué rica está.

Sí. Sí estaba rica. La bebía gustosamente mientras la escuchaba.

—¿Sabes? Tampoco es que yo comprenda a Kilian. Entiéndeme, odio a su hermano a muerte, pero no sé por qué él se comporta así.

—Según él quería darme una sorpresa cuando llegara a Yale. Y estaba deseando verme y... —resoplé—. En fin, una sarta de mentiras que no se sujetan por ningún lado. Me dijo que no tenía novia, y sí la tenía. Ella estaba ahí, sentada en una butaca de la biblioteca, esperándolo, mientras él me metía la lengua hasta las amígdalas en el baño.

—Las cosas pueden no ser lo que parecen ser.

Me reí sin ganas.

—Te aseguro que sí que era lo que parecía.

—Mira, Lara. Acabamos de llegar. Apenas sabemos de qué va

todo esto. Somos los únicos que conocemos la verdad de Luce, y tenemos en nuestro poder un diario en el que ella habla sobre cosas muy interesantes de los miembros de Huesos y Cenizas, a pesar de que como bien me dijiste, parece que falte información relevante. Esos Bones aquí son los Reyes —me interrumpió Thaïs— pero da la sensación de que no sean libres de hacer lo que de verdad quieren. Supongo que todos tenemos nuestros límites —dijo Thaïs muy críptica.

Cuando su tono me llegó, la miré de reojo queriendo adivinar por dónde iban sus palabras.

—¿Todos?

Thaïs hizo una burla con la lengua y espetó:

—Todos menos yo, querida. Estos mundanos, cómo sois...

Mientras me reía jugué con el vaso de cristal entre mis dedos, lleno de limonada. Lo había meditado mucho.

—Quiero ir a la habitación de Luce —anuncié.

Taka alzó la cabeza y me prestó atención.

—¿Qué quieres ver? —indagó Thaïs.

—Quiero encontrar —corregí—. Tengo una corazonada.

—¿De qué se trata?

—Es obvio que alguien descubrió a Luce. Y con lo precavida que era me da qué pensar sobre cómo y quién la descubrió. Piénsalo. No dejó nada por escrito. La información la guardaba en archivos de ordenador. Llevaba su pen consigo...

—Tengo una teoría —anunció Taka alzando la mano.

—Cuál es.

—Luce iba a ser seguramente la primera chica en entrar en Huesos y Cenizas. Son hermandades patriarcales, y antes de permitir que una fémina entrara en sus filas, quisieron ver qué hacía en su intimidad, por si podían fiarse o no de ella. Alguien puso una cámara en su habitación —sentenció Taka—. Y, al hacerlo, la cazaron. Una chica tan cuidadosa, que durante dos años se movió como un fantasma por donde quería, sin llamar la atención, no iba a dejar cabos sueltos. Por eso, al proponerla para Bones, la grabaron. Y, seguramente, vieron lo que escribía en su ordenador.

Negué con la cabeza. Joder, Taka tenía una mente muy retorcida. Pero lo peor era que nunca erraba en sus suposiciones.

—Pero ahí no estaba todo —le recordé—. En su ordenador no estaba todo. Tú dijiste que no hay nada en los archivos que demuestre que alguna vez fueron transferidos a algún tipo de iCloud. Ella habla de una nube donde guarda siempre los archivos. Pero no se refiere a eso. Lo que tenemos es un diario. Un diario de a bordo de sus experiencias universitarias con el Alfil y su interactuación con otros miembros de las hermandades. Pero necesito el estudio completo. Lo necesitamos. Ella lo tiene. Lo tiene —incidí con pasión—. No deja de decir que posee muchísima información sobre ellos, y sobre algo en lo que están involucrados, pero aunque lo deja entrever, no profundiza nada en su diario, así que ¿dónde está todo eso?

—Estoy de acuerdo. Artemisa es una periodista muy audaz —me interrumpió Thaïs—. Estuvo dos años en Yale, y en ese tiempo tuvo que descubrir mucho.

—A eso me refiero. ¿Dónde está toda esa información? ¿Dónde ha ido a parar? ¿Qué es la nube? Luce decidió apostarlo todo por el Alfil...

—Puede que ella no quisiera continuar con su investigación como dijo en su diario —supuso Thaïs—. Tal vez prefirió seguir con el Alfil antes que delatarlo. Pero —negó con la cabeza en desacuerdo—yo soy periodista, sé cómo se siente uno cuando tiene una bomba informativa. Dudo que eliminara lo que sabía. No creo que le diera la espalda a la verdad solo por amor. Hay una ética que no somos capaces de violar. Dos años de investigación y trabajo no pueden desaparecer por un salto de Fe.

—O tal vez sí. Uno nunca sabe lo que es capaz de hacer por amor. Por eso quiero ir a su habitación. Tal vez encuentre algo que me diga qué hizo con lo que faltaba.

—Esa tía es un hito bloguero, Lara. Dudo que tirara su trabajo a la basura.

—Por eso quiero ver.

Taka se levantó del césped con el iPad a cuestas y se paró en frente nuestro. Alto, recortado por los rayos del sol y con la cresta blanca me pareció muy atractivo. Llevaba una camisa que le hacía parecer un presidiario, unos pantalones negros y unas converse del mismo color. Me medio sonrió e inclinó su cabeza a un lado.

—¿Sabes en qué habitación se hospedaba?

—Sí —contesté—. Claro que sí.

—Entonces si hay una cámara de seguridad en ella la desactivaré mediante el wifi de la universidad. Y tú podrás entrar. Pero tiene que ser en una hora donde no haya nadie. Para asegurarnos de que no corres peligro de que nadie te interrumpa.

—Hoy es *Friday Night Light*. Juegan los Bulldogs de fútbol americano. Toda la Universidad estará en el Estadio —murmuró Thaïs—. Me gustaría verlos —hizo un gesto extraño, como de expectación.

—¿A ti te gusta el fútbol americano? —pregunté sorprendida.

—No. Pero el director del periódico juega en los Bulldogs. Está en el último año de Periodismo. Y le dije que le iría a ver.

Taka se dio la vuelta sin más y se alejó de nosotras.

—Dime cuándo quieres ir Lara —me soltó al paso que entraba en la casa con pasos malhumorados—. Voy a vomitar.

Me sentí incómoda al verlo tan airado. En cambio, Thaïs sonreía sin más.

—¿Te has propuesto torturarlo? —le eché en cara.

—No. Me he propuesto que espabile. Y no lo hará si no me ve tonteando con alguien en serio. Tiene miedo de mí.

—Cualquiera tendría miedo de ti.

—Bah, son todos unos cagados. Él necesita sentir que puede con todo, que puede manipularlo todo, que puede decidir sobre todo. Pero no puede hacerlo conmigo. Le pongo muy nervioso, le gustaría que fuera de otra manera. Sus padres son muy estrictos y vienen de una familia muy respetada de Japón. Y él tiene muy en cuenta el no decepcionarles.

—Como que no haber sido catalogado como un potencial hacker delincuente internacional a los trece no fuera una decepción —musité bebiéndome lo que quedaba de limonada de golpe.

—Eso digo yo. Pero como ahora está engañando a todo el mundo con su rehabilitación mediante la beca de Apple...

—Ah, entiendo. Ahora su padres están contentos con él.

—Sí. Son muy tradicionales. Mucho. ¿Sabes como las familias aristócratas japonesas de los mangas que conciertan matrimonios entre sus hijos si son de su misma clase? ¿Y el japo siempre hace sufrir a la pobre japonesita humilde?

—Sí. Solo que tú no eres japonesita y no tienes ni pizca de humildad en tu cuerpo.

—Exacto. Y además a mí me encanta destrozar tradiciones —se echó a reír desenfadadamente y se apartó el pelo rubio hacia atrás—. Lo que le pasa es que no cree que sea buena para él.

—Es tonto. Se dará cuenta de lo equivocado que está.

Thaïs continuó meciendo el balancín mirando al césped, como si eso no fuera justo lo que esperase que pasara. Aunque iba a ser difícil.

—Me presenté en el periódico para sustituir la plaza de Luce y el mismo director me recibió. Le gusté y me invitó al partido. Juega como receptor.

HUESOS Y CENIZAS

—Vale. Y lo vas a usar para darle celos.

—Sí —parecía más animada—. Se va a volver loco Taka. Se «aTakará» por completo. Además. Me voy a pasear por la casa como me plazca.

—No sé si quiero oír estas cosas —me tapé los oídos—. Tengo una mente muy gráfica.

—El lobo de *La Máscara* no será nadie a su lado. No te rías. Y tú deberías hacer lo mismo.

—¿Yo? ¿Qué quieres que haga yo?

—Lara, no te sacas partido —me reprendió—. Sigues sin saber hacerlo. Sin ver más allá. Me fijé en cómo te miraba Dorian, el moreno melancólico de la hermandad de la Llave.

—Sí. Yo también me fijé.

—Si yo fuera tú, me acercaría a él, me pegaría como una garrapata a su metro ochenta, le seguiría el juego y mataría dos pájaros de un tiro. Sacaría la información que tuviera sobre La Misión y sobre los Bones, y de paso provocaría que Kilian tuviera una hemorragia nasal.

La imagen me divirtió.

—¿Qué dices? ¿Te atreves?

—*Desafíame* —le dije.

—Te desafío a que no tienes narices de hacer lo que te he dicho —se relamió los labios y arqueó su ceja rubia. Nadie mejor que ella sabía cómo me podían estimular.

—Hecho —brindamos con nuestros vasos—. Pero mi objetivo es la información y devolvérsela a Alden —me dije a mí misma—. No quiero volver a tener nada que ver con él.

—Claro, lo que tú digas.

Odiaba que me diera la razón como a las locas.

El *chin chin* de los vasos sonó en nuestras cabezas como un disparo de salida.

Competición. A las buenas y a las malas, fueran las condiciones que fuesen, con el corazón roto o enterito, nos daba igual… Cómo nos gustaba esa palabra.

Campo de los Yale Bulldogs

Miles de aficionados al fútbol rugieron como locos cuando la banda empezó a tocar uno de los himnos de los Bulldogs y el equipo entero salió del túnel gritando y corriendo como si se dispusieran a librar una batalla campal, ataviados con sus camisetas de manga corta azules oscuras con hombreras, su mallas ajustadas blancas y sus cascos del mismo color.

Las trompetas me iban a reventar los tímpanos y el tambor quería hacer estallar mi cabeza. Nos habíamos colocado justo al lado de la grada de animación. Las *Cheerleaders* se abrían de piernas de maneras en las que yo jamás podría abrirme. Daban volteretas por los aires, animaban y espoleaban al público y construían figuras humanas que todos vitoreaban.

El amigo de Thaïs, el director del periódico era el número ocho. Cuando la divisó entre la multitud el muy tonto la saludó como si fuera el amor de su vida. Yo procuré no poner ninguna cara, pero había una parte muy oculta en mí que pensaba que era un ingenuo. Thaïs se lo iba a comer con patatas.

Mi rubia amiga le saludó coqueta y me miró de soslayo, y ambas no pudimos evitar morirnos de la risa. Taka decidió no venir. Prefirió desarrollar estrategias para llevarnos la Biblia de Harvard. Y se pasó la tarde estudiando el terreno.

Amy, a mi lado, gritaba con la boca llena de comida y bebía

de su refresco siguiendo la letra del himno de Yale. Las tres nos habíamos puesto las sudaderas del equipo de fútbol, que nos iban un poco grandes, como a todas, para hacer de improvisadas *supporters*.

—¡Canta, Lara! —me animó Amy.

Pero yo no me sabía la letra. Además, aún no sentía pasión por esos colores. Les animaría, pero para cantar y quedarme sin voz el equipo tenía que robarme el corazón.

Bright college years with pleasure rife,
The shortest, gladdest years of life;
How swiftly are ye gliding by!
Oh, why does time so quickly fly!
The seasons come, the seasons go,
The earth is green or white with snow,
But time and change shall naught avail
To break the friendships formed at Yale.

In afteryears, should troubles rise
To cloud the blue of sunny skies,
How bright will seem through mem'ry's haze,
Those happy, golden, by-gone days!
Oh, let us strive that ever we
May let these words out watchcry be,
Where'er upon life's seas we sail:
"For God, for Country, and for Yale!"

No podía negar que la letra, que hablaba de lo rápido que pasaba el tiempo y de lo felices que eran los tiempos universitarios comparados con la vida real, decía una gran verdad. Sin embargo, en aquel micro universo, también habían problemas y conflictos, y yo los conocía de primera mano.

No iba a cegarme con aquella luz, con los confetis, con la alegría y con la energía que desprendíamos todos en ese estadio... No me nublarían la razón. Podía disfrutar de ello, pero no olvidaría mi propósito.

La mascota oficial de la Universidad, Handsome Dan XVI, un Bulldog Inglés que precedía a los anteriores Bulldogs, salió al campo, y por poco se cae el estadio. Adoraban a ese perro. Y yo me enamoré de él nada más verlo. Era un Rey, le gustaban los piropos, y tenía muy buen pedigree. Yale fue la primera universidad en adoptar una mascota, y la historia venía de la mano de un joven caballero inglés de la época victoriana que llegó a Yale en 1890 junto con su perro Dan. Desde entonces, todos los Bulldogs que han pasado por la Universidad se han llamado Handsome Man. El guapo Dan. Por eso Yale viene representada por la Y griega y la cara del Bulldog.

Esperaba a Dorian. Al final me armé de valor y le escribí por whatsapp. Tenía su teléfono, me lo dio en su tarjeta de visita, así que le dije que iba a ver el partido. Y su respuesta no tardó nada en llegar. Me dijo que ahí estaría.

Cuando miré hacia atrás y lo vi aparecer entre la gente que permanecía de pie animando al equipo, pensé que el blanco de la equipación de Yale le quedaba muy bien. Su pelo negro se movía de un lado al otro, y sus ojos oscuros parecía que no veían nada más que no fuera yo. Alzó la mano y me sonrió. Tenía una sonrisa bonita y aquella camiseta me demostró lo equivocada que estaba respecto a su físico.

Tenía unos brazos muy marcados y musculados, sin un solo tatuaje. Se echó el pelo hacia atrás de manera vergonzosa y tímida y yo le devolví la sonrisa, animándole a que se acercara.

Cuando llegó a mi lado, dado que yo estaba en una esquina, Amy asomó la cabeza como una jirafa y puso cara de estupefacción al vernos juntos.

Se miró a sí mismo y me dijo inclinándose hacia mí.

—Me he equivocado de camiseta. Hoy van de azules. Nunca sé qué camiseta van a llevar.

—Se supone que en casa llevan una y cuando juegan de visitantes otra, ¿no?—le dije.

—Supongo —se encogió de hombros.

—¿Te gusta el fútbol?

Dorian se apartó un poco de mí, me miró a los ojos, inspeccionando cada rasgo de mi cara y de mis labios y asintió.

—Ahora sí. Ahora me gusta mucho más.

Vaya… Yo me sonrojé. Tuve la decencia de hacerlo, me salía innato.

Carraspeé y asentí agradecida por el piropo. Me coloqué el pelo sobre el hombro izquierdo y aplaudí al grito de ¡Bulldogs! Como hacían todos.

Empezaba el partido en todos los sentidos.

Dorian era solícito, y me comentaba todos los aspectos del juego que yo no comprendía. Era americano, y el fútbol lo bebían desde pequeñitos, por tanto, les gustara o no, conocían las reglas perfectamente. Lo que él no sabía era que yo también, porque me había estado empapando de ese deporte durante mis vacaciones de verano, viendo centenares de partidos para vivirlo como lo vivían los americanos. Pero dejé que él me hablase. Me gustaba cómo contaba las cosas, sus ademanes, su tranquilidad y su sonrisa esquiva.

Tenía aspecto de tímido y misterioso, y eso me parecía adorable. Y me sentí muy cómoda con él. No me ponía nerviosa ni me hacía sentir insegura. Con él fluía con naturalidad, nada amenazada, nada a la defensiva.

En la media parte, Dorian se fue a buscar bebida, y en ese instante aprovechó Amy para plantarse delante de mí y mirarme como si me hubiese salido barba.

—Explícamelo.

—¿Qué te explique el qué?

—El otro día Thomas Alden, hoy Dorian Moore... Son tíos de la Élite. No se mezclan con los demás —me observaba maravillada—. ¿Qué eres?

—Es una vampira —contestó Thaïs—. Va a chuparle la sangre a todos.

—Thaïs —la instigué pidiéndole que cerrara su bocaza—. No digas tonterías, Amy.

—No las digo, novata —me contestó muy segura—... Tienes un imán. En la universidad ya hablan de ti.

—¿De mí? —miré a mi alrededor con vergüenza.

—Pues claro que hablan de ti. Pero te digo una cosa —me señaló con cara de pocos amigos—. Son nuestros enemigos, no lo olvides. Dentro de unas semanas nos vamos a ver las caras con ellos en La Misión. Y no se mezcla el trabajo y el placer.

—Eso, Lara —la animó Thaïs entretenida con su discurso, la muy mala.

Qué va. Amy no tenía ni idea de lo mezclado que lo tenía yo todo, pero disimulaba a la perfección.

—Descuida, no tengo ninguna intención de tener un lío con ninguno de ellos.

Amy sonrió a Thaïs, y ambas parecía que se reían de lo mismo.

—Pues parece que Dorian no lo tiene claro. Este tío puede ser amable, Lara, y muy guapo. Pero no puedes jugar con un Llave.

—No voy a jugar con nadie. Solo ha venido a ver el partido.

—Dorian Moore aborrece el fútbol americano. Así que mucho debes interesarle para que esté aquí tragándose un partido entero. Nada más y nada menos que el inaugural de la Liga de la Hiedra contra Pincetown.

Yo me encogí de hombros. Madre mía, me estaba metiendo en otro lío, pero de todo eso tenía que sacar algo de provecho.

—Por cierto, chicas —Amy cortó el tema de cuajo—. Mañana tenemos fiesta en la facultad de Bellas Artes. Es una de las fiestas más populares. Todos los residentes querrán ir a ver qué hemos montado esta vez. Por la tarde tenemos que ir a buscar muffins a casa de la abuela Malory. ¿Cuento con vosotras?

—Yo los sábados noche no trabajo —dijo Thaïs indignada.

—Tú no has trabajado nunca, rubia —replicó Amy—. Pero hay que coger pasta para subvencionar la logísitica de La Misión. No debemos poner ni un dólar de nuestro bolsillo. Somos una hermandad a las duras y a las maduras, ¿no?

A mí me parecía bien. Tenía artículos que leer de mis asignaturas y algún ejercicio por terminar. Pero la fraternidad también acataba a una serie de responsabilidades con las que nos habíamos comprometido. Lo haría.

Las fiestas eran sagradas y un caudal de información. Le diría a Dorian de ir juntos.

Cuando llegó Dorian trajo refrescos para las cuatro. Era gato viejo el muchacho. No me iba a engañar. Sabía que si quería ganarse a la chica, antes tenía que ganarse a sus amigas.

Y yo lo agradecí, porque quería estar relajada al lado de un chico como él. Hasta ahora, todo habían sido tensiones, y algo muy presumido y necesitado de mimos en mí, me incitó a dejar que me colmara de atenciones y a despreocuparme de si habían segundas intenciones o no.

Estaba claro que las había. Pero me dio igual.

Los Yale Bulldogs ganaron a Princetown y al parecer, cuando el equipo de fútbol de la Universidad conseguía una victoria, era una excusa perfecta para que todos se reunieran en las casas de sus fraternidades y se corrieran una buena fiesta. Cómo no. En mi vida había ido tantas veces de fiesta como en esas casi dos semanas que llevaba en Yale.

Dorian me propuso ir a dar una vuelta después del partido. A mí me apetecía antes que beber.

Con Dorian se podía hablar, aunque a veces parecía que se hiciera el enigmático más de la cuenta. En ocasiones se quedaba callado, y solo me miraba. Se creía que yo no lo advertía, pero sí lo hacía. Caminamos el uno junto al otro, ambos con las manos en los bolsillos, hablando de las tradiciones de Yale, como esa de irse de fiesta cuando los Bulldogs ganaban. Pasábamos al lado de las casas que ocupaban algunas fraternidades y en las que solo se oía música a todo volumen y gritos.

Me gustaba Yale de noche, cuando no habían clases y los edificios iluminados a medias te envolvían de modo que podías llegar a creer que estaban en medio de una ciudad medieval y que, tarde o temprano, aparecería un caballero a lomos de su caballo cruzando uno de los portales en arco que había de una plaza a la otra. O que en algún banco podrías llegar a encontrarte al mismísimo Lord Byron escribiendo una de sus novelas y poesías.

—Hoy se ha elegido como *Home Coming* de la universidad. El día en el que entre todos damos la bienvenida al año estudiantil.

—Pensé que ese día ya se dio el día de las hermandades.

Dorian sonrió disculpando mi torpeza.

—No.

—Hacéis muchas fiestas.

—Sí. La universidad es lo que tiene. ¿Te gustan las fiestas, Lara?

—No me disgustan. Pero soy más bien calmada.

—Eso es porque no has estado en ninguna fiesta particular de los Llaves. La casa de nuestra fraternidad es la mejor de todas —clamó orgulloso.

—No sé si comprarte la idea. No suelo desmelenarme mucho —obviaría la resaca de tequila que tuve en Lucca el día en que Kilian se bebió el chupito en mi boca.

—Pues creo que tu fraternidad se desmelenó bastante el día de las hermandades.

Me encogí de hombros, porque no tenía una respuesta para eso. Me hago cruces de la sorpresa que se llevaron cuando nos vieron aparecer en el cementerio con toda nuestra cara y todo nuestro dinero.

—Dime la verdad —le pedí.

—La verdad va muy cara —insinuó coqueteando conmigo.

—¿Os molesta que otra fraternidad entre en eso a lo que llamáis *La Misión*?

Él tomó aire por la nariz y miró al cielo buscando una contestación sincera.

—No exactamente —nuestros brazos se tocaron durante unos segundos mientras caminábamos, pero yo me aparté—. Lo que me molesta es que se participe sin respeto y sin medir las consecuencias. La Élite se toma muy en serio sus tradiciones.

—¿Aunque sean solo para unos pocos?

—Sobre todo cuando son para unos pocos. La Iniciación está ahí para todo el mundo, pero solo unos pocos se convierten en iniciados.

—Demasiado místico —murmuré.

Dorian se echó a reír y se disculpó conmigo.

—Lo siento. Viene con mi papel de atormentado. Lo que quiero decir es que *La Misión* no es un juego para nadie. Es duro, Lara. Y creo que Amy cometió una grave equivocación cuando os metió a todos en el mismo saco.

Aquel tono de advertencia me cogió con la guardia baja y eso me hizo preguntarme muchas cosas más.

—¿Duro en el sentido de que podemos acabar en el hospital?

Él no me contestó. Andaba como lo hacía el día que le vi por primera vez. Como si llevara todo el peso del mundo a sus espaldas y le importara bien poco.

—Ha sido un atrevimiento desmedido por vuestra parte el intervenir en una noche así para presentar vuestra participación. Ahora ya no podéis dar marcha atrás. Competiremos todos contra todos y contra todo.

—Pero solo intervendremos las cuatro fraternidades, ¿no?

—Sí. Y solo puede quedar una en pie.

—Hablas como si fuera a vida o muerte.

Él sonrió por debajo de la nariz y su silencio me puso la piel de gallina.

—Es posible que necesitéis protección. Los Lobos y los Huesos son salvajes en el juego. A veces no miden la fuerza de sus envites. Y vosotras sois tres chicas y un chico. No sé qué es lo que os tendrán deparado. Y viendo lo que vi de Thomas en la noche de las hermandades estoy convencido de que te ha puesto el ojo encima. Irá a por ti.

HUESOS Y CENIZAS

Me quería asustar. Estaba intentando asustarme a propósito para que le pidiera protección, el sinvergüenza. Y, además, estaba haciendo lo que yo. Quería sonsacarme información sobre mi relación con los Alden. Le interesaba mucho.

—¿Cómo es de cara tu protección, Dorian? ¿Tiene un precio?

Él se detuvo bajo el arco que me dejaba en la entrada de Trumbull. Se me había hecho el paseo muy rápido.

—¿Te interesaría? —me miró de arriba abajo pero su sonrisa no hizo que me sintiera ofendida por ello. Su cara era una contradicción. A veces parecía que necesitaba cariño, otras veces le sobraba seguridad, y en ocasiones se transformaba en un niño que bien podía ser ángel como demonio. ¿Qué tipo de personalidad tenía Dorian? ¿Ante qué arquetipo estaba?

—Solo depende de si todo mi equipo tendrá garantías de que no les vaya a pasar nada.

Él entrecerró los ojos y se mordió el labio inferior, valorando cuál era la mejor respuesta a darme.

—Ven conmigo como invitada, en la fiesta que dará mi hermandad el fin de semana que viene. Allí te lo podré explicar todo con calma.

Hubo una vocecita en mi cabeza, ínfima y floja, que se alarmó al oír aquella propuesta.

—¿Por qué no aquí? —quise saber.

Dorian me puso el dedo sobre los labios y yo me quedé de piedra.

—Acepta este consejo que te doy —me susurró acercándose a mí más de lo permitido—. En Yale las paredes tienen ojos y oídos. Dime si aceptas mi invitación. No te lo pienses. Solo di lo que sientes ahora.

¿Debía ir? ¿Qué más me podía pasar? ¿Por qué no aceptar su

invitación? No me estaba yendo precisamente con un desconocido...

—¿Crees que soy peligroso? No es de mí de quien no te debes fiar.

—No creo que seas peligroso —contesté finalmente.

—¿Entonces?

—Está bien. Acepto.

—Ahora eres un miembro de la Élite, tus promesas son lo más sagrado que tienes. Si faltas a tu palabra, tendrás esa mancha para siempre.

—No hace falta que me des todo este discurso. Si digo que voy, es que voy.

Dorian me sonrió con dulzura y asintió satisfecho. Acto seguido se besó el dedo que había estado en contacto con mis labios, como si fuera un beso indirecto, y se despidió diciéndome:

—*Bonne nuit, princesse.*

Cuando se fue, me quedé mirando su silueta desaparecer entre la oscuridad de las calles. El fin de semana siguiente asistiría a la fiesta para la que NM List debía preparar cantidades ingentes de magdalenas.

Pero no iría como vendedora ni dispensadora.

Iría como invitada del líder de los Llaves.

Menudos giros daba el destino.

Catorce

De 860 913 4532:
No deberías acercarte al Llave. No es trigo limpio.

El mensaje, por claro y escueto y de un número desconocido me cogió por sorpresa. Eran las tres de la madrugada y el sonido me despertó alarmada.

—¿Qué es eso, tía? —me preguntó Amy abriendo la boca a medias, desde su cama, enrollada en su edredón—. Apágalo.

Yo me quedé mirando la pantalla y me froté los ojos. ¿De quién era ese teléfono?

De Lara:
¿Quién eres?
De 860 913 4532:
Alguien que se preocupa por ti.

No me gustaba. Fuera quien fuese, a esas horas nadie debería escribir, y mucho menos con prevenciones de ese tipo.

De Lara:
No sé quién eres. Pero no acepto consejos de desconocidos. Ya soy mayorcita para cuidarme sola.

Acto seguido bloqueé el número para que no me volviese a escribir. Los anónimos no me hacían ninguna gracia. ¿Y por qué tenían mi número? ¿Cómo lo habían conseguido?

Aquella mañana la dediqué a hacer limpieza de la habitación, a leer los artículos que Trinity nos había pedido sobre la psicología como disciplina científica, y a realizar algunos ejercicios que tenía pendientes.

Además, llevé la ropa a la lavandería y para hacer tiempo me llevé un libro para leer, de los que me encantaban. *El conde de Montecristo.* Podría releerlo mil veces que todas las lecturas me apasionaban igual.

No es que yo me sintiera un poco reflejada en Dantés, pero era cierto que mi papel en la Universidad arrastraba leves connotaciones de *vendetta.*

Si Gema viera lo que llevaba puesto pondría el grito en el cielo. Una sudadera con las letras OBEY en el centro, unos tejanos y mis huarache blancas. Y una gorra. No sabía por qué, pero aquel día me apetecía retomar viejos hábitos, como cubrirme la cabeza y los ojos con una buena visera.

Cuando salí de la lavandería decidí ir a dar una vuelta en bici por los alrededores y dirigirme a la residencia de Periodismo en la que Luce estudió. Conocía el edificio por fuera. La habitación de Luce estaba en una primera planta y daba de lleno a la plaza ajardinada, lo sabía porque describió un encuentro desde su habitación y dijo que oía perfectamente los gritos y cánticos de los alumnos y las luces de la fiesta reflejaban en las paredes de su habitación. Me quedé con la bici, resguardada bajo un árbol, observando fijamente a las ventanas de la primera planta, imaginándome cuál podría ser. No lo sabría hasta que no entrase en el edificio.

Allí, bajo mi gorra y la sombra del árbol, recordé algunos pasajes del diario de Luce que me vinieron a la mente.

«Después del acontecimiento en el cementerio, estuve unos días recopilando información sobre Calavera y Huesos, la antigua hermandad. Se han escrito muchos libros sobre ellos, pero creo que todavía hay mucho donde rascar. Ahora, Huesos y cenizas les sustituyen, y no sé hasta qué punto han cambiado sus hábitos. Siguen teniendo reuniones semanales en la Tumba 322, de eso estoy segura. Pero lo que hablan o dejan de hablar en esas reuniones lo desconozco. Seguiré investigando...».

«Mi Bone por fin se ha fijado en mí. Esta noche hemos estado hablando un buen rato. Ha sido en la fiesta de Halloween. Él iba de Scream. Se ha levantado la máscara pero no ha pasado nada entre nosotros. Me gusta. Es un tipo culto, me gusta cómo me mira y me escucha. Incluso me gusta la oscuridad que puede haber en él».

A partir de ahí, el diario de Luce hablaba de muchos encuentros con él y de cómo evolucionó su relación. Era explícita. A veces, la pasión de sus letras me traspasaban y me incomodaban. Pero intentaba centrarme en lo más relevante.

«Cuando mi Bone y yo nos reunimos, todo es explosivo y caótico. Sucio y también sincero. Nunca he sido una chica tímida, pero juro que nunca pensé experimentar con él lo que estoy experimentando. Hago cosas que nunca imaginé. Mantenemos nuestra relación en secreto. No quiere que nadie sepa de lo nuestro porque no le interesa que

nadie se meta…

…Si hay algo que estoy comprendiendo con el paso del tiempo es el compromiso total que tienen los Bones con sus familias y con respetar las jerarquías. Ellos son una especie de elegidos que deben dar continuidad a su linaje… Él me ha hablado de ello. Desde pequeños pactan matrimonios que responden a intereses económicos y consanguíneos. Un Bone no puede enlazarse con una Goyin. Así llaman a las personas normales y corrientes: Goyin. Y si quieren ser despectivos nos llaman «bárbaros». Ellos se llaman a sí mismos Caballeros».

«Todos los Bones tienen nombres en clave. Los veinte miembros responden a un nombre relacionado con sus cualidades más reconocidas. Y tienen muchos. Mi Bone se llama Alfil. Su nombre quiere decir que, como la ficha de ajedrez, es el único que puede atravesar caminos en diagonal, de punta a punta, adelante y hacia atrás, a gran velocidad. Y es la mano derecha de El Rey.

Me aseguraré de guardar toda la información bien en la nube, no quiero perder detalles o extraviar datos. Sé que lo que estoy haciendo es peligroso, por eso debo tener cuidado y no exponerme. Haré mi estudio con el máximo respeto, no quiero poner en un compromiso a mi chico. Este mundo es fascinante».

«Él me está permitiendo conocer cosas de su hermandad poco a poco, con tiento. Los chicos se ponen en forma haciendo parkour, no todos, pero sí unos cuantos. Están obsesionados con ello, y lo practican en la ciudad y en el bosque de Storrs, en un circuito preparado para ese freestyle. El problema es que Storrs está ocupado parcialmente por la Universidad de Connecticut, y a las hermandades rivales no les gusta nada verlos por ahí, con lo cual, a veces se forman altercados. Está claro que a los Bones les odian y les temen a partes iguales…».

«...*Cuanto más sé sobre el mundo de los Huesos, más me gusta. Más recibo. Y más caigo en sus redes. Hay oscuridad, hay sombras. Pero hay mucho conocimiento, hay orden, ley y justicia. La vida como ellos lo ven es sencilla. No hay grises, el bien y el mal están muy definidos. Y por encima de todo, en su mundo hay poder. Ellos sujetan el yugo, ellos ponen la soga. Los hermanos son para siempre, y nunca quedarán desamparados mientras juren fidelidad a sus principios. Me gusta la idea de estar atada a alguien para siempre... Pero soy una Goyin, y el Alfil y yo nunca podremos estar juntos si no me convierto en una Bone, si ellos no me aceptan. Los que son sugeridos para entrar en la hermandad, aquellos que ellos reclaman, eligen y adoptan bajo su ala son llamados «tapped». Mi Alfil debe ser valiente conmigo. Deben proponerme para tapped... Si no lo hace él, alguien debe hacerlo».*

Estaba claro que Luce perdió la objetividad a medida que iba avanzando en su estudio y que compartía tiempo con el Alfil. Cuanto más tiempo pasaba con él, más atrás dejaba sus principios, y más confundida estaba por el destello de los Bones.

Todos tenían nombres en clave. Y por ahora yo solo conocía el del Alfil y no tenía ni idea de quién era. De lo que estaba convencida era de que Luce guardaba más información en algún lugar. La nube, como los Nicks de los Bones, era una palabra en clave.

Me gustaría ir un día a Storrs, solo para ver a los miembros de Bones practicando parkour. Recuerdo los espectáculos que hicieron en Lucca y lo embelesada que me quedé con ellos. Cuando Kilian saltó por encima de mí y me robó la gorra y la porción de pizza... Todo al mismo tiempo.

Cerré los ojos con fuerza y sacudí la cabeza. Cuando me asaltaban los recuerdos me hería a mí misma, porque no dejaba de recriminarme lo tonta que había sido al caer en su ardid.

HASTA LOS HUESOS. II

Di media vuelta para volver a mi habitación.

Tenía que hablar con Taka para poner en marcha lo que había pensado. Estaba deseando entrar en la habitación de Luce para ver si detectaba eso a lo que ella hacía referencia como la nube.

Facultad de Bellas Artes

Teníamos las ideas claras. La fiesta en la Facultad de Bellas Artes estaba llena de gente alternativa, haciendo sus propios espectáculos. Desde bailes, a figuras, mimos, malabaristas, artistas que hacían retratos... Me recordaba a La Rambla de Barcelona un domingo por la tarde. Pero faltaban los balcones llenos de flores, y sobraba la música que me ponía la cabeza como un bombo.

Allí Amy era la Reina. Todos la adoraban. Todos la querían. No había nadie que no la conociera. Iba vestida de negro, y la única mota de color la ponían sus deportivas rojas y sus labios del mismo tono. Se había recogido el pelo en una cola alta y eso la favorecía.

Amy había hablado con los gemelos para que se hicieran cargo de la venta de *muffins*. No tenían que hacer mucho más. Solo cobrar, comer y beber. Ember y Oliver estaban felices con aquello, no necesitaban más. Música, maría ingerida y chicas que, ciegas como iban, los veían hasta guapos. Era la noche perfecta para ligar y llevarse a alguna a su casa.

En Connecticut el frío llegaba pronto. Habíamos pasado ya el meridiano de septiembre. Me puse una minifalda negra de Only y un jersey de Ivy Park del mismo color, con los hombros descubiertos. Llevaba botas, medias transparentes y me cubrí con una cazadora de piel marrón clara y corta. Decidí dejarme el pelo suelto. Me gustaba así, y me maquillé como haría Thaïs. Esa noche me apetecía verme guapa, aunque no tuviera plan. Solo por sentirme bien. Las pestañas bien rizadas, el kohl bien marcado y la sombra degradada de afuera a dentro, como una gata.

Thaïs, como siempre, estaba arrebatadora y ya era más que popular en la facultad de periodismo. Su belleza no iba a pasar nunca por alto. Se puso un vestido rojo ajustado, sus botas por debajo de la rodilla, y una cazadora negra de Freaky Nation que me encantaba. Su pelo rubio y suelto, sus labios muy rojos y los ojos ahumados iban a atrapar a cualquier chico en el que deparase.

Pero Thaïs no deparaba en ninguno en particular. Iba acompañada de Lex, el director del periódico, con lo que Taka, que había decidido ponerse el mundo por montera, estaba bastante alejado de ellos. Ojos que no ven, corazón que no siente. Y el japonés no solo no sentía. Estaba pasando olímpicamente de todo. No la quería ver hacer de las suyas. Y eso frustraba a mi amiga.

Cuanto más la ignoraban, más atrevida se volvía.

Sí, definitivamente yo ya intuía que esa noche acabaría mal. Pero tenía que controlar a Taka, no lo podía perder de vista. Queríamos ir a la habitación de Luce y lo necesitaba a él cuerdo y sobrio.

Miraba hacia un grupo de chicas que estaban bailando rodeadas por una jauría de chicos, y cuando giré la cabeza en la otra dirección, apareció un brazo largo y estilizado asomando por encima de mi hombro con una cerveza cerrada.

—*Rockabye baby, rockabye* —me susurró al oído, siguiendo la letra de la canción que estaba sonando.

Cuando me di la vuelta me encontré con Dorian que me dirigió una sonrisa de oreja a oreja.

Yo parpadeé confusa. No esperaba encontrármelo allí.

—Cerveza —sacudió la botella frente a mis ojos—. Te he traído una. Y cerrada —me guiñó un ojo—. En estas fiestas no te puedes fiar…

Que me lo dijeran a mí. Recordaba perfectamente cómo me las gastó Thomas la noche de *La era de Ultrón*.

Sonreí agradecida y la tomé, a pesar de que la cerveza no era mi bebida predilecta.

—No sabía que te gustaban las fiestas populares —le dije.

—Y no me gustan. Pero tengo algo que negociar con Stickhouse —miró a mi amiga Amy y esta le saludó alzando la mano.

—Me lo llevo —Amy se acercó y lo apartó de mí—. Negocios —me aclaró.

Ah, de acuerdo. Dorian tenía que pagarle.

Él tomó mi cerveza, y no sé cómo, le quitó la chapa con la mano. Después bebió un sorbo y me la devolvió. Pensé que su boca había tocado la boquilla de mi botella y me di cuenta de que lo hizo como una demostración para que me fiara de él.

Acepté la botella y sin perderle la mirada a sus ojos negros bebí de ella. No tenía por qué desconfiar.

—Ahora vengo —me dijo alejándose con Amy.

En el momento en que se fue, miré a mi alrededor para ver si alguien nos miraba. Y sí, algunos estaban pendientes de cada uno de mis movimientos, y odiaba ser la sensación de esas primeras semanas. La que estaba más a gusto con esa etiqueta era Thaïs, que bailaba con Lex, mirando de reojo si Taka la espiaba o no.

Pero el japonés no solo no la miraba. Mi amigo de cresta blanca parecía tener una conversación muy animada con una Otaku de arte. Japonesa como él. En realidad, la chica no era rival para Thaïs.

Me sorprendía lo complicado que podía ser todo. Mis dos mejores amigos tenían una relación que no podía entender.

El miedo de Taka impedía que ambos pudieran estar juntos, y eso me decepcionaba. Mi amigo estaba acostumbrado a dominarlo todo y se veía incapaz de controlar a la rubia. Y lo entendía en parte. Porque Thaïs era una locura. Pero él también. ¿Por qué dos locos no podían estar juntos? ¿Qué había de malo en ello?

Alguien chocó a mi espalda y me di la vuelta para decirle que tuviera más cuidado, pero cuando advertí a la chica que tenía delante, no supe muy bien qué decir.

—Disculpa. Qué torpe soy —dijo Sherry. A mí no me había manchado, pero a ella, la bebida que llevaba en un vaso rojo se le había desparramado toda al suelo.

Me obligué a sonreír y a disimular, aunque enfrentarme a esa chica me removiese el estómago.

—No. Tranquila, no pasa nada.

—Es que hay tanta gente aquí… —murmuró divertida.

Llevaba un tejano ajustado, una camiseta blanca y una rebeca negra. Su pelo rubio estaba recogido por una diadema, y si no fuera por el maquillaje hubiera dicho que tenía trece años. Tenía el típico rostro americano Nenuco, como el de Renee Zellweger en *Jerry Maguire*.

Era monísima. Y me dio rabia reconocerlo, aunque era la verdad.

—¿Eres de la facultad de artes? —me preguntó.

—No —contesté. No me apetecía explicarle demasiado así que aposté por los monosílabos—. ¿Y tú?

—Yo tampoco —me contestó ella muy amablemente—. Soy de periodismo. Pero mis amigos me han dicho que esta fiesta es súper recomendada, y he decidido venir —se encogió de hombros—. Nunca había ido a tantas fiestas en tan poco tiempo como a las que aquí estoy yendo. Y me han dicho que esto solo acaba de empezar.

Sí. Sabía de lo que hablaba. Yo tampoco era de salir, pero en dos semanas ya había ido a dos. Una cada fin de semana. Superaba mi media con diferencia.

—¿Eres de primer año? —me preguntó con interés y ganas de hablar.

Maldije mi suerte. ¿De verdad que Sherry había tenido que irse a chocar conmigo cuando había unas trescientas personas en aquella explanada?

—Sí. ¿Y tus amigos? ¿Dónde están?

—Ah, por ahí —oteó el horizonte—. Supongo que aparecerán en cualquier momento. Les gusta perderse —me miró como si me viera por primera vez—. Por cierto. Soy Sherry —me ofreció su mano.

«Créeme. Sé quién eres. Y odio que seas tan simpática», pensé con amargura. Era una chica maja, amable y guapa. Si no fuera la novia de Kilian hasta me caería bien.

—Soy Lara —acepté su mano y forcé una sonrisa. Maquillada como estaba no me reconocía y eso que nos habíamos visto en la librería.

—Lara, me encantan tus botas —deslizó sus ojos hasta mis pies.

—Gracias.

—No me has dicho lo que estudias —incidió.

—Estoy en la facultad de sociología y derecho.

—Oh —agrandó sus ojos azules y risueños—. ¿Una futura abogada?

Chasqueé con la lengua.

—Casi. Futura criminóloga.

Sherry abrió la boca con pasmo.

—Vaya… —murmujeó sorprendida—. Es… No conozco a nadie que esté estudiando esa carrera.

—Mira, pues ya conoces a una —las dos nos reímos tontamente. Fingir se me daba fatal.

HUESOS Y CENIZAS

—Pero creo que tiene mucho morbo, ¿no? Los vas a dejar a todos muertos cuando te vean —se rió de su propio chiste.

Yo fruncí el ceño, y como no me hizo ni pizca de gracia, tuve que forzar una sonrisa de oreja a oreja. Festival del humor.

Bebí de la cerveza y miré al frente. Estaba siendo más estúpida que nunca, pero me sentaba muy mal conversar con ella. Ella no tenía la culpa de que Kilian fuera gilipollas y mentiroso.

En algún lugar entre esos cientos de personas, un grupo ataviados todos de negro, se puso a hacer una especie de baile artístico con unas bolas de cristal en sus manos, las cuales hacían mover a su antojo hasta el punto de que en ocasiones parecía que levitaban. Sonaba la música de *Asylum* de Sara Serena. Las dos nos los quedamos mirando. Disfruté de ese paréntesis en nuestro intercambio de información.

Alguien entrelazó los dedos de las manos conmigo. Sentí su piel algo fría, y tiró de mí para que me acercase a él.

Dorian siempre me cogía por sorpresa.

Lo miré a los ojos y me quedé estudiando su rostro sereno, sin excesivas líneas de expresión. Pensé que podía perderme en la noche de su mirada, porque allí no habían estrellas, ni siquiera nubes. Solo brumas. La forma de sus labios era bonita, y sus facciones suaves se endurecían en su mandíbula. Sí, era el maldito Príncipe Caspian.

Sin darme cuenta, empezamos a bailar juntos, pegados. Ignoré por completo a Sherry, la cual se perdió de nuevo entre la multitud. Dorian y yo nos mecimos al ritmo de la música. Los alumnos de alrededor fijaron su atención en nosotros. A ellos les sorprendía tanto como a mí ver al líder de los Llaves bailando públicamente con alguien. Pero Dorian parecía ajeno a todo.

Me rodeó la cintura con uno de sus brazos y se pegó más a mí. No sé cuándo ni cómo volvió a quitarme la cerveza, pero bebía de ella al tiempo que me miraba como si quisiera ver más allá de lo que había a simple vista.

—Has conocido a una heredera.

—¿Sherry?

—Sí. Es una de las princesitas de este año.

Dios, no quería oír hablar de ello. Carraspeé y miré al frente.

—Tienes alma en los ojos, Lara —me espetó.

Aquello me dejó a cuadros. Caramba, fue tan profundo que no supe ni qué contestar. Bajé la cabeza avergonzada y le contesté.

—Y tú tienes mucha poesía.

—¿Qué? ¿Te da vergüenza que te hable así?

—No es eso…

—Tienes algo en esos ojos grandes y felinos. Azul claro, con pecas amarillas… Son tan raros. Es… Tienes un tipo de luz que no veía hacía tiempo. Inocencia, tal vez. Y brujería —susurró—. Mucha brujería.

Yo carraspeé y le di las gracias.

Dorian no sonrió. Inclinó la cabeza a un lado expectante.

—No has cambiado de opinión respecto a venir a la fiesta de mi hermandad, ¿verdad?

—No —contesté robándole la cerveza de nuevo. Aquello parecía el juego de la botella.

Sus labios se curvaron de manera ascendente y entrecerró los ojos.

Pero a lo lejos, el murmullo de la gente avisaba de que algo iba a pasar. La agitación advertía de que algo se acercaba.

Dejé de mirar a Dorian para atender el lenguaje corporal de los allí presentes. Ni siquiera imaginé lo que estaba a punto de suceder, pero cuando lo descubrí ya era demasiado tarde.

El Assassin volaba por encima de nuestras cabezas y me arrebataba la cerveza de la mano.

Jugaba con mis *deja vu*.
Y lo hacía con descaro.

La sudadera le iba ancha pero no disimulaba sus voluminosos hombros. La capucha le cubría el rostro por completo, pero había algo en su actitud que conocía a la perfección, igual que su estatura. Me había hartado de admirarlo en Lucca como para olvidar ahora su pose, su presencia y todo lo que él irradiaba. No se descubriría, pero sabía que era él.

Es más, cuando asomó su barbilla, supe que no tenía ninguna duda.

Kilian se llevó la cerveza a la boca y la bebió entera de un solo trago. No le pude ver los ojos, pero cuando alzó el brazo y la manga de la sudadera gris oscura se deslizó por su antebrazo, pude ver la marca del tridente, el que se iniciaba en el interior de su muñeca, y esta vez, la segunda punta del tridente estaba prendida con un fuego negro. Algo había cambiado.

«Cuando alguien es aceptado en los Bones se les tatúa el tridente en la muñeca. Para alzarse con el título de Reich, las tres puntas del tridente deben estar prendidas con el fuego de la sabiduría. Estas llamas responden a iniciaciones, y dependiendo de la naturaleza de la prueba que deban cumplir, tendrá un color u otro».

La segunda llama de Kilian era negra. Y yo no podía apartar la mirada de ella.

¿Qué pretendía? ¿A qué jugaba?

—¿Qué quieres, Huesos? —preguntó Dorian tenso como una vara a mi lado.

Kilian tiró la botella vacía a sus pies y abrió los brazos de manera provocadora.

A nuestro alrededor, el resto de Assassin's hacían las delicias de los asistentes a la fiesta, con sus saltos acrobáticos e imposibles de realizar para alguien normal.

Alargó su mano hacia mí, colocando su palma hacia arriba y esperó a que yo la tomara. Parecía que me estaba invitando a ir con él.

—No es buena idea que estés con él —me aseguró en voz muy baja hasta el punto que no le reconocía la voz—. Ven —me ordenó.

Quería que me fuese con él, así, sin pensármelo. Pero no le iba a dar ese gusto.

—No —contesté.

Dorian, al oír mi negativa, dio un paso adelante para enfrentarse al Huesos, pero Kilian lo apartó de un empujón tan fuerte que el Llave cayó hacia atrás e impactó contra la mesa en la que estaban sirviendo bebidas. Salió volando como si una fuerza sobrehumana lo hubiese tocado.

Yo me aparté asustada por la beligerancia de sus actos. Lo había empujado como si no pesara nada, y Dorian era un tipo alto...

¿Qué demonios había sido eso?

Todos se detuvieron a mirar qué estaba pasando, si iba o no iba a haber pelea entre el encapuchado y el Llave.

Me aparté el pelo de la cara y miré a Kilian horrorizada. Él estaba haciendo lo mismo conmigo. Me medía, me valoraba. Meditaba si yo iba a actuar diferente o no.

—Te he advertido sobre él. Me has bloqueado. No pienso avisarte más —me dijo asegurándose que su susurro solo lo escuchara yo.

Aquello me dejó helada. ¿Así que el mensaje de madrugada era suyo? Pero ¿a qué jugaba Kilian? ¿Por qué quería hacerme creer que le importaba? Ya me había demostrado que no podía confiar en él. Y que además tenía novia.

—¡¿Pero tú estás loco?! —le grité—. ¡¿Por qué has hecho esto?! ¡Tienes un problema!

La mesa en la que había caído Dorian se había partido en dos, las bebidas se desparramaron y esa zona de la fiesta se convirtió en un auténtico desastre. Corrí a socorrer a mi amigo, que se había dado un golpe tremendo en la espalda y lo ayudé a incorporarse, pero aún estaba dolorido. Incluso se había cortado en el brazo con la madera rota y resquebrajada.

—¿Estás bien? —le pregunté preocupada apartándole el pelo de la cara e inspeccionando su herida. Era superficial, pero tenía que dolerle—. Te has hecho daño.

—Estoy bien.

—¿Seguro? ¿Vamos al hospital a que te lo miren?

—No, tranquila —hizo el amago de levantarse y de ir a por él en busca de venganza, pero se quedó mirando a un punto fijo y perdido—. ¿Dónde coño ha ido ese desgraciado con ínfulas de ninja?

Me giré rápidamente esperando verlo ahí todavía, pero Kilian ya no estaba. De hecho, todos los Assassins cruzaban la plaza de punta a punta y desaparecían por los muros y los arcos de la facultad de bellas artes.

—¿Sabes quién es? —me preguntó Dorian con un tono un tanto instigador. No le llegó a ver la cara por eso desconocía su identidad.

—No —mentí nerviosa—. No tengo ni idea. ¿Quiénes son los encapuchados? —disimulé haciéndome la ignorante.

—Son Bones. Hacen Parkour —me explicó—. Algunos organizadores de fiestas les pagan para que hagan uno de sus numeritos acrobáticos. Pero... parecía que te conocía. ¿Seguro que no sabes quién es? —sus ojos negros brillaron con inteligencia—. Parece haberte dicho algo...

—No —reincidí en mi mentira—. No tengo relación con los Bones. No sé por qué te ha hecho esto. Y si me ha dicho algo no le he oído. Había mucho ruido alrededor.

—Pues conozco el código de gallardía de los Bones —me explicó mientras se levantaba con mi ayuda—, y me acaba de dejar claro que estás marcada.

—¿Marcada?

—Sí. Quiere decir que está interesado en ti. Hay maneras más oficiales y protocolarias de hacerlo entre miembros de la Élite, otros modos de «reclamar» a alguien —continuó contándome. Se sacudió el pantalón—. Pero esta es rudimentaria y bruta. Poco tiene que ver con ese código de caballeros que tienen.

¿Habían protocolos para decir cuando a alguien le interesaba una chica? ¿Reclamar? ¿Se las marcaba para que otros no se acercaran? ¿Pero de dónde habían salido?

—Pues yo no soy una res. A mí nadie me marca —repliqué.

Dorian hizo un mapa mental de mi cara, o esa fue la impresión que me dio por el modo que tuvo de prestarme atención.

—Lara Clement... —susurró ensimismado—. Mira lo que estás provocando en esta Universidad.

—No estoy haciendo nada —no quería que le diera importancia—. El problema es que aquí bebéis mucho y os descontroláis enseguida.

—Vamos a hacer una cosa —me propuso—. Te espero el sábado que viene en mi fiesta. Te enviaré las directrices por whatsapp. Mientras tanto, no nos veremos. Quiero que estés tranquila, y que nadie te acose por verme.

—Nadie debería acosarme por tener un amigo —contesté ligeramente enfadada—. Soy mayor para hacer lo que me dé la gana.

—Lo sé —aseguró sonriéndome con dulzura y retirándome un mechón de pelo de la cara—. Pero tampoco es que pueda quedar durante la semana para vernos —convino—. Estoy muy ocupado con temas de la hermandad y reuniones. Pero en siete días nos vemos.

—De acuerdo.

—Ahora me voy a ir. Quiero ir a ducharme, a quitarme todo este alcohol de encima —señaló empapado— y a sentirme bien. Recuerda que no puedes romper tu palabra —me tomó la mano y me besó el dorso con muchísima educación. Sabía que la gente nos miraba y tenía cuidado de mostrar excesiva atención hacia mí.

—No falto nunca a mi palabra —aclaré.

—Genial, milady —contestó asintiendo con la cabeza—. Entonces, hasta entonces.

Se alejó de mí y de la carpa de bebidas reventada a paso ligero. Mirando de vez en cuando hacia atrás, esperando atisbar a algún Assassin, pero yo tampoco los veía.

Kilian había desaparecido junto con sus amenazas.

Al ver toda aquella zaragata, Thaïs y Amy corrieron hasta donde estaba para asegurarse de que me encontraba bien y de que la cosa no había ido a más. Amy murmuraba algo sobre «los Bones y sus aires de grandeza...».

Ambas se preguntaban qué había pasado para que ese encapuchado se encarase con Dorian, pero yo les aseguré que Dorian no había hecho nada. Amy se dispuso a ayudar a los compañeros de la carpa a arreglar todo aquel descalabro.

Taka estuvo a mi lado en un suspiro. Ni él ni Thaïs se miraron. Lex pedía bebidas en otra carpa dado que aquella ya estaba rota. Al chico parecía importarle más la gasolina que otra cosa.

—¿Dónde has dejado a Arale? —le preguntó Thaïs sin más, sin ocultar su desdén.

Taka se encogió de hombros y contestó.

—Riéndose de las caquitas rosas que va dejando Lex al ver la trifulca. Mira cómo se desentiende… —se rio de él.

Thaïs lo miró arraigadamente, parpadeó una sola vez, y él hizo lo mismo. No era que yo no disfrutara de sus intercambios, pero en aquel instante solo pensaba en el odio de Kilian hacia Dorian y en cómo lo había empujado. Por un momento me pareció hasta irreal.

Taka puso su mano sobre mi hombro y me mostró su teléfono.

—Lara, no vamos a poder ir a la habitación de Luce.

Yo no entendía por qué no, así que tomé su móvil entre mis manos y estudié lo que mostraba la pantalla. Habían dos camas. Era un dormitorio parecido al de Amy y al mío, pero decorado de otra manera.

—He conectado mi red a la de la cámara de la habitación. Teníamos razón. Hay una cámara remota que graba la habitación entera desde un ángulo. La espiaron desde ahí. La habitación ya está ocupada por dos estudiantes de primer año: Liz y Rachel.

—¿Eh? ¿Cómo sabes sus nombres? —pregunté atónita.

El japo sonrió y sus ojos refulgieron. Cuando Taka sonreía, que lo hacía muy poco, se veía la luz y el ángel que tenía. Mi amigo era un bellezón nipón.

—Me he introducido en la base de datos de los planes de residencia estudiantiles de la Universidad. Mantuvieron sus cosas durante la primera semana, pero después dieron de baja su estancia en Yale, y otorgaron el alta a dos nuevos estudiantes. La compañera de habitación de Luce se llamaba Anabella y ha regresado a Europa a acabar el último año y las prácticas de su carrera.

No supe ni reaccionar. Me quedé estupefacta.

—A veces me das miedo, Taka.

Thaïs sonrió como si a ella también se lo diera de vez en cuando, aunque ya lo tenía asumido.

—Bueno, el curso de hacking ético me servirá para gestionar mis impulsos de violación de informaciones reservadas.

—Eso no va a pasar nunca —contestó Thaïs cruzándose de brazos—. El que es curioso lo será siempre —sus ojos verdosos y claros se cubrieron de un reconocimiento abierto y orgulloso hacia él.

Él asintió agradeciendo el piropo. Porque era un piropo para Taka.

—Pues se acabó mi aventura de esta noche —dije desanimada. Debía encontrar otro modo de encontrar esa información que Luce tenía—. Taka... ¿crees que puedes rastrear el historial de Luce dentro de la universidad? —no quería ponerle en un aprieto ni exigirle más de lo que pudiera hacer—. ¿Ver qué tipo de actividades extraescolares tenía? ¿De dónde era más asidua?

—Eso espero. Hay información en la red de Yale que está capada y a la que se podría entrar a través de otros servidores, pero es más difícil. Aunque no imposible. Comprobaré si Luce Spencer Gallagher es uno de esos alumnos cuyos datos están bajo llave. Pero no sé si podré hacerlo esta semana. Me voy a Connecticut centro cinco días con el curso para una exposición de cibernética.

—Ah, vaya... —miré a Thaïs por si ella lo sabía. Y sí parecía saberlo—. Bueno, entonces, hazlo cuando puedas—exhalé y me pasé la mano por la frente—. No entiendo por qué Kilian se comporta así. Me tiene loca.

—¿Kilian? —Taka arrugó la frente y negó con la cabeza—.

Kilian no ha sido el que ha increpado a Dorian.

—Claro que era él —repuse.

—No —aseguró él—. Kilian estaba por donde estábamos Nekane y yo.

—Ah... ¿Se llama Nekane? —inquirió Thaïs palpablemente disgustada.

Taka no contestó. Pero yo sí añadí algo más.

—Pero el chico que...

—El chico que ha hecho esto no era Kilian —reiteró Taka—. Le he visto la cara a Kilian, Lara. Y estaba en nuestra zona haciendo acrobacias y saltando por encima de la gente.

—Entonces... ¿quién era el Bones que ha lanzado a Dorian por los aires y que me ha advertido sobre estar con él?

Ahora sí que estaba perdida.

No entendía nada.

Quince

Los días universitarios pasaban tan deprisa que no me daba cuenta. Pensé en enfrentarme a Kilian y a los Bones. Ir a su facultad, dar con ellos y pedirles que me dejaran en paz, pero hacerlo supondría echarle más leña al fuego. Si no daba importancia a esos detalles, el paso de los días harían efecto anestesia, como si todo hubiese sido un sueño.

Pero yo sabía perfectamente cuándo soñaba, y era muy consciente de ello. Como en ese instante, cuando sumida en mi mundo astral, podía incluso pensar sobre mi vida real.

Me encontraba en la biblioteca de Trumbull. Estaba sentada en un pupitre, la luz de la lámpara era tenue y la iluminación de aquel magnánimo rincón lleno de magia, sabiduría y letras, me sugestionaba a meditar.

Los estudiantes de yoguis y budistas se pasaban años intentando conseguir mantener sueños despiertos. Vivencias astrales completamente controladas por la mente consciente. Pero yo lo hacía naturalmente desde que era una niña. Y con la práctica, había perfeccionado mi talento hasta el punto que, si me lo proponía, podía quedarme meditando dentro de mi sueño, disfrutando del mundo que creaba mi cabeza para mí.

Pero no me arriesgaría a hacerlo, porque siempre temía soñar dentro del sueño, y de ahí no sabría salir. O tal vez sí. Nunca lo había intentado.

Un sonido a mi espalda distrajo mi concentración y mi calma, y me di la vuelta para ver a mi madre apoyada en la estantería ojeando un libro entre sus manos.

—No hay riqueza mayor que esta. *Ó Eolas* —me dijo en irlandés con su sonrisa cariñosa y atenta—. Conocimiento. ¿Cómo estás, cariño?

—Hola, mamá.

—Hola, bichito raro —dejó el libro en su sitio y se sentó en la mesa, frente a mí.

—Estoy hecha un lío, mamá —reconocí embebiéndome de ella. Cómo me gustaba verla así. Tan llena de vida aunque fuera en mis sueños. Con su rostro fino y elegante, y los rizos salvajes negros de las irlandesas. Yo heredé sus ojos, pero me hubiera gustado heredar también su carácter. Ella habría actuado de otra manera con el chico del que se había enamorado. Ella habría descubierto antes que él era un mentiroso.

—La vida universitaria es más dura de lo que te imaginaste.

—Llevo tan pocos días aquí —reconocí—. Y no sé si lo que quiero hacer está bien o no. Quiero llegar hasta el fondo del asunto de los Huesos. Sé que hay algo turbio. Luce lo sabía. Pero en su diario no menciona nada. Lo asoma, lo desdibuja, pero no lo concreta. Siembra la sospecha en mí. Pero no confirma nada.

—Debes hacer lo que te dicte el corazón, Lara —me tocó el centro del pecho—. Solo este. Aquí también hay mucha inteligencia emocional e intuitiva. Y debes ser paciente.

—Paciencia… No sé si tengo —admití.

—Pues es a lo que debes agarrarte. Mira dónde estás, nena. Es Yale. Es tu sueño. Aquí estudié yo biología —me recordó con gesto melancólico—. Aprendí tanto… Sé que tu sentido del deber y de la corrección hace que quieras centrarte en lo sucedido con

Luce, que quieras descubrir la injusticia y el delito. Pero necesitas vivir también tu experiencia aquí. Eso te dará otras perspectivas, te abrirá los ojos de otra manera y también te ayudará a discernir —colocó la punta de su dedo en mi frente—. Te ayudará a ser joven y también a madurar. Eres mayor de la edad que tienes —me miró compasiva—. Lo que viste de pequeña te cambió y activó otros sistemas defensivos en tu manera de ser y de ver lo que te rodea. Pero eres preciosa, Lara... —me acarició el rostro—. Divertida. Lista. Tienes muchas virtudes que ocultas a los demás. La Universidad se debe vivir con todos sus pros y sus contras. Es el mundo real comprimido en un microcosmos. Y tienes que aprender a disfrutar de ello. Abre los ojos. Abre tu mente. Escucha. Ve. Y... —volvió a posar su mano abierta en el centro de mi pecho—. Siente. No hagas nada que vaya en contra de esto. Siente todo, Lara. Si te duele, siéntelo. Si te hace feliz, siéntelo. Si sientes amor, disfrútalo, no lo niegues. No tienes por qué luchar contra ello. Acéptalo.

—Mamá —tome su mano y la apoyé en mi mejilla. Y entonces arranqué a llorar tan rota como me sentía—. Mi *kelpie*... es un capullo —murmuré rabiosa. Sentía las lágrimas saladas en la comisura de mis labios, los ojos hinchados y el dolor estrujándome el corazón—. No sé qué hacer con esto... Tengo miedo. Siento rabia. Impotencia. Y me duele... —tenía tanta congoja que no podía hablar. Estaba cansada de hacerme la fuerte y la digna, de no sucumbir al verdadero dolor de mi espíritu quebrado adolescente que por primera y única vez en la vida se enamoraría. Porque las O´ Shea éramos así.

Mi madre me abrazó con tanta fuerza que me sentí renovada. Sin saberlo, llevaba mucho peso sobre mis hombros. Y no era tan fuerte como creía. Absorbí toda su energía, vi su aura luminosa cómo se fundía con la mía, como brillábamos las dos como si fuera magia, al tiempo que ella me decía:

—Toma mi fuerza. Toma de mí todo lo que necesites, *mo chuisle.*

Sonreí contra su pecho, sin soltarla, llorando en paz, y recordando lo que ella me decía cariñosamente en irlandés, cuando me arropaba por las noches. En Million Dollar Baby era lo que ponía detrás del albornoz de la boxeadora, pero en la película lo escribieron mal «mo cuishle». En realidad se pronunciaba «Mo jushla«. Como mi madre me llamaba.

Mo chuisle. Mi sangre, mi corazón.

Cuando abrí los ojos tenía a Amy encima mío, en la cama, abrazándome como un koala y repitiéndome que dejara de llorar. Que ella lloraba también porque se le pegaba todo.

—¿Amy? —tenía la voz rasposa, y me pasé la mano por las mejillas hasta que advertí que había llorado de verdad.

—Lo siento. Siento aplastarte de buena mañana —reconoció—. Pero te he visto llorando y me ha dado mucha pena.

Joder. Me estaba ahogando. Pero sonreí y la tranquilicé.

—Estoy bien, Amy, solo ha sido un sueño —murmuré con su hombro en mi boca.

Ella me apartó para asegurarse de que ya me sentía mejor. La pobre también lloraba. Era muy empática.

—¿Seguro?

—Sí —me eché a reír. Vaya panorama hacíamos las dos.

—No te rías.

—No lo puedo evitar. Se nos cae el moquillo a las dos.

—Si —asumió devolviéndome la sonrisa con los ojos encharcados—. Entonces ¿me puedo ir tranquila a clase? ¿Estás bien? ¿Seguro? Si quieres, haré un esfuerzo titánico por ti y hoy no vamos a clase.

Yo miré el reloj. Y cuando vi la hora que era di un salto al grito de ¡mierda!

—¿Clase? ¡Llego tarde, Amy! —le grité.

Amy se levantó divertida con mi estrés.

—Es la primera vez que te veo así, novata —espetó—. Entonces, ¿estás bien?

Yo saqué la cabeza de dentro del baño y le dije.

—Sí. Vete.

—Vale.

—Amy.

—¿Qué?

—Gracias —le mandé un beso. Su abrazo, aunque no lo pedí, también me vino bien.

Respiró más tranquila, se miró el maquillaje en el espejo de cuerpo entero de mi lado de la habitación y se despidió con un «*Adéu, bonica!*» en catalán, que me dejó toda loca y riéndome bajo la alcachofa de la ducha.

Amy era uno de esos regalos de Yale. No todo iban a ser sorpresas desagradables.

Thaïs seguía sus clases con mucha disciplina y se tomaba muy en serio los últimos años de su carrera. Taka, en realidad, estaba ahí para hacer bonito, y porque necesitaba una titulación oficial de aquella índole, aunque ninguna carrera le enseñaría nada que él ya no supiese. Estaba hablando de un individuo que la lío muy parda a niveles cibernéticos en todo el mundo. Un chaval que fue perseguido por distintos departamentos de seguridad informática de varios países del mundo. ¿Qué iban a enseñarle a él? Si quisiera, Taka podría dar clases. Pero no podía, porque con su carácter esquivo y prepotente no toleraría la mediocridad del resto. Sin embargo, cuando no estaba, lo echábamos de menos. Como entonces, que estaba en la ciudad de Connecticut.

A veces pensaba que el japo acabaría solo viviendo con un gato, porque su personalidad no era fácil. De ahí que tuviera esperanzas de que Thaïs y él de verdad se arreglasen, porque uno podía con la poca tolerancia del otro, y al revés.

Mientras tanto, yo me dediqué a las clases, a disfrutarlas, a intentar gozar de la universidad tal y como mi madre me había pedido.

Las clases del profesor Donovan y de Trinity eran mis favoritas.

La clase de aquel día, con la decana Trinity, no tenía desperdicio. La rubísima e intimidante profesora, hablaba a toda la sala, con aquellos ojos azules avispados, analizando a cada uno de los allí presentes a través de los cristales de sus gafas de pasta. Tenía el pelo medio recogido, una levita negra arremangada, una camisa azul clara debajo, y unos pantalones de pitillo negros que le hacían unas piernas larguísimas. No podía entender por qué le gustaban los tacones, pero aquel era uno de sus rasgos. Le daba autoridad y respeto.

—La psicología criminal describe la personalidad del criminal. La desmenuza —frotó sus dedos como si deshiciera las mollas del pan—. Y comprende los factores más determinantes de esa personalidad. ¿Cómo se estudia al criminal? ¿Cómo se erradican esos comportamientos? ¿Cómo se previenen? —se dio la vuelta y se dirigió a la pizarra en la que escribió—: Primer manual de criminología de la historia —lo señaló con la mano que sujetaba la tiza—.

¿Alguien me dice cuál fue? Es muy comprensible que no lo sepáis. Pero, solo por probar... —a ella le divertía poner en tensión a los alumnos y tenerlos atentos—. ¿Bruno? —señaló al primero de la fila. Pero este negó con la cabeza—. ¿Marie? —la francesita también negó con la cabeza. Preguntó a unos cuantos más hasta que llegó mi turno—. ¿Y tú, Lara?

Yo tenía dos opciones.

No contestar. Callarme y hacerme pasar por cualquiera de mis compañeros que no sabían de lo que hablaba. O hacerlo, sabiendo que yo era así y que durante mi corta vida me había dedicado a leer numerosos libros sobre el tema que me apasionaba. Unos sabrían sobre otras cosas, y yo sabía de esas.

Trinity iba a pasar de largo, porque pensaba que no lo sabría. Pero entonces yo dije:

—*Martillo de brujas* —contesté jugando con el pen óptico entre mis dedos.

La cara que puso Trinity fue impagable para mí. Acababa de dejar sorprendida a esa mujer, que de repente, tras esa respuesta, me empezó a mirar con otros ojos.

—Exacto —asintió con asombro—. ¿Qué más sabes sobre ello, Lara? —apoyó su trasero en su estrado y esperó a que yo continuara hablando. Todos mis compañeros se giraron y se removieron en sus sillas para escucharme con atención.

—Bueno... Fue el primer texto que se puso a disposición de la ley en el que se indicaba qué tipo de acciones se debían emprender para cazar a las brujas. El libro promulgaba que Satanás y sus seguidores existían, y que si alguien dudaba de ello o negaba su existencia, lo convertía en seguidor o sospechoso por el mero hecho de ir en contra de la iglesia. Entonces se consideraba que los asesinos y las mentes criminales no existían como tal, sino que era el demonio quien les poseía y les obligaba a actuar así.

Trinity sonrió de oreja a oreja y negó con la cabeza.

—Vaya, vaya… menuda sorpresa, Lara —me dejó caer una mirada repleta de reconocimiento—. Tienes toda la razón —se dirigió a toda la clase—. El concepto de mente criminal aparece cuando a partir del siglo dieciséis empiezan a emerger estudiosos de la conducta como Luis Vives y Paolo Zacchia y reconocen que el criminal y la locura procede de una persona, no de un ente maquiavélico creado por la religión ni de sus súbditos entre los que estaban, sobre todo, las brujas. Fue entonces cuando empezaron a tratar a los criminales de locos. Y a partir de ahí empiezan a aparecer psicoanalistas que se preguntan, ¿cómo podemos tratarles? ¿Cómo se desarrollan este tipo de mentes? Y empiezan a aparecer términos como Locura sin delirio; la «ausencia de moral», «inconformismo con las normas sociales», enfermedades psicopáticas, de carácter emocional, neurosis… Y todo lo que a día de hoy entra dentro de los diagnósticos y tratamientos de la psicología criminal… Así nació. Obviamente, entraremos más en profundidad en las unidades venideras.

Me echó un último vistazo, me hizo un guiño que solo vi yo y continuó con la clase.

Al acabar, mientras todos los alumnos descendían la grada para salir del aula, y yo guardaba mis bártulos en mi Kate Spade y recogía mis cosas, la decana esperó a que bajara.

—Lara, ¿tienes cinco minutos?

—Claro —contesté acercándome a ella. Era la última clase del día, y no era de las que salía escopeteada buscando aire puro.

Ella recogió sus cosas también, las dejó preparadas encima de una de las mesas de la primera fila y me sonrió afablemente.

—¿Cómo te están yendo estas primeras semanas? ¿Estás completamente adaptada?

—Sí. Ahora sí. Después de los primeros días ya lo tengo todo por la mano.

La mujer asintió y apoyó una mano sobre la mesa.

—Escucha, si no me quieres hablar de ello, lo comprenderé. Pero ha llegado a mis oídos que en la fiesta de la facultad de arte te viste involucrada en un altercado entre dos alumnos de esta universidad. ¿Sabes qué fue lo que pasó?

Intenté controlarme. Aquella mujer era un águila, lo veía todo desde su posición privilegiada. Y era perspicaz y astuciosa. No tenía que conocerla para darme cuenta de ello. Estaba muy interesada en lo sucedido y se notaba que no quería presionarme, pero la pregunta ya de por sí, me incomodaba.

—No lo sé —contesté sin más—. Sé que alguien empujó a Dorian mientras estaba bailando conmigo.

—¿Dorian? ¿Dorian Moore? —preguntó intrigada.

—Sí.

—¿Quién lo instigó?

—Ah… no lo sé. No los conozco. No le vi la cara ni conozco su identidad, decana. Pero Dorian me dijo que eran miembros de los Bones. Estaban haciendo un espectáculo de Parkour.

Trinity escuchaba con atención y me miraba sin perder un detalle.

—¿Y qué pasó? ¿Por qué hizo eso el Bones? ¿Lo sabes? —sus ojos destellaron como los de una adivina que jugaba con su bola de cristal.

—No.

—¿No dijo nada?

Bah. No se lo creía.

—No, señora —volvía a mentir, y esta vez ante alguien que cazaba las mentiras al vuelo, como la experta que era.

—Comprendo —sonrió con una disculpa y se apartó un poco de mí para darme seguridad y espacio—. Perdóname, Lara. No quiero molestarte. Pero en Yale no toleramos esas conductas y me gustaría que si, alguna vez —recalcó— ves algo parecido, me informes sobre ello. Y si alguna vez alguien te compromete o te molesta, también me lo digas, ¿de acuerdo? Lo que sea. No aceptamos intimidaciones ni amenazas vengan de quien vengan, sea un Bones, un Lobo un Llave, quién sea... Sé cómo funcionan estas fraternidades y el respeto que creen infundir en los demás. Pero desconocen que están más cerca del miedo y del odio que de la admiración.

¿A qué venía todo eso? Parpadeé para salir de aquel hechizo de confianza que tejió sobre mí. Moví la cabeza afirmativamente con lentitud.

—Sí. Señora.

—¿Eres muy amiga de Dorian Moore?

—Nos estamos conociendo —contesté.

—Bien. No voy a darte consejos de ningún tipo. Confío en tu capacidad para discernir.

«Discernir». Me vino a la mente las palabras de mi madre, la pasión con la que me dio el discurso en mi sueño, y me recordó a la pasión de Trinity.

—Me has dejado sorprendida hoy con tu respuesta —se relajó y se sentó sobre el pupitre, como si fuera una compañera más y no la decana que era—. Eres la primera alumna que me responde a esa pregunta —se quitó las gafas y se las colocó en el escote de la camisa.

—Gracias —intenté relajarme como ella, pero no podía—. Siempre me ha gustado este tema.

—Debe de gustarte mucho —asumió—. ¿Sabes? Yo tengo una teoría. ¿La quieres saber?

—Claro.

—La criminología estudia el ramo de la mente más malvada. Alguien que se interese por ella con la pasión con la que parece que tú lo haces, puede ser consecuencia de muchas cosas... El señor Donovan podrá deciros que los que estudiamos esta ramificación respondemos a una serie de aptitudes y conocimientos de las competencias básicas.

—Sí.

—Pero hay fuego en tus ojos, Lara. Hay mucho más que habilidades y competencias. Hay un objetivo —sacó un par de caramelos mentolados de su bolso y me ofreció uno.

Me dejó sin palabras. Me estaba leyendo. Leía mi manera de mirar, de hablar, de moverme… Me hacía una radiografía por completo para descubrir quién era como persona e individuo. Acepté el caramelo para hacer algo.

—Todos tenemos objetivos —contesté saboreando la menta en la boca, pasándome el caramelo de lado a lado de mis mejillas.

—Sí. ¿Y a qué responde tu objetivo? —indagó—. ¿Puedo suponer que alguien tan joven y tan meticuloso y estudioso como tú, ha tenido que vivir algo traumático para demostrar tanto interés en una rama tan oscura como esta?

Dejé caer los párpados para ocultar la verdad y el dolor que reflejaría mi mirada. También había aprendido a ser impermeable cuando me hablaban de mi pasado. Y eso haría.

—Nada tan consecuente, decana Trinity —contesté aparentando normalidad—. Solo me gusta que los malos paguen por sus fechorías, y para ello, tengo que aprender a reconocerlos y a no dejarme engañar. *Mentes criminales* me afectó mucho.

Trinity sonrió ante esa respuesta, aunque no creo que le convenciera.

—Bien. A todos nos ha afectado esa serie. Pero recuerda —alzó el dedo índice—: la realidad supera a la ficción con creces.

—Lo sé —contesté. Lo sabía de sobras.

—En fin, no te quiero robar más tiempo —se levantó del pupitre y sus tacones repiquetearon al moverse por el parqué de la sala.

—¿Puedo hacerle una pregunta?

—Por supuesto, Lara —contestó impaciente por saber qué era.

—Usted ha hablado sobre las causas de la mente criminal y cómo tratar a esos pacientes.

—Sí.

—Yo creo —me colgué el bolso sobre el hombro y caminé con ella hasta la salida de la aula—, que podemos identificar al mal. Pero no podemos tratarlo.

Ella asumió mis palabras y las meditó.

—Dependerá del caso práctico, ¿no crees? Locura transitoria por drogas, asesinato por venganza, en defensa propia… Hay muchos tipos de malas acciones que no tienen por qué venir de una mente malvada.

—Sí. Lo sé. Puedo recuperar y exculpar a aquellos que se defendieron de un ataque injusto, a los que fueron drogados sin querer y a los que usaron la Ley del Talión para vengar la muerte de sus seres queridos. Solo a estos.

Trinity se detuvo en la puerta y me miró expectante.

—No crees en la reinserción social. No crees que alguien que haya matado consciente y voluntariamente pueda ser tratado. ¿Es eso?

—Cuando sea profesional —le expliqué— seguiré todos los pasos para comprender por qué alguien tiene una mente criminal. Y espero saber diagnosticarlo correctamente. Pero nunca creeré que esa persona pueda cambiar sus hábitos y sus pensamientos. Porque el mal es recurrente e instintivo, y no atiende a una razón convencional. El que mata por placer, lo hará siempre. El que viola, nunca dejará de hacerlo. El que tortura, agrede y apaliza, lo hará siempre —repetí con convicción—. Podemos luchar contra la maldad, pero no contra el placer que les supone ser malvados.

—Pero ¿de qué sirven entonces los programas de reinserción social? —ella estaba dispuesta a escucharme aunque no estuviera de acuerdo conmigo.

Yo me encogí de hombros e hice un gesto inconforme.

—Bajo mi punto de vista, no sirven de nada, decana —aduje alzando la mano y despidiéndome de ella—. Gracias por el caramelo.

—Lara —me dijo con una sonrisa de oreja a oreja—. Ven a hablar conmigo cuando quieras —su invitación fue sincera—. Me gusta tener alumnas como tú.

Me enorgulleció recibir aquella oferta. A mí también me gustaba hablar con Trinity, aunque supiera en firme, que en cada encuentro con ella, me desenmascaraba un poco más.

HUESOS Y CENIZAS

Dieciséis

La semana transcurrió a gran velocidad. Sin darme apenas cuenta llegó el viernes. Todos habíamos estado muy ocupados con las tareas que nos mandaban los profesores.

A Amy solo la vi unos días para comer, pero tampoco podíamos comer todos juntos y hablar de cómo preparar La Misión porque nuestros horarios no estaban coordinados.

Taka todavía no había podido acceder a la red de la Universidad para revisar el historial de Luce. Iba a buscar un programa que le cambiara el ID para poder reventar el sistema de seguridad y que no encontraran su rastro. Como el TOR, pero más fiable. Pero tampoco quería agobiarlo, porque debía centrarse en lo que hacían en Connecticut.

Mientras tanto yo esperaba como agua de mayo aquella información, pero era viernes por la tarde y algo debía de hacer. Decidí ir a correr sola. Era la primera vez que salía a hacer deporte. Mi cuerpo lo necesitaba, las fiestas no ayudaban para que estuviera bien y rindiera en las clases, y además, necesitaba agotarme para dormir y descansar, porque con tanto estrés y tanta ansiedad no conseguía pegar ojo como quería, y debía tomarme las pastillas que me recetó mi psicóloga Catalina contra el insomnio y las pesadillas. Pero no me gustaba medicarme. Aunque las hierbas que tenía no funcionaban contra mi estado de nervios. Por tanto, no tenía otra opción que salir a correr y acabar exhausta para por la noche ayudarme solo de las infusiones.

Me puse mis mallas negras, mis Nike de running amarillas fosforescentes y una sudadera polar negra, y arranqué a correr alrededor de toda la Universidad. Rodeé todo el campus universitario seis veces, con lo que corrí unos doce kilómetros. Pero mis pies se detuvieron por completo en la manzana de la facultad de medicina. Apagué la música de mis cascos inalámbricos y me detuve frente a la residencia. Ni siquiera sabía si Kilian vivía en el campus o en las afueras en una casa propia.

No sabía nada en absoluto de él. Del Kilian real. Estaba claro que, como al chico de Lucca, le seguía apasionando el dibujo, muestra de ello fue nuestro encontronazo en Barnes & Nobles. Pero... ¿Le gustaba su carrera? Estaba ya en tercer año, ¿sacaba buenas notas? ¿Por qué estudiaba medicina? ¿Cuál era la verdadera naturaleza de la relación que tenía con su hermano Thomas? ¿Por qué me había metido en sus juegos y sus desafíos? ¿Por qué continuaba fingiendo que se preocupaba por mí? ¿Qué había de Sherry? Maldita sea, quería que me diera tantas explicaciones y al mismo tiempo sentía tanta rabia... tanta decepción... Mi madre me había dado un consejo, y lo cierto era que yo quería escuchar a mi corazón, pero me daba miedo los derroteros por donde me pudiera llevar.

Era muy consciente de que, por su parte no recibiría respuestas sobre estas preguntas. ¿Por qué iba a hacerlo si me había engañado desde el primer momento? ¿Por qué iba a ser sincero ahora?

Por esa razón tenía muy claro que debía asistir a la fiesta de Dorian Moore en la casa de los Llaves.

Él los odiaba. No hacía falta ser inteligente para darse cuenta de ello. Lo que lo convertía en alguien predispuesto a hablar y a revelar información sobre sus enemigos Bones y en una persona que podría ayudarme a completar parte del puzle que tenía entre mis manos y cuyas piezas importantes estaban desperdigadas, extraviadas sin parangón.

Pensé en el número que había bloqueado. Creí que era de Kilian, pero no era él. ¿Quién era el miembro de la hermandad de los Bones que me advertía sobre Dorian?

¿Por qué? Thomas me odiaba, Kilian no era, de Fred y Aaron no sabía nada en absoluto y del resto de miembros de la hermandad tampoco, dado que no los conocía, a pesar de que apareciesen sus nombres en el Rumpus. Pero no aparecían sus nombres de pila. Y yo quería saberlos todos. La identidad del Alfil era básica para empezar mi investigación. Necesitaba un punto de origen.

Dorian debería darme todas las respuestas que necesitara. Vertería luz a mis dudas. Él me ayudaría con el croquis.

Desde allí, desde la facultad de medicina, saqué mi móvil de la funda de correr y escribí a Dorian sin más dilación.

De Lara:
Hola, poeta.

No tardó ni treinta segundos en contestar. O era un enganchado o no le gustaba hacer esperar a la gente.

De Mr. Moore:
Hola, señorita Croft. ¿Qué se le ofrece?

Me hizo sonreír por el mote. No tenía ningún parecido a Lara Croft ni por asomo, pero lo iba a obviar.

De Lara:
¿A qué hora debo estar mañana en tu fraternidad? ¿Dónde es? ¿Hay

protocolo?

De Mr. Moore:
Pasará un coche a buscarte a las nueve y media por Trumbull. Ponte guapa, con eso bastará (emoticono copa de champán). El resto del atrezzo lo pondré yo.

De Lara:
¿Atrezzo? ¿Vamos de carnaval?

De Mr. Moore:
(Emoticono boca cerrada). Las fiestas de los Llaves son secretas, especiales, diferentes y con clase. No asiste cualquiera. Mejor espera a verlo todo cuando estés aquí.

De Lara:
De acuerdo.

De Mr. Moore:
Cuando el coche llegue te avisaré para que bajes. Hasta mañana, preciosa.

Cuando guardé el móvil de nuevo, pensé en que necesitaba una asistente que me ayudara a elegir el mejor vestido. Thaïs era la adecuada. Así que la llamé para que me echara una mano con el estilo. Nadie mejor que ella para aconsejarme.

Sábado

Cuando me levanté por la mañana nada me hizo presagiar que ese día iba a estar repleto de sorpresas de todo tipo.

Amaneció nublado y caía llovizna. Me sentía relajada, dormí mucho mejor que la noche anterior. Me puse unos tejanos, una camisa de leñador roja y negra, unas botas de montaña marrones claras y una chaqueta de abrigo Napapijri de color rojo. Debía acompañar a Amy con su camioneta a hacer patrulla. Nuestra fraternidad hacía rescate animal, no solo fiestas para ganar dinero y darlo a las asociaciones. Habíamos recibido una llamada urgente diciendo que había un labrador malherido en el parque Memorial de West River.

Seguimos la localización que nos dejó la persona que llamó. Nos internamos en la zona boscosa con la camioneta. Dejamos atrás la entrada, cruzamos varios riachuelos por donde había gente practicando remo. Como no podíamos avanzar más hasta el punto que marcaba el localizador, aparcamos en el lateral del caminito de tierra para no molestar a los ciclistas que venían a hacer ruta. Nos rodeaban árboles centenarios, altos, y de tonalidades ocres diferentes. Inhalé profundamente. Me cargué de energía. La verdad era que los parques y bosques americanos eran preciosos y espesos. Y New Haven a pesar de no tener un radio de más de 45 kilómetros, se rodeaba de ellos como si fueran sus protectores, había por todas partes. Y me sentía bien, porque me encantaba la naturaleza.

Cogí las cuerdas y los guantes que debíamos llevar encima para rescatar animales. Guantes sobre todo, pues algunos perros asustados podían rebelarse y mordernos al querer ayudarles.

—Es por aquí —dijo Amy sin perder de vista el GPS del móvil—. Debe ser por esta zona. Está al lado del lago Horse.

Salimos del caminito de tierra y nos guiamos por la dirección que indicaba el localizador, y que nos obligaba a meternos entre la maleza, allí donde el bosque era menos accesible.

Apartamos arbustos y plantas, y al final llegamos hasta un pequeño claro en el que había un chico con cuerpazo de atleta y acuclillado, vestido con ropa de deporte, mallas de correr negras y camiseta ajustada del mismo color. Sus bambas eran azules eléctricas de Nike especiales para correr por montaña, manchadas de barro.

Hablaba dulcemente, en voz baja.

Sentí ternura al escuchar su tono. Una persona que hablaba así a los animales no podía ser malo. Era imposible.

Delante de él tenía a un perro malherido cuya pata trasera había sido cogida por una trampa metálica que se le había cogido a la pierna como una mandíbula, y cuyas aspas habían atravesado la carne. Parecía un Golden o un Labrador, no estaba segura.

Cuando el chico se giró con el rostro angustiado y yo le vi, mi corazón me dio un vuelco.

Era Kilian el que había llamado. Estaba algo sudoroso pero incluso su sudor olía a desodorante, por contradictorio que fuera.

Sus ojos amarillos de pestañas tupidas y largas me repasaron con sorpresa. Noté cómo jugaba con su piercing de la lengua por el modo en que movía la mandíbula. Su pelo al uno, aquellas líneas laterales que le nacían en la frente hasta atravesar una parte del cráneo lo hacían más malote todavía...

Él siempre me dejaría sin respiración, sin argumentos, sin esperanza, fuera malo o no, fuera Huesos o solo humano.

Era Kilian. Y me afectaba como nadie.

Ambos nos miramos un poco desorientados por vernos. Pero lo disimulamos bien y rápido. Quería huir y esconderme, pero el perro nos necesitaba. No iba a ser cobarde y darle la espalda al animal.

Corrí junto a Amy y nos colocamos alrededor del Labrador y de Kilian.

—¿Has llamado tú? —preguntó Amy.

—Sí —contestó él—. Estaba en mi entrenamiento matinal, corriendo por el parque —explicó preocupado— y escuché sus gemidos.

Me fijé en que no llevaba música para correr, por eso había podido oír al perro pedir ayuda. Menos mal.

—Seguí el sonido de su quejido y me lo encontré aquí. No tiene collar, y lo he palpado y tampoco tiene chip. Creo que es un perro abandonado.

—Joder —Amy estaba histérica. Quería romper algo con sus manos—. Este perro debe tener unos dos años. Es joven. ¿Qué coño hacen estas cosas aquí? La caza no está permitida en parques —negó con la cabeza observando la trampa con horror—. Deberían estar penadas. Son unos hijos de puta.

—Parece una trampa vieja y abandonada. Como si llevara aquí mucho tiempo —dije apreciando la oxidación del metal—. Habrá que ponerle la antitetánica.

—Le he estado observando —apuntó Kilian sin mirarnos a ninguna de las dos—. Tiene la respiración agitada dentro de la normalidad, sus pupilas están bien y no hay resto de heces ni de orina alrededor. Seguramente hace muy poquito que está atrapado aquí.

—Atrapada —lo corregí yo—. Es una hembra.

Kilian sí me miró entonces. Me estaba dando la razón.

—Sí, perdón.

—Vale, me va bien que estés estudiando medicina, Alden —

señaló Amy—. Voy a ir a por una llave palanca para sacarle el mordisco. ¿Me ayudarás?

—Claro que sí —contestó él.

—Bien. Novata, hazte cargo.

—Sí.

Amy activó de nuevo el GPS, se incorporó y nos dejó para ir a buscar lo que necesitaba.

Me quedé a solas con Kilian y el silencio, roto solo por el lamento ocasional del perro, nos envolvió por completo.

Me sudaban las manos, el corazón me iba a mil por hora... Tragaba saliva nerviosa y compulsivamente. ¿Cómo era posible que me lo encontrara ahí?

—He llamado al primer número que me salía en Google sobre rescate animal en New Haven —dijo Kilian mirándome fijamente. Sabía que me estaba mirando porque era como si me tocara—. No salía como NM List, sino como asociación animalista. No imaginé que...

—No pasa nada —le corté yo—. Muchas protectoras trabajan con nosotros. Es lo que somos. Estamos aquí para ayudar —miré fijamente al Labrador y este me devolvió la mirada suplicante. Sin miedo, coloqué mi palma abierta sobre su peludo cuello manchado de hierbajos. Y el labrador cerró los ojos, con la lengua afuera, respirando, aguantando su dolor, pero agradecido por aquel contacto.

Nos quedamos callados. Posiblemente teníamos mucho que decirnos, pero preferimos el silencio, porque las palabras a veces dejaban una estela demasiado dolorosa. Al menos en mí.

—Vengo a correr aquí todos los fines de semana. Es la primera vez que me pasa y que veo algo así.

—Siempre hay una primera vez para todo —contesté agria.

—Lara.

Cerré los ojos y negué con la cabeza. Estaba intentando superarle. Luchaba por tener una vida normal y tranquila, por no ir a buscarle, por no exigirle y hacerle sentir lo que yo sentía...

—No.

—Lara.

—Cállate.

—No dejo de pensar en ti.

El perro gimió, y yo hice lo mismo pero hacia adentro, como un bicho bola.

—Mentira.

—Lara... no dejo de pensar en ti —me repitió con voz abatida—. Sé que puedes estar enfadada conmigo porque crees que jugué contigo...

Dios. Quería gritar como una loca. ¿Por qué no me dejaba en paz? ¿No entendía que me desequilibraba?

—Kilian —sonreí incrédula—. No deberías pensar en mí. A tu novia no le gustará —contesté en voz baja—. Parece una chica simpática. No es justo que juegues con ella como hiciste conmigo.

—Sherry es una chica maravillosa —confirmó—. Pero no es mi novia.

—No fue eso lo que me dijo Thomas.

—¿Por qué insistes en creer a Thomas antes que a mí? —me reprendió—. Todos creen que sí, que Sherry y yo tenemos algo porque nuestras familias son muy amigas y ellos quieren ver cumplidos sus sueños de vernos juntos. Nuestros padres lo dan por hecho, como si el amor fuera un simple contrato y un apretón de manos. Pero sus sueños no son los míos —aseguró apasionado—. Tampoco son los de Sherry. Ella y yo no... no somos novios.

Negué con la cabeza. No olvidaba las palabras de Thomas. No se me borraban. ¿Cómo iba a creer en su palabra de la noche a la mañana? Era un Bones.

—Da igual. Tú y yo somos de ligas diferentes. De mundos

distintos.

—Eso solo lo diría un clasista como Thomas. Yo no. No soy como él, Lara.

—Permíteme que lo dude —esta vez mi beligerancia fue mayor y le lancé una mirada dolida y decepcionada—. ¿Qué te jugaste con él en Lucca, Kilian? —le agarré el antebrazo y le subí la manga furiosa. Su tridente tenía una nueva llama en el medio, y era roja. La del Bones del sábado por la noche de la semana pasada era negra—. ¿Por qué tienes una nueva llama en el tridente? ¿Por qué es roja?

Kilian frunció el ceño sorprendido al ver que me había dado cuenta de ello. Me imaginaba su cabeza formulándose todo tipo de preguntas relacionadas conmigo. ¿Qué sabe ella del tridente y de las llamas? Sabía poco. Solo lo que Luce había escrito por encima. Y entendía que las llamas estaban relacionadas con iniciaciones y pruebas. Y tenía la sensación de que esa llama tenía que ver conmigo. O no. Solo él lo sabía.

—Hay cosas que es mejor que no sepas.

—Claro, cómo no —le solté el brazo con desprecio—. No sé por qué me comporto así —me reí de mí misma—. No puedo esperar a que me cuentes la verdad.

—¿Quieres la verdad? —Kilian alargó la mano y me tomó de la barbilla. Me obligó a mirarlo—. Dime. ¿La quieres? ¿Te interesa lo que yo tengo que decir o me vas a juzgar y a dar por bueno lo que te dijo el gilipollas celoso de mi hermano? —sus iris dorados se dilataron—. ¿Has dictado sentencia ya? ¿O todavía puedo tener esperanza de que creas en mí?

Yo parpadeé y dejé caer la mirada. No quería emocionarme. No quería hacerme ilusiones. Me sujetaba el rostro y yo solo quería frotarme contra su mano como haría un gato. Era peligroso fiarse de él. Era peligroso dejarse llevar y olvidar el objetivo, como hizo

Luce. Kilian también podía ser el Alfil. Con el Alfil empezaba todo. Y él todavía no me había demostrado nada. Lo único que me había hecho era daño.

Y aun así, yo continuaba enamorada de él como una tonta, como la adolescente que era y la futura mujer que sería.

—No estoy segura —contesté abrigando un mínimo de esperanza.

—Lara —me tomó el rostro con las dos manos y se centró en mí para convencerme—. Cena conmigo esta noche. Déjame llevarte a algún lugar donde estemos tranquilos y podamos hablar... Dame una oportunidad para poder explicarme. Y si después ya no quieres saber nada más de mí, te juro que no volveré a molestarte.

Tragué saliva. No podía ser. ¿Cenar con él? ¿Dónde? Además, no podía. Tenía la fiesta de los Llaves a la que Dorian me había invitado. No iba a doblegarme a sus deseos a las primeras de cambio. Debía hacerme valer.

—No puedo —contesté obligándome a ser fuerte y a creérmelo—. Esta noche voy a la Fiesta de los Llaves con Dorian.

El hermoso rostro de Kilian se ennegreció, y se nubló como haría el cielo que presagiaba tormenta. Sus ojos salvajes se convirtieron en dos finas líneas amarillas y endureció la mandíbula.

—No. No vas a ir a esa fiesta.

Aparté mi rostro y me liberé de su sujeción, estupefacta por su prohibición.

—Hago lo que me da la gana —le contesté—. Y voy a ir. No eres nadie para prohibirme que...

—No tienes ni idea de quién es Dorian.

—Ni tampoco tengo idea de quién eres tú —contrarresté.

—No vas a ir. Estás loca. No lo voy a permitir.

—¿Que no vas a permitir qué? —Uf, me estaba enfureciendo mucho. Me parecía irritante y machista aquella conducta. Además, él había perdido muchos derechos desde Lucca, y aconsejarme o decirme lo que podía o no podía hacer era uno de ellos. Entonces, le hubiera escuchado a ciegas. Ahora no.

—No vayas —me pidió.

—No. Lo que no haré es ir a cenar contigo. Así que déjame en paz.

—Ten cuidado, Lara. Crees que él es el ángel —me advirtió—. Pero en realidad es un teniente del demonio.

—¿Sabes? —me encaré a él—. Eso es justo lo que pienso de ti y de tu hermano. Y si tengo que elegir entre Dorian y tú, ahora mismo prefiero a Dorian. Él al menos ha sido sincero conmigo desde el principio.

—No sabes lo que dices —replicó lleno de ira—. Es peligroso que vayas y...

—No voy a cambiar de idea.

—No vienes conmigo porque vas a la fiesta de los Llaves con Dorian. ¿Es esa tu respuesta? —no se lo podía creer.

—Sí.

Los dos discutíamos con el Labrador herido de por medio, pero yo no podía dejar de acariciarlo.

—Si te vas con él, olvida mi proposición —me advirtió—. No querré nada contigo nunca más.

Fingí indiferencia y me encogí de hombros.

—Vas a hacer que me corte las venas —contesté sarcásticamente.

—Pensaba que eras una chica inteligente. Distinta. Y te ciegan las mismas tonterías que a las demás —el modo en que lo dijo me hirió. Solo Kilian podía ofenderme así. Pero yo lo había pasado mal por su culpa.

—No soy inteligente, Kilian —repliqué cansada—. Tú me las has colado como has querido, ¿recuerdas?

Los pasos acelerados de Amy nos apartó de golpe, y los dos nos centramos en la Labrador, disimulando, como si no estuviéramos hablando de nosotros y de nuestra historia en común.

—Joder, en serio —murmuró Amy acuclillándose a nuestro lado—. Cuando me acerco a los Alden y a Lara siempre tengo la sensación de estar interrumpiendo algo.

—No interrumpes —contesté yo.

Amy me miró de reojo pero se abstuvo de decir nada más. Abrió el botiquín de enfermería a su lado.

—Lara, ayúdame a ponerle el bozal a la perrita guapa.

Yo le puse el bozal sin problemas. No queríamos ningún mordisco de por medio.

—Kilian —le ordenó Amy—. Sujétala bien. Cuando abra la trampa le dolerá.

—No te preocupes. La sujeto y veo si le puedo hacer algún tipo de apaño que le sirva de camino al hospital veterinario.

—Eso estaría muy bien. ¿Preparados? —Amy agarró una palanca metálica y la colocó entre los dientes serrados de la trampa—. Vamos allá. Uno. Dos y... ¡Tres!

El aullido del Labrador fue corto pero sonoro. Aun así, Kilian se comportó como un profesional. Limpió y vendó las heridas de su pata trasera, y la cargó en brazos como un héroe para llevarla a la furgoneta.

Una vez allí, mientras yo me encargaba de subir detrás para hacer compañía a la perra, Kilian le dijo algo a Amy que me robó un poquito más el corazón. Era un ladrón.

—Amy, cuando le den el alta, quiero que sepas que Xena ya tiene casa. Me la quedo yo —anunció solemnemente.

—¿Xena? —dijo Amy feliz—. ¿La princesa guerrera?

—Sí —sonrió enternecido al animal—. Es lo que es.

—¡Me encanta! ¿De verdad te la quieres quedar tú, Alden?

—Sí. La quiero yo. No hay más que hablar.

Ella reconoció su gesto y le sonrió con sinceridad.

—Es todo un gesto por tu parte. Prepararé el papeleo.

—Os acompañaría, pero tengo que ir corriendo a mi casa. Hoy toca comida familiar y no puedo faltar. Todavía tengo que ducharme. Pero cuando lo tengas todo, llámame por si he de pasarla a recoger.

—Seguramente sea el lunes —le dijo Amy—. La tendrán en observación y le harán análisis por si tiene otras lesiones. Pero el lunes si todo va bien le darán el alta.

—Pues avísame para saber dónde tendré que ir a recogerla.

—No lo dudes. Lo preparo todo y te digo.

—Bien —alzó la mano y se despidió de ella.

—Gracias por todo.

—No ha sido nada. Vivo solo en mi casa y me hará compañía —reveló de repente deslizando sus ojos por Xena—. Cuidará de mí.

—Cuidará de ti pero no te pagará alquiler —confirmó Amy orgullosa.

Amy arrancó y yo sujeté a Xena para que no sufriera demasiado con el bamboleo.

Kilian no me miró en ningún momento mientras se alejaba la camioneta.

Pero apunté el dato: Kilian no vivía en la facultad.

Vivía solo. En una casa.

¿Thomas y él no vivían juntos?

Diecisiete

El reflejo del espejo me recordaba a mí. Pero a una yo más madura, más segura de sí misma. O, al menos, eso era lo que el maquillaje de mi cara y el estilo de aquel vestido me sugería. Curioso cómo la ropa podía cambiar un estado de ánimo y transformar a alguien en otra persona, con otro envoltorio.

Thaïs y Amy habían estado conmigo toda la tarde. Amy me ayudó a elegir los zapatos que debía llevar y Thaïs se encargó de las "telas" el peinado y el maquillaje.

Era como si tuviera conmigo a dos de las hadas madrinas de la Cenicienta. Y las dos eran muy diferentes la una de la otra, pero si algo las unía, era el cariño que sentían por mí.

Amy se dejó caer en su cama y miró mi reflejo en el espejo.

—En serio, Lara. Alguna vez tendrás que explicarme cómo has hecho para recibir las atenciones de tres de los miembros más populares de la Universidad. Solo te falta enrollarte con el profesor Donovan y entonces caeré rendida a tus pies.

La idea me chirrió mucho.

—Solo ha sido casualidad. No he buscado nada. No creo que les interese de esa manera —contesté permitiendo que Thaïs me arreglase el pelo y diera vueltas a mi alrededor como una mariposa.

—¿Sabes qué estás en boca de todos? La chica de la facultad de sociología esto, lo otro... Es muy lista... Bla bla bla... Dorian va detrás de ella...

—Dorian es solo un amigo —contesté sin más—. Nada más.

Amy se echó a reír y miró al techo.

—Y yo solo me daba besos en la mejilla con el novio de mi prima...

Thaïs y yo nos dimos la vuelta a la vez, consternadas.

—¿Te liaste con el novio de tu prima? —le preguntó Thaïs—. Eres muy villana.

—Creedme, vosotras también lo hubieseis hecho —se mordió el labio inferior—. Menudo tiarrón. Además, mi prima es tonta. No pasa nada. Pero no hablemos de mí —continuó—. El problema es Lara.

—Yo no tengo ningún problema —repuse.

—Esta noche lo tendrás. Dorian estudia filosofía y filología, y tiene aspecto de adorable poeta guapo y despistado, pero esos son los más peligrosos. Cuando te descuidas... ¡zas! —dio una palmada como si cazara un mosquito—. Tienes su lengua en la boca.

Bizqueé para quitarle credibilidad al asunto. No era estúpida ni mojigata. La cosa llegaría hasta donde yo quisiera. No más allá. Además, Dorian debía ser mi informador. Él sabía muchas cosas sobre los Huesos. Mi objetivo era ese y también que me hablara de la Misión y de lo que se suponía que pasaba en "La selva". Quedaban cuatro semanas para ese evento y aunque estábamos desarrollando un plan para llegar hasta la Biblia de Harvard, de nada nos serviría si desconocíamos lo que sucedía en "La Selva". No sabíamos para qué debíamos estar listos ni cómo debía ser nuestra preparación.

Thaïs acabó de pasarme las manos por el pelo, dio un paso hacia atrás y me contempló.

—Estás hecha un bombón. Qué buena soy —reconoció—. Date una vuelta anda.

Lo hice para satisfacerla. Porque sé cuánto le gustaba a ella contemplar sus obras de arte conmigo.

Counturing por aquí, ojos ahumados por allá, labios rojos y brillo, rímel para estilizar las pestañas, pelo suelto y liso, solo con ligeras ondas por detrás... Me puse un reloj de pulsera de Guess, y un vestido de Morgan que mi pijastra añadió a mis maletas (uno de sus muchos regalos). Era negro, ajustado, de mangas largas, la falda me llegaba un palmo y medio por encima de las rodillas y los hombros y brazos eras transparentes debido al intrínseco bordado que dejaba asomar la piel. Era precioso. Y los zapatos eran botines a tiras de piel de color negro. Parecía que me habían crecido las piernas. Me pasé la mano por el vientre plano y me miré de perfil.

—¿Cuándo has crecido tanto? —bromeó Thaïs hablándome con pena, como haría una madre al ver que su pequeña ya era una mujer.

Puse los ojos en blanco, y cogí el bolso de mano Marc Jacobs con pequeños tachones plateados grabados.

—Estás muy buena —espetó Amy desde la cama—. Si yo fuera un tío, te tiraba los tejos.

Recibí un mensaje al móvil, y rápidamente lo cogí. Era Dorian. El coche me esperaba abajo.

—Ya está aquí —dije nerviosa.

—Lara —Thaïs posó sus manos sobre mis hombros y me miró fijamente—. Ten mucho cuidado. Y si ves algo raro... Llama antes de que pase nada. Tú eres muy intuitiva para esas cosas —me recomendó.

—No te vayas con extraños y mantén las bragas en su lugar —añadió Amy—. Ah, y sácale toda la información que puedas al Llave. Y —alzó el dedo y se incorporó dándole importancia a esto último—. Haz el favor de no comerte ni una *muffin*. Están muy cargadas y debes estar bien despierta.

—Descuida. No pienso comer ni beber nada que no esté cerrado y hermético.

—Bien.

—Bien —sonreí nerviosa—. Bueno os dejo —agarré la levita negra y me la coloqué.

Amy y Thaïs se quedaron en el marco de la puerta, despidiéndome con la mano, la una apoyada en la otra, fingiendo llorar al lamento de:

—¡Adiós, hija mía! Vuelve pronto. No te olvides de nosotras.

Yo me reí al tiempo que bajaba las escaleras hasta la planta inferior. Mejor pensar en ellas, que en la clara amenaza barra advertencia que me había dirigido Kilian al saber dónde iba a estar hoy por la noche.

Había hecho un ejercicio de autocontrol para no pensar en él. No debía pensar en él. Ya había quedado con Dorian antes de verle a él, y no iba a cambiar mis planes por sus demandas. No.

Salí del edificio hasta la calle Elm, donde advertí el BMW negro que había en la puerta. La puerta de atrás se abrió, y me encontré a Dorian vestido todo de negro excepto por su pajarita roja. Lo que yo decía: era como un vampiro. Sostenía dos copas de cava, llevaba todo su pelo repeinado hacia atrás, y una sonrisa cómplice en su apuesta cara. Estaba guapísimo.

—Entre, señorita Lara —me invitó.

Le obedecí y me fijé que el interior del coche era todo de piel. Había un separador de cristal entre el conductor y los pasajeros, como una limusina de lujo. Y habían fresas. Fresas y champán. Como en *Pretty Woman*. A excepción de que yo no era una prostituta ni él un buenorro cuarentón.

—Estás espectacular —me dijo admirándome. Me dio un beso en la mejilla, delicado y cuidadoso.

Yo le miré extrañada pero le reconocí el piropo.

—Gracias. Tú estás muy guapo —contesté.

—Es porque te miro a ti.

Sonreí y negué con la cabeza. Dorian se rio también y me ofreció la copa de cava.

—Esta noche es para pasarlo bien, Lara. Y me alegra que me acompañes.

—Gracias por invitarme.

Alzó su copa y la chocó contra la mía.

—Por ti, *ma cherie*.

Lo de que me hablara en francés me chirriaba mucho. Pero el chico tenía alma, era educado, y todo un galán. Nunca había estado con nadie así.

El líquido burbujeante me hizo cosquillas en el paladar y refrescó mi garganta.

El coche arrancó y nos alejó del campus, cosa que advertí.

—¿No seguiremos en Yale?

Dorian negó con la cabeza, apoyó su brazo por encima de mi respaldo y contestó:

—Para esta fiesta hemos alquilado una casa. Te encantará. Es aquí en New Haven —me tranquilizó—. No voy a sacarte del país y a descuartizarte —se echó a reír de su broma.

Yo forcé una sonrisa. ¿Qué tipo de casa sería? ¿Por qué alejada del campus? ¿Qué pasaba en ella?

Era una mansión victoriana, con plazoleta y fuente incluida en su entrada. Una fuente que vertía chocolate líquido como una *fondant,* no agua, rodeada de bandejas plateadas llenas de fruta. Ansiaba verlo bien, pero antes de salir del coche, Dorian me detuvo.

—Espera. El atrezzo.

—Ah, pero ¿iba en serio?

—Por supuesto —contestó. Confió una bolsa de entre sus piernas y sacó de ella una máscara blanca y una capa roja. Íbamos a ir a conjunto por lo visto. Me colocó el antifaz blanco con brillantes del mismo color alrededor, y después, me rodeó el cuerpo con la capa, haciéndome un nudo a la altura de la garganta. Me acarició con los dedos pero los retiró rápidamente.

—Me acompaña la más bella de todas.

Me sonrojé.

—¿Y tu máscara?

—Aquí está —sacó la suya blanca como la mía, y se la colocó.

—Me tendrás que explicar muchas cosas —le dije nerviosa—. No entiendo en qué tipo de fiesta estoy, por qué las máscaras y...

—Poco a poco. Primero, salgamos. Nos tienen que dar la bienvenida.

Él salió primero. Me abrió la puerta como un perfecto caballero y sujetó mi mano para ayudarme a salir.

Una vez afuera, olí el chocolate caliente de la fuente, y eso también me calentó por dentro. Nos detuvimos frente a ella. Dorian tomó una fresa de la bandeja y la untó con el chocolate que resbalaba de los pisos de la fuente. Me la ofreció y sonrió transmitiéndome confianza.

—Para ti.

Yo abrí la boca sin ánimos de querer ser sexy, pero era una fresa con chocolate... De por sí era muy sensual, y por el gesto de placer de Dorian al verme comer, me di cuenta de que no conseguí mi cometido.

Subimos los dos las escaleras que daban a la entrada de la mansión. Dorian me sostenía la mano como si yo fuera una princesa.

—Eres mi invitada. Soy el líder, y eso supone que esta noche todos te mostrarán sus respetos.

—¿A mí? ¿Por qué?

Dorian se detuvo ante la inmensa puerta de roble y me miró escondiendo mil razones y revelándome otras.

—Porque eres la chica que he elegido para la noche de la Iniciación. Mi pareja. Su Reina.

El modo tan solemne que imprimió a sus palabras no me gustó nada. Me tensó. ¿De qué estaba hablando? ¿Noche de la Iniciación?

Cuando las puertas se abrieron de par en par, un pasillo de espadas alzadas de esgrima nos recibió. Eran todos chicos, cuyos rostros no reconocía, cubiertos por los antifaces.

—Las chicas esperan en otra sala —me dijo al oído mientras caminábamos a través del pasillo humano—. Nosotros seremos los encargados de abrir las puertas.

—¿Abrir las puertas? —repetí como un loro, asombrada y enmudecida por toda aquella parafernalia.

—Sí. De abrir la veda —al salir de aquel pasillo de espadas, nos encontramos con dos puertas cerradas cuyos manillares eran llaves.

Miré a mi alrededor. No se oía ni una mosca. Silencio y expectación absolutos.

—Golpea tres veces —me dijo.

—¿Qué va a pasar cuando lo haga?

Dorian alzó la comisura derecha de su labio y sus ojos negros se oscurecieron todavía más.

—Pasará que entraremos en el Reino de los Llaves, Lara. Un Reino en el que el pecado existe solo en nuestras cabezas. Donde todo está permitido. Un lugar en el que todo puede pasar si es lo que queremos.

No sabía si quería golpear la puerta o no. Desconocía cómo era ese Reino ni si me iba a gustar. Pero no era cobarde, nunca lo fui. Yo sola me metí en eso y yo saldría.

Me armé de valor, inspiré profundamente, y golpeé tres veces.

Nunca en mi vida imaginé que alguien así me abriera la puerta, ni tampoco daba mi imaginación a ver lo que había en el interior de aquel salón señorial, de lámparas de araña de diamantes que colgaban del techo.

Habían cascadas de *muffins* colocadas en distintas fuentes y aparadores, champán en diferentes barras, onzas de chocolate de todo tipo de sabores... Y chicas. Había como unas treinta chicas, el doble que de chicos. Y estaban completamente desnudas.

Muy desnudas. Solo tenían el rostro cubierto por un antifaz. Habían de todos los colores y formas. Con plumas, sin plumas. Con peluca sin ella...

No fui capaz de parpadear en varios segundos. Las chicas me miraban como si esperasen a que yo les dijera algo.

Pero estaba más perdida que Wally.

—¿Qué es esto? —susurré.

Dorian alzó la mano y la bajó de golpe, igual que si diera por iniciada una carrera.

—Que empiece la fiesta.

Y entonces, los chicos tiraron sus espadas al suelo de mármol. El metal resonó de manera estrambótica.

Las chicas gritaron emocionadas y extasiadas, del mismo modo que lo haría una fan histérica ante su ídolo.

Corrían a través nuestro para darse encuentro en ese salón donde las palabras sobraban. Chicos y chicas se miraban, y ellos elegían a dos. Porque tocaban dos para cada uno. Y entre ellos empezaba el baile más antiguo de la historia.

Ellos las colocaban como querían, ellas solo tenían que obedecer y abrirse de piernas. Desnudas como estaban no habían secretos que esconder.

No me lo podía creer. Parecían salvajes.

Me entró muchísimo calor. Ellos... bueno, ellos se daban un festín con las entrepiernas de ellas, comiendo de unas y de otras.

Me hacía cruces. ¿En qué Universo paralelo había entrado? ¿Qué era aquello?

—Lara —Dorian alzó su mano y la colocó boca arriba—. No tienes por qué ver esto.

Yo me obligué a retirar la vista de aquel espectáculo de sexo y desenfreno y negué con la cabeza.

—¿Qué es esto, Dorian? ¿Me has traído a una orgía? —le reprendí.

—No. Tú no juegas. Ven, no tengas miedo. Vamos a tomarnos algo en la terraza de arriba. ¿Quieres cenar algo? ¿Tienes hambre?

Escuchaba los gemidos de las chicas y los chicos en plena copulación histérica y todo me parecía surrealista.

—Con tanto ruido no puedo pensar.

—Ven —insistió—. Hablaremos de lo que quieras. Esta noche no tengo secretos para ti. Eres mi Reina.

—No soy Reina de nada ni de nadie, Dorian. Estoy en *shock* —contesté. Pero acepté su mano, porque el ansia de saber y de averiguar más cosas era superior a mi sensatez.

—No lo estés. Las fiestas de la Élite rebosan sexo. No somos la primera ni la última que hacen fiestas así.

Bueno. Eso me interesaba más. Procuraría preguntar lo que quería saber sin que se me notara que no estaba ahí por él.

La terraza era acristalada, y me recordó con mucho dolor, al invernadero en el que perdí mi virginidad y mi corazón con Kilian en Lucca. Había una mesa dispuesta con una vajilla muy cara, vino, y todo tipo de platos calientes. A través de las ventanas podía ver la noche nublada y oscura, pero la luz de las velas en todo el lugar atenuaba la sensación de desamparo.

Aquella casa pertenecía a gente muy rica. Me preguntaba si conocían las fiestas paganas que ahí tenían lugar.

Había música. En algún lugar debía haber una minicadena, o tal vez era un hilo musical. La cuestión es que estaba sonando el tema de Shia, "The whisperer". Empezó a llover y las gotas formaron un manto uniforme en el cristal.

Tuve un *deja vu*. Me acordé de Kilian encima de mí, dentro de mí, sus ojos enganchados a los míos... Se me hizo un nudo en el pecho.

—¿Vosotros, los lobos y los Huesos hacéis este tipo de fiestas? ¿Todos?

Dorian dio una vuelta alrededor de la mesa y me miró expectante.

—Sí. Ellos las hacen porque quieren divertirse. Nosotros las hacemos para elegir a nuestras duales.

—¿Vuestras qué?

—Las duales. Tenemos la creencia de que a cada hombre le pertenecen dos mujeres. Una nos aporta una cosa, y otra otras —se encogió de hombros.

—No me lo puedo creer... ¿De dónde vienen las raíces de vuestra fraternidad? ¿Las fundó un árabe? —me abracé a mí misma. De repente sentía frío.

—Los Llaves fuimos creados por un grupo de hombres que fueron rechazados por los Bones.

—¿Ex Bones?

—Sí. Pero nosotros no somos tan estrictos ni tenemos tantas prohibiciones. El poder está para usarlo, no para reprimirse.

—¿Y todas esas chicas de ahí abajo? —indagué—. ¿Están de acuerdo en ser compartidas por un Llave? ¿Lo aceptan?

—Todas. ¿Acaso has visto alguna asustada, Lara? —se sirvió otra copa de cava y me llenó otra a mí.

No. No había visto a ninguna.

—Formar parte de los Llaves es estar protegida y respaldada de por vida por la fraternidad. Como sucede con los Bones y los Lobos. Nunca te faltará trabajo, ni buenas recomendaciones. Los bancos nunca te negarán nada, siempre tendrás las espaldas cubiertas.

—Es como si fuerais organizaciones criminales y mafiosas. Sectas.

Él se echó a reír y me acercó la copa de cava.

—Formar parte de una de estas fraternidades es en cierto modo, pertenecer a una gran familia, y estar marcado de por vida para bien o para mal.

—¿Y la Iniciación de los Llaves es esta, entonces? ¿Copular?

—Nuestros fundadores estaban obsesionados con la hombría y el potencial sexual de sus integrantes. Querían a machos. Cuanta más testosterona, más poder y capacidad de liderazgo. La Iniciación dura hasta mañana. Veinticuatro horas.

—¿Veinticuatro horas...? Madre de Dios. Y tienen que aguantar...

—Follando. Sí.

La palabra me sonó más fuerte de lo habitual.

—¿Y si no lo aguantan?

—Dejan de pertenecer a la fraternidad.

Me parecía sucio y bárbaro.

—¿Te has ruborizado? Qué tierno.

—Es inquietante.

—Como tú —se encogió de hombros—. Tú también eres inquietante.

—¿A qué te refieres?

—A la capacidad de atracción que tienes. Tienes a los Alden muy interesados —lo mencionó de un modo desinteresado—. Al abogado y al médico bastardo.

—¿Bastardo? —repetí intrigada. ¿Bastardo Kilian?

—Sí. Kilian Alden —me trajo la copa, brindó conmigo y esperó a que la bebiera—. Lo tuvo su padre fuera de su matrimonio. La madre lo abandonó y Jim se lo trajo con él. Los Bones nunca dan la espalda a la sangre de su sangre. Sean bastardos o no.

—¿Cómo sabes eso? Pensaba que los Bones tenían toda su información bajo llave.

—Hay personas que tienen las llaves de todas las cerraduras, ¿no lo sabías? Sean de la naturaleza que sean.

—¿Lo sabes todo, Dorian?

—Sé menos de lo que quiero. Por ejemplo, ¿qué tienes con los Alden?

—¿Con los Alden? Nada. Nuestros encuentros han sido todos fortuitos —me estaba convirtiendo en una mentirosa potencial—. Aunque pensaba que accedías a todo tipo de información.

—A esta no. Esperaba a que me lo dijeras tú —inclinó la cabeza a un lado—. Me comentaron que os vieron dialogando en Barnes and Nobles.

Es que lo sabía. Las librerías tenían ojos. Y Kilian no había sido nada precavido.

—No sería yo.

—¿Seguro? —insistió sin creérselo—. No tienes un rostro común. No creo que sea fácil confundirte con otra. Eres hermosa, serena, muy sexy —me acarició la mejilla con el anverso de sus largos dedos.

Me aparté y sonreí nerviosa. En mi intento por tranquilizarme bebí compulsivamente la copa de champán. Me ardió el esófago, pero me dio igual.

—¿Por qué tienes esa fijación conmigo, Dorian? —me hice la interesante. Debía adoptar otro papel y rápido, porque Dorian era agresivo e insistente en su búsqueda de la verdad. Me pillaría enseguida. Y no era él quien venía a buscar información, era yo.

—Me llamas la atención. Me gustas. Y no me gustaría que los Alden te mancillaran.

Este no tenía ni idea de lo mancillada que estaba por culpa de Kilian.

—¿Por qué me iban a mancillar?

—Porque tienes porte y aptitud para estar en cualquier fraternidad de la Élite.

—No soy una niña rica. No vengo de buena familia. No veo por qué deberían tener interés en mí.

—Pues, por lo que sea lo tienen —contestó—. Y me muero de ganas de saber por qué —se pasó la lengua por el labio inferior—. Y antes de que te lo ofrezcan o de que despiertes más interés, prefiero ser yo quien te haga la propuesta y te quedes conmigo.

—¿Me quede contigo? ¿Qué quieres decir?

—Conviértete en mi Reina. Sé una Llave.

—¿Que me convierta...? —me eché a reír. No se lo tomé en serio—. ¿Vosotros os tatuáis también como hacen los Bones?

—No. Nuestro cuerpo es un templo. No una pizarra —replicó ofendido.

—La verdad es que no entiendo por qué hacen eso... —di una vuelta alrededor de la mesa. Empecé a sentir mucho calor y a tener sensaciones extrañas.

—Porque les gusta marcarse y reconocerse por sus marcas.

Son así de estúpidos. Toda la hermandad está tatuada con el tridente —me contó siguiéndome alrededor de la mesa—. Cuando entran en la hermandad se tatúan. Y después, deben realizar una serie de misiones que les otorguen llamas. Cada llama es un rango dentro de los Bones. Cuando completan las tres llamas se convierten en una especie de séniors dentro de la fraternidad. Se hacen llamar *Reich*. Y también se ponen nombres estúpidos. El Tuerto, el Mensajero, el Arcano, el Adivino, el Magog, el Señuelo...

—¿Cómo sabes todo eso, Dorian?

—Tengo que estudiar a mi enemigo —Dorian me tomó la mano y me acercó a él—. Los Llaves somos la segunda fuerza de la Élite en Yale y queremos ser la primera. La Misión puede marcar un antes y después para nosotros. Pero antes de ganarles, quiero darles una estocada. No quiero que se lleven algo que me interesa. No pienso perder más ante ellos.

—¿Perder ante ellos? ¿Cuándo has perdido?

—Eso no importa. Lo que sí debe importarte es que los Huesos no aceptan a chicas en su hermandad. No hay lugar para ellas. Pero los Llaves sí. De hecho los Llaves deben tener un Rey y... —me retiró el pelo de las mejillas— y una Reina. Y quiero que seas la mía.

—Claro... Pero a mí no me apetece ser Reina de nadie.

—Conmigo no puedes ser otra cosa. Yo no creo en las duales. Solo creo en mi elegida. Y debes ser tú, Lara.

—Estoy bien en mi hermandad animalista —me aparté de él. Qué rara me sentía. Tenía sensaciones extrañas en mi parte más íntima y notaba mis senos muy sensibles—. Creo que voy a declinar tu oferta.

No me di cuenta que él me perseguía y me hacía andar de espaldas como los cangrejos hasta que entramos a otra habitación contigua a la terraza en la que había una amplia cama, como la de los

Reyes. Enorme.

Algo dejó de gustarme cuando Dorian cerró la puerta y me miró apoyado en ella, de arriba abajo.

—Me encantará ver la cara de los Alden cuando vean que has pasado la noche conmigo... Sea lo que sea lo que despiertas en ellos, dejarás de hacerlo en cuanto acabe la Iniciación.

Lo vi allí, tan sereno, tan atractivo y tan frío, y dejó de parecerme buena persona. De repente se quitó la máscara, y no sólo en sentido figurativo. Le veía tal cual era. Y fuera lo que fuese lo que estaba pensando respecto a mí no era nada bueno. Sujeté mi bolso de mano con fuerza.

—¿Soy parte de la Iniciación?

Se quitó la pajarita sin moverse del sitio.

—Tú eres la Iniciación, Lara. Los de abajo solo fornican en nuestro honor, porque saben lo que va a pasar aquí. Que esta noche el Rey consigue a su Reina.

—Me has mentido en todo —negué confusa—. Pero no voy a ser tu "Iniciada". Declino tu oferta.

—No puedes luchar contra tu cuerpo. Mañana no recordarás nada de lo que ha pasado aquí. Pero te lo recordaré en una cinta de vídeo —miró hacia el techo y saludó. Una luz verde diminuta parpadeaba sin cesar.

—Por eso me siento rara, ¿verdad? —susurré sombría y decepcionada—. Le has echado algo al cava.

—No. No quieras echarle la culpa a otro de la reacción de tu cuerpo hacia mí.

—Eres un sátiro y esto no tiene gracia. Déjame salir de aquí, Dorian —pedí nerviosa. La voz me tembló.

—No seas niña, Lara. Te va a gustar. Soy muy bueno en la cama. Solo deja que pase, relájate. Haré que te corras unas cuantas veces y mañana no recordarás nada de esto. Excepto que tendrás que hacer todo lo que yo te diga si no quieres que el vídeo salga a la luz.

Parpadeé y me agarré a la columna de los extremos de la cama. Apoyé la frente en la madera. Sentía las piernas laxas y la entrepierna ardiendo. Me palpitaba el sexo y no sabía cómo reaccionar a eso.

—¿Me estás extorsionando?

—¿Yo? No —Dorian se acercó a mí y me quitó la capa de los hombros hasta que se convirtió en un revoltijo en mis pies. La tela deslizándose por mi cuerpo me puso la piel de gallina.

De repente me tomó de la cintura y deslizó las manos hacia atrás, hasta apresar mis nalgas. Era increíble. Me tocaba y mi cuerpo despertaba incontrolable.

No podía luchar. No sabía qué me estaba pasando...

—Joder, estás muy buena. Me lo voy a pasar muy bien contigo.

—¡No! —grité.

Dorian me iba a besar. Tenía su rostro a un centímetro. De hecho me estaba tumbando en la cama cuando de repente, la puerta se abrió de par en par con tanta fuerza que el manillar hizo un boquete en el pladur de la pared.

La luz del exterior recortó su poderosa silueta, y a través de las cristaleras un relámpago iluminó la estancia.

Sus hombros subían y bajaban como los de un animal. La ventana estaba abierta. Él chorreaba de arriba abajo porque afuera llovía abundantemente.

—¿Has entrado escalando la casa? —dijo Dorian asombrado.

Dorian se levantó de un salto y lo miró asustado. Kilian vestía de negro por completo, como un ninja asesino.

Sus brutales ojos se clavaron en mí, y después en Dorian. Dijo algo entre dientes, soltó un gruñido gutural, y en dos zancadas saltó hacia él como un tigre y lo estampó contra la pared, con lo que la mesita de noche y la lámpara clásica cayeron sobre la moqueta.

Yo me incorporé como pude. La cabeza me daba vueltas, pero mi cuerpo seguía revolucionado.

—¿No te cansas de meter las narices en los asuntos de los Huesos, Cerrajero? —colocó su antebrazo contra su cuello y apretó con fuerzas.

¿Cerrajero? ¿Dorian era el Cerrajero?

Entonces, Dorian fue el que ligó con Luce en la noche de las hermandades y se llevó la represalia de los Huesos al invitarla en la reunión del cementerio. Ya tenía la primera identidad. Y me había dejado totalmente planchada.

Casualidad o no, Dorian repetía comportamientos, tanto como yo podía repetir los pasos de Luce sin ser consciente de ello. Debí sospecharlo.

—Has violado la Iniciación de los Llaves.

—Tú sí que ibas a violar a Lara mientras la orgia de abajo sigue su curso. Conozco la mierda de rituales que hacéis, capullo —le apretó la garganta con rabia—. Me dan tanto asco como tú.

—¿Rituales? Para rituales los vuestros en vuestra Tumba.

—No sabes ni lo que dices. Solo estás rabioso porque los Huesos te rechazaron al no completar la Iniciación. Por eso te convertiste en Llave.

Vaya... Dorian quería ser un Bone, pero suspendió el examen. Desde entonces se dedicaba a joder a los Huesos como podía.

Estaba despechado.

—Se considera una falta dentro de la Élite lo que acabas de hacer. Esta chica no ha sido reclamada por ninguno de vosotros y ahora está en mi territorio —se lo intentó quitar de encima, pero Kilian era como un perro de presa. No lo pensaba soltar—. Habéis incumplido las normas.

—Las normas las has incumplido tú al intentar hacer algo

con ella. ¿Le has echado algo en el cava?

—No. Nada.

—Sí —refuté yo en medio de estremecimientos frenéticos que me sensibilizaban el cuerpo—. Me ha echado algo, Kilian. Me siento muy rara.

—¿Qué droga le has echado? —lo zarandeó rabioso pegando su nariz a la de él.

—Solo afrodisiaco —contestó sin darle importancia.

—Solo afrodisiaco —repitió con asco.

Lo agarró de la camisa negra y lo tiró a un lado, contra la pared, provocando que los botones volaran desperdigados por todas partes. Dorian se golpeó la cabeza y el hombro, y acabó en el suelo sentado doliéndose del impacto.

Kilian lo miró desde su altura, con las piernas abiertas y los brazos tensos a cada lado. Se metió la mano en el bolsillo del pantalón mojado y sacó una tarjeta roja con una calavera. La rompió por la mitad y se la tiró a la cara.

—Ya sabes lo que significa esto —a pesar de la droga que recorría mi cuerpo podía comprobar los esfuerzos que realizaba Kilian por no liarse a patadas con él—. Al atardecer. Si eres un caballero de verdad, vendrás.

Dorian miró la tarjeta rota y alzó el rostro con orgullo.

—Que te jodan, Alden. Solo eres un puto bastardo…

—Mañana te joderé yo a ti —le señaló—. Y más vale que te presentes o el poco honor que tienes desaparecerá para siempre.

Kilian se dio la vuelta y me miró de arriba abajo. No había cariño en sus ojos. Solo furia y mucha desesperación.

—¿Puedes caminar? —me preguntó con dureza.

Me temblaban las piernas y me castañeteaban los labios. Me quemaba el cuerpo y quería cosas que no podía tener. Cosas que me avergonzaban y que no me atrevía a pronunciar.

Kilian negó con la cabeza, volvió a maldecir y sin añadir nada más se acercó a mí en una zancada y me cogió en brazos, agarrando mi bolso de mano que estaba sobre la cama.

Cargó conmigo apretándome con fuerza contra su pecho, caminando con pasos largos y acelerados. Bajando las escaleras sin que nadie le detuviera. Y si le vieron, se hicieron los ciegos.

No me dijo nada más. Me metió en un Porsche negro y arrancó derrapando a través de la plaza de aquella mansión del pecado.

Aunque era yo quien se sentía como principal pecadora por no haber hecho caso a las directrices de Kilian y porque, a pesar de estar asustada, mi cuerpo permanecía caliente y tenía unas necesidades que en esa situación jamás debería sentir.

Me eché a llorar por la impotencia. Porque me sentía sucia y mal. Como una guarra, a pesar de que no había hecho nada.

—No me dejes en Trumbull —le pedí entre lágrimas—. No quiero que Amy me vea así, por favor... —le rogué cubriéndome la cara con las manos.

Kilian no dijo nada. Se quedó callado, valorando su respuesta. Estaba meditando lo que hacer conmigo porque probablemente ni siquiera tenía ganas de verme o de estar cerca de mí.

—Iremos a mi casa —concedió sin posibilidad de réplica.

Cualquier lugar era mejor que estar sola o mal acompañada.

Dieciocho

Seguíamos en New Haven. La casa de Kilian estaba en una de las calles que bordeaba el parque al que habíamos ido a rescatar el labrador aquella mañana. Por eso Kilian corría por ahí, porque tenía su casa cerca.

No era la mansión a la que el presuntuoso de Dorian me había llevado. No habían fuentes de chocolate y, gracias a Dios, tampoco habían chicos y chicas desnudos.

Pero era una casa en la que me podía sentir a gusto. Me pareció muy acogedora. La precedía un jardín no muy grande y la rodeaba una parcela de bosque cuyos árboles la sobrepasaban en altura. No tenía porche delantero, pero la entrada tenía una cornisa de madera blanca que me pareció preciosa. Tenía tres plantas. Se había construido sobre una base de ladrillo rojo y la habían revestido con madera blanca, sobre todo la parte de las cristaleras superiores, todas las ventanas, las golfas y la puerta de la entrada. El tejado era de teja gris.

Kilian aparcó el Porsche delante de su casa, en su aparcamiento particular. No dejaba de llover. Así que se quitó la chaqueta motera y me la colocó por encima.

—Espera aquí —me pidió.

Yo miré cómo salía y rodeaba el coche, y me emborraché del

olor de su colonia. Su chaqueta olía a él. Y eso me puso peor de lo que estaba.

Abrió la puerta, me ayudó a salir y me agarró de la mano para acto seguido avanzar corriendo hasta la puerta de su casa. Madre mía, estaba diluviando, como diluvió aquel día del invernadero.

Sacó las llaves de su casa, abrió la puerta, encendió las luces y cerró la puerta tras de sí. Cruzó sus brazos y sus músculos se marcaron a través de la camiseta negra ajustada que llevaba.

Yo me había empapado toda en unos segundos. Tenía frío. En realidad, no sabía lo que tenía...

Me quedé de pie en el amplio hall de esa casa. Miré a mi alrededor y todo lo que vi me gustó. No era una casa antigua a pesar de que su estilo externo hiciera creer lo contrario. El parqué oscuro contrastaba con las paredes ocres y claras de la casa. Tenía techos altos y... Bah. No me podía concentrar.

Temblaba todavía, no estaba para fijarme en nada detalladamente. Lo que me dio Dorian a beber corría libremente por mi torrente sanguíneo y me estaba volviendo loca.

—Dime cómo puedo sacarme esto de encima —le dije mirándolo de frente.

Kilian seguía sin contestarme. Sus ojos amarillos miraron hacia arriba a las escaleras que llevaban a la planta superior. Volvió a decir algo en voz baja y yo me enervé.

—¿Puedes dejar de murmurar?

—No me da la gana, Lara. Tengo derecho a estar muy cabreado contigo. Vamos —tiró de mí cogiéndome por la muñeca y subimos las escaleras. Yo perdí los zapatos por el camino.

Estaba tan furioso... Y yo tan extraviada en mis sensaciones que no pude mandarlo a la mierda por cómo me estaba tratando.

Me llevó hasta el baño. La primera puerta a mano izquierda al llegar a la segunda planta.

Era un baño muy bonito y amplio. Combinaba los colores blanco y gris. El plato de ducha era de piedra color hueso, con mucho espacio como para moverse. La pared de la ducha simulaba piedra, otra de ellas era lisa por completo, y la contraria rugosa, pero siempre respetando el color ceniciento.

—Quítate la ropa, Lara. Vas a coger una pulmonía.

Me miré en el espejo de refilón, y me di cuenta de que la pintura de la cara se me había corrido y parecía un oso panda hibridado con Joker. Mi pelo estaba mojado y me daba más sensación de helor.

Yo no llegaba a la cremallera, y alguien me tenía que ayudar a bajarla para quitarme el vestido. Además, me temblaban las manos...

—Necesito que me bajes la cremallera —le dije avergonzada, sin mirarlo.

Kilian apretó la mandíbula. Y esta vez sí que entendí lo que dijo entre dientes.

«Joder, Lara. Vas a acabar conmigo».

—No voy a tocarte —me contestó furibundo.

Yo alcé los ojos y quise entender cómo se sentía. Estaba muy enfadado porque le había desobedecido y había pasado olímpicamente de su "recomendación". Lo que me sucedía me lo tenía merecido. Pero estaba asustada. Tenía que procesar lo de esa noche, y lo último que necesitaba era que me hablaran así.

—¿Te doy asco?

—¿Asco? —su gesto era de incredulidad.

—Sí, Kilian. Asco. Dorian me ha hablado de ello... Los Huesos no quieren sobras, ¿no es eso? Si un Llave toca a una de la chicas que los Huesos pretenden, esa chica está abocada a la ruina y a la desgracia...

—No tienes ni idea. Hay unos códigos de honor que deben

ser respetados en la Élite. Pero Dorian tiene la mala costumbre de vulnerarlos cuando le apetece.

—Pues quiero que sepas que no ha pasado nada y que no he hecho nada...

—Cállate. No quiero oírlo —me advirtió.

—¡No me mandes callar! —exploté presa de la frustración y de la angustia—. Ese tío me ha metido en una orgía, ¿comprendes? No sé qué tipo de rituales tienen estas fraternidades ni qué historias os montáis en la cabeza, pero ¡es de locos!

—Te lo advertí —dio un paso hacia mí de manera amenazante—. Te dije que no te fiaras de Dorian. Que no fueras a esa fiesta. ¿Por qué me desobedeciste?

—¡Porque puedo hacer lo que me dé la gana! ¡No eres mi dueño!

—¡No, Lara! ¡Aquí no! ¡Aquí no puedes hacer lo que te dé la gana! ¡Y menos cuando has llamado la atención de dos de las tres fraternidades más poderosas de Yale! Es otro mundo. Otra liga —me dejó claro—, y se deben aprender las reglas.

—¡¿Qué reglas?! —le exigí—. ¡¿Me las vas a explicar tú?! ¿Que te jugaste mi virginidad con tu hermano? ¡¿Eh?! ¿Que me engañaste? ¿Que has dado la espalda a Luce, a pesar de que era tu amiga y que ahora sigue en coma en un hospital de Inglaterra? ¡¿Por qué debería fiarme de ti?!

Kilian me agarró de la parte superior de los brazos y me zarandeó.

—¡Llamo a los padres de Luce cada día! —me gritó—. ¡Cada puto día con la esperanza de que me digan que ha despertado! Sí sé sobre ella —eso me cogió por sorpresa—. Soy el único que llama. ¡Y no me jugué tu virginidad con Thomas! Pero cuando te vi... me obsesioné —se tocó la sien, y se le hinchó la vena del cuello—. Thomas es un animal de competición, le encanta competir conmigo al muy desgraciado y apostó a que podía llevarte a la cama antes que yo. Como Bones nos adjudicaron un objetivo que debíamos cumplir. El mío era —le costó decirlo—... la sangre de una virgen.

—Estáis enfermos —musité mirándolo horrorizada—. ¿La sangre de una virgen para hacer hechizos con ancas de rana? Malditos pirados...

—Ríete lo que quieras. Pero a mí tampoco me gusta eso. Sin embargo, nuestros Mayores saben cómo tensar la cuerda, y en nombre de la fraternidad, nos piden "sacrificios" antes de obtener las tres llamas.

—¿Las llamas de tu tatuaje...?

—Sí. Me hubiera acostado con cualquier chica, Lara. Sin importarme. Un polvo y ya está. Como hacen millones de jóvenes cada noche. Pero me gustaste tú. Se trataba de ti. Mi hermano se metió en medio y yo no iba a permitir que usara sus tretas contigo. Porque no me daba la gana. Porque... te quería para mí. Hice el amor contigo porque era lo que quería hacer. Porque me moría de ganas de hacerlo, Lara. Lo de Cazorrita, lo de la apuesta con él —sacudió la cabeza airado— todo eso son golpes bajos de Thomas. Nada es verdad.

Empecé a llorar de la rabia de verme envuelta en algo así.

—¿Qué le pasa a Thomas? ¿Por qué es así...?

—¿De cretino? —él acabó mi frase—. Solo él lo sabe. Tiene una lucha interna por ser el mejor y el más hijo de puta a ojos de nuestro padre. Y no le importa cómo consiga su reconocimiento.

Sorbí por la nariz y me pasé el dorso de la mano mojada aún de la lluvia por los ojos.

—Me encuentro mal... me siento muy mal —mi cuerpo me quemaba. Era como si necesitara urgentemente que algo me calmara o me iba a dar algo.

—Debería dejar que aprendieras la lección —me dijo en voz

baja—. Eres una inconsciente.

—Por favor, deja de reñirme... ¿Me ayudas a quitarme el vestido o no? —lo tanteé porque si no me iba a meter en la ducha con él puesto—. Me ducharé y me... me recuperaré y pediré un taxi para regresar a Trumbull. Déjame que me quede aquí hasta que me encuentre mejor.

—Lara —Kilian me levantó la barbilla y me sostuvo el rostro con ambas manos—. No te vas a ir de aquí.

—Pero...

—Si te ayudo a quitarte el vestido, te juro que me meto en la ducha contigo y no te dejo en paz en toda la noche.

Yo tragué saliva boquiabierta.

Parpadeé confusa. Entonces, ¿quería estar conmigo? Pero no sabía lo que me pasaba y...

—Necesitas calmar tu cuerpo. Y no te vas a ir de aquí hasta que te quedes saciada. Y... maldita sea —gruñó rechinando los dientes—. No voy a parar hasta que me sacie yo.

Dejó caer su boca sobre la mía y mi mundo se quedó boca abajo.

No sabía que era eso lo que mi cuerpo necesitaba. No sabía que estaba tan sedienta de su beso. Ni tan hambrienta del contacto de sus manos sobre mi piel. Pero sí lo estaba. Vaya si lo estaba.

Lo necesitaba como el aire para respirar. Me agarré a sus hombros y en un arrebato me puse de puntillas y abrí la boca para él, para devolverle el beso como aquel frenesí me pedía.

No tenía miedo. Me quería dejar llevar. Estaba con él, y cuando estaba con Kilian sentía que nada malo me podía pasar. Lo malo me pasaba cuando estaba alejada de él.

HUESOS Y CENIZAS

Él gimió en mi boca, y eso me enloqueció. Nuestras lenguas se enzarzaron. Le rodeé el cuello con los brazos, y me envolví en su cuerpo como un pulpo. Kilian apoyó su espalda en la pared contraria al espejo y deslizó sus manos por mi trasero para subirme el vestido hasta la cintura. Llevaba un tanga negro y él se detuvo.

—¿Cómo vas así para encontrarte con Dorian? —gimió con una protesta. Me acarició el trasero que me veía perfectamente a través del espejo—. ¿Me quieres matar?

—Lo siento —reconocí sin dejar de besarlo.

—Lara...

Le deslicé los labios por la barbilla.

—Kilian... desnúdame —le pedí caliente por todas las sensaciones que viajaban a través de mi cuerpo con pase gratis.

Él cerró los ojos, y cuando los abrió ya no había ni una pizca de control en ellos. Eran oro. Eran sol. Cobre fundido. Pura luz para mí. ¿Por qué lo necesitaba tanto?

Me devoró los labios y al mismo tiempo me quitó el vestido por la cabeza, rompiéndolo un poco por la cremallera.

Si a mí no me importó a él menos. Yo no llevaba sujetador porque el mismo vestido tenía copa para sostener bien el pecho.

Él repasó mi figura a través del espejo. Me besó la garganta y el hombro sin dejar de mirar mi espalda, mis piernas y mis nalgas en el reflejo.

—Eres perfecta —me dijo en voz baja. Pasó su lengua por mi clavícula. Enredó sus dedos en mi pelo y lo contempló como si no fuera verdad—. Perfecta, joder.

Yo le quité la camiseta como pude y cuando por fin tuve su torso desnudo y musculoso ante mí, pegué mi frente a su pecho y lo llené de besos.

Él agarró mi pelo en su puño y volvió a besarme incapaz de saciarse.

Se dio la vuelta y me cogió a horcajadas para cambiar nuestras posiciones. Esta vez era yo la que tenía la espalda apoyada en la pared. La noté fría y los pezones se me erizaron.

Kilian abrió la boca y tomó uno de ellos entre sus dientes. Lo lamió dulcemente y succionó de una manera que me giró la cabeza.

Mientras se ocupaba de mis pechos, me colocó de un modo en que mi entrepierna se acopló a la suya. Estaba duro y grande y empezó a frotarse contra mí.

Cerré los ojos presa del placer. Lo notaba tan cerca, me sentía tan hinchada... Abrí los ojos para contemplar el cuadro que él y yo formábamos. Crucé las piernas alrededor de su cintura y lo apreté contra mí.

Cuando me vi, cuando me miré a la cara, parecía otra chica diferente. Llena de fuego y de pasión. Como si los instintos más poderosos me abrazaran y no me dejaran escapar para exigirle a ese hombre qué era lo que quería.

Su boca lamiendo y jugando con mis senos, y sus ingles contra las mías, sus manos amasándome las nalgas, los músculos de su espalda ondeando bajo su piel mientras movía las caderas contra mí...

No podía soportar aquella imagen. Me calenté demasiado. Me mordí el labio inferior, me agarré a su cabeza como pude y empecé a dejarme llevar por el orgasmo.

Un orgasmo que me estaba dejando sin palabras de lo largo que era. Pero necesitaba más. Me sentía vacía por dentro... Quería más. Lo quería a él.

Kilian volvió a besarme de nuevo, y mientras yo no me soltaba de su amarre, él se bajó los pantalones y los calzoncillos. Se desnudó.

Era tan alto, tan ancho de espaldas, tan musculoso... Tenía un culo perfecto, y unos muslos increíbles, como los de un pura sangre, lo que él era. El hockey, el parkour y todo lo que hiciera lo moldeaba como a un Dios.

Tiró de mi tanga hasta rompérmelo. Y conmigo en brazos se dio la vuelta para abrir un cajón y sacar un condón. Lo abrió y se lo colocó mirándose al espejo.

—Voy a estallar, cachorrita —me dijo entrándonos a los dos en la ducha.

Tenía hidromasaje y una silla en la que sentarse para poder recibir todo tipo de chorros en la espalda.

Pero ni Kilian ni yo queríamos agua ni masajes.

Él se sentó y me colocó en posición para poder penetrarme.

—¿Llegas al suelo? —me preguntó.

Llegaba de puntillas.

—Está bien. Yo te cojo —me aseguró. Coló una de sus manos entre nuestros cuerpos y miré y admiré por primera vez su miembro. Me gustaba verlo. Tenía un condón transparente puesto y me pareció muy ancho. Pero si la primera vez pudo entrar en mí, esta también podía hacerlo.

Con sus dedos me acarició entre las piernas, y noté que aún estaba sensible por el orgasmo, pero estaba dispuesta a encadenar otra más en aquel momento.

Kilian cerró los ojos y se lamió el labio superior. Le vi el piercing y me volvió loca.

Era tan guapo... Tan... hombre.

Notaba el piercing en cada beso, no importaba la parte del cuerpo donde me lo diera. Notaba su roce, su toque, y me parecía excitante.

—Estás tan húmeda —musitó en un susurro.

—Me gusta cómo me tocas —reconocí moviéndome contra su mano.

—¿Sí? Me vuelven loco tus ojos... no parecen de este mundo, Lara —Kilian metió un dedo en mi interior, hasta los nudillos, y yo me tensé, no porque me doliera. Me tensé porque estaba tan excitada que me volví a correr con su mano.

Aquello a Kilian pareció encantarle. Y yo ya no sabía controlarme. Cuanto más me hacía más quería. Nada me parecía suficiente.

—Vale, nena... —asumió. Me alzó un poco por la cintura hasta dejarme caer contra su erección. Que se hizo hueco en mi interior hasta que quedó completamente alojada dentro.

Yo tenía un orgasmo constante. No me podía detener. Kilian me sujetó el trasero.

—Agárrate a mi cuello —me pidió—. Y abre bien las piernas.

Le obedecí porque no sabía no hacerlo en aquel momento.

Kilian se impulsó hacia adentro, en un punto que no creía que existiera en mi interior, y me di cuenta de que no había nada de él que no estuviera dentro de mi cuerpo.

—Lara... por todos... —Kilian no dejó nada para después. Me lo dio todo en ese momento.

Empezó a sacudir las caderas adelante y hacia atrás, en círculos, manteniéndome las piernas bien abiertas para poder llegar hasta donde él quisiera. Me poseyó como nadie me lo había hecho, y como nunca imaginé que podrían poseerme siendo una novata en el sexo como era.

Me sentía tan llena, tan henchida, tan a punto de rebosar... Me encantaba. Todo era placer, tensión, carne contra carne...

Iba a colapsar.

Kilian hundió su lengua en la mía y me mordió el labio inferior cuando su orgasmo lo azotó. También encadené el tercer orgasmo con él, gimiendo los dos sin resuello.

Estuvimos un rato así abrazados, él muy adentro de mí. Acariciandome, mimándome y de vez en cuando embistiendo suavemente solo para que las repeticiones de mi orgasmo también le apretaran a él.

—Lara —murmuró contra mi hombro—. Quiero hacerte el amor toda la noche.

Yo, que tenía mis ojos encharcados, lo miré maravillada y le acaricié las mejillas con la punta de mis dedos.

—No quiero nada más —le contesté—. Solo quiero estar contigo. Es lo único que quiero.

Kilian sonrió dulcemente y unimos nuestras frentes. Se levantó conmigo en brazos, sin salirse de mi interior, y caminó conmigo hasta la habitación, ambos mojados y chorreantes.

No me fijé en nada. Solo en él tumbado sobre mí, haciéndome el amor de nuevo, impulsándose con fuerza contra mí, y repitiéndome mi nombre al oído al tiempo que me decía lo bonita que era.

No recuerdo cuándo dejamos de besarnos y de tocarnos y de poseernos.

Simplemente en algún momento, con él muy adentro, quedé exhausta y cerré los ojos.

HUESOS Y CENIZAS

Diecinueve

Cuando abrí los ojos, era domingo al mediodía. La 13h exactamente. No podíamos despertarnos antes después de haber pasado la gran parte de la noche comiéndonos a besos y haciéndonos el amor.

Kilian estaba a mi lado, pegado a mi espalda, dormido profundamente. Yo tenía la cabeza apoyada en su brazo estirado.

Sentía el cuerpo completamente laxo y deliciosamente dolorido. Estaba en casa de Kilian. Con él. Después de que me salvara de las tretas de Dorian.

Si me ponía a recordar la noche anterior todo mi cuerpo se erizaba. La fiesta de Iniciación de Dorian era oscura, bizarra y demasiado sexual para mí. Como una vana imitación de Eyes Wide Shut.

Pero si no llega a ser por Kilian, no sé qué habría pasado...

Posé mis labios sobre su mano relajada y le besé la palma. Tenía la piel curtida por el stick y el parkour.

Era un atleta. Un hombre hecho para el deporte. Pero a su vez, estaba interesado en la medicina, en curar y ayudar a los demás.

Me revolví entre sus brazos y pensé que aquel era un día extraño y muy feliz para mí. Metí la pata la noche anterior, pero el asunto se pudo solucionar de la mejor manera posible.

Aun así, quedaban temas pendientes entre nosotros. Y no podíamos ignorarlos.

Cuando le miré a la cara él sonreía relajado, como un lobo enorme y juguetón, y sus ojos amarillos habían perdido toda tensión.

Me robaba el aire. Me robaba el corazón.

—Buenos días, cachorrita.

—Buenos días —contesté yo pasando mis dedos por su barbilla.

—¿Te encuentras bien? Ayer noche se nos fue de las manos...

—Estoy bien —contesté sincera—. Solo un poco agotada.

—Yo también. Y me muero de hambre. ¿Quieres que pidamos algo para comer?

Uf, pensaba en comida y se me removían las tripas. Claro que quería comer.

—Sí.

—Pues llama tú. Yo no me puedo mover.

Me eché a reír.

—Pues ya somos dos.

Kilian me besó dulcemente y me arrastró hasta tenerme encima de él. Me retiró el largo pelo de la cara que nos cobijaba en un mundo aparte envueltos en una cortina lisa y castaña oscura. Y con los dedos me retiró el flequillo hacia un lado.

—Tenemos que hacer un trato, Lara.

—Déjame que me lo piense. Todo el mundo me dice que nunca haga tratos con los Bones.

—Conmigo puedes. Yo nunca te traicionaré.

Intercambiamos miradas muy serias el uno sobre el otro.

—¿Qué trato quieres?

—No quiero que vuelvas a tener nada que ver con los Llaves ni con los Lobos. Aléjate de la Élite.

—No tengo intención. ¿Y con los Huesos?

—Tienes relación conmigo, pero no quiero que te involucres

más. Te quiero al margen. Sé que tenemos La Misión en el horizonte y que no podemos darle la espalda, pero cuanto más relación tengas con estas fraternidades, más puntos débiles te buscarán. Y más atacarán tus debilidades. No tendrán ningún miramiento. Es la prueba más esperada del año, como nuestro Turing particular. Y estás en el punto de mira, Lara.

—No tengo ningún interés en otra fraternidad que no sea la mía —quería investigar a los Huesos, pero no entrando a formar parte de su fraternidad. Además, no podía. No era del círculo.

—Bien. Me alegra saberlo. Pero conmigo sí puedes estar —bromeó coqueto.

—Perfecto. No me interesa nadie más —le besé y dije contra sus labios—. Aunque creo que a alguno de tu fraternidad sí le intereso yo.

Kilian cortó el beso y su rostro mostró perplejidad.

—¿Qué dices?

—Alguien me escribió un mensaje advirtiéndome sobre Dorian. Yo le bloqueé pensando que eras tú. Pero en la fiesta de la facultad de Arte, en vuestra intervención de Parkour, uno de vosotros increpó a Dorian y me recordó que no debía estar con él. Era el mismo que me envió el mensaje.

—¿Y le viste la cara?

—No. Le vi el tatuaje del tridente. La llama del medio era de color negra.

—No me jodas —murmuró cubriéndose los ojos con el antebrazo.

—Sí.

—¿Te ha vuelto a escribir?

—No. Está bloqueado.

—Déjame tu móvil. Voy a ver de qué número se trata.

—Me lo sé de memoria —señalé diciéndole el número uno

a uno.

—Tienes muy buena retentiva —me tocó la frente con los dedos.

No se imaginaba cuanta.

—¿Te suena? ¿Tienes idea de quién puede ser?

—No. Pásame el móvil, le vamos a llamar —apuntó con atrevimiento.

Me levanté de la cama y rodeé mi cuerpo con la sábana.

—¿Por qué te cubres? Me encanta verte desnuda —se apoyó en un codo y sonrió como un pirata.

Era un provocador. Le ignoré, cogí mi bolso de mano y saqué el iPhone 6 Plus de su interior. Lo desbloqueé. Madre mía, había sido una inconsciente con mis amigas y nos les había dicho nada de dónde estaba. Tenía unos veinte whatsapp llenos de emoticonos histéricos, cuchillos, parejas felices, una bailadora de flamenco... Les contesté rápidamente y les dije que estaba bien. Que iría a casa en un rato.

Me fui a la cama de nuevo. Kilian tiró de mí y se colocó encima mío, entre mis piernas.

—Pon el altavoz y llama al hombre misterioso. En mi fraternidad hay varios con la llama negra en la punta central del tridente. Averigüemos de quién se trata.

Yo llamé, esperando a que alguien al otro lado cogiera el teléfono, pero entonces salió una voz diciendo que el teléfono estaba apagado o fuera de cobertura.

—Mierda. Lo ha desconectado seguro. Parece un teléfono prepago —murmuró Kilian mordiéndome el hombro.

Me hizo cosquillas y me encogí.

—Ya averiguaremos quién es.

—¿Y qué pasará cuando lo encuentres?

—Ya veremos —dijo crípticamente—. Yo también usaré un

prepago para hablar contigo a partir de ahora. Nuestra fraternidad pincha los teléfonos para tener controlado con quienes hablamos. Quiero protegerte todo lo que pueda.

No solo pinchaban los teléfonos. También grababan habitaciones como habían hecho con Luce. Pero no le diría nada.

—Kilian, ¿cuando me hablarás de Huesos y Cenizas?

—Lara, hablarte de ello sin que seas de la fraternidad es exponerte. Estas hermandades son serias, muy estrictas con sus leyes y muy herméticas.

—Eres uno de sus líderes, ¿no? ¿Por qué no rompes las normas?

—Porque somos cuatro líderes ahora mismo. Y todo debe hablarse en consenso. El solo hecho de afirmar que se quiere revelar secretos de los Huesos ya es herejía.

—Está bien, no me cuentes nada si no quieres —lo detuve. Ya encontraría la información por mí misma—. Pero puedo preguntarte algunas cosas, ¿no?

—Sobre mí lo que quieras. Sobre la fraternidad no —cruzó los brazos por detrás de su cabeza—. Dispara ahora que me tienes a tus pies y que no puedo negarte nada porque estás desnuda.

—Eres tonto —me mordí el labio inferior—. Quiero saber cosas. Por ejemplo: le dijiste a Dorian que estaba despechado porque los Huesos le echaron. ¿Es cierto?

—Sí. Soy un Bones desde el primer año. Él intentó entrar entonces.

—Tiene pedigree. ¿No es ese uno de los requisitos?

—Sí, es cierto. La cuestión es que estuvo un año como tapped. Propuesto por uno de los Mayores para entrar, pero la cosa le salió rana cuando descubrimos las orgías que montaba con las chicas y el tipo de droga que usaba para someterlas. Así que no entró a formar parte de la membresía. Por eso se hizo Llave.

—El Rey llave —musité yo—. ¿Por qué no lo denunciasteis?

—La Élite no se denuncia a sí misma. No somos chivatos, tenemos un código. Lo único que pudimos hacer fue echarlo para que nunca fuera relacionado con nosotros. Tiene ínfulas de todopoderoso, pero no es nadie. Solo un niño mimado embaucador y con cultura. Nada más. Desde entonces siempre nos ha querido joder de una manera u otra. Por ejemplo, si a algún Bones le gustaba una chica, él siempre iba a fastidiarle el plan.

Claro. Eso me cuadraba. Luce habló de ello en su diario, de cómo el Cerrajero fue a por ella en la noche de la Élite.

—¿Por qué le llamáis Cerrajero?

—Fue el nombre de pila que se puso él para dar a entender que podía abrir cualquier puerta, por "virgen" —hizo las comillas con los dedos— que fuera.

Ah. Entonces estaba relacionado con eso. Dorian estaba enfermo.

—¿Tenéis todos nombres de pila en la fraternidad?

—Sí. Tienen que ver con nosotros, con nuestra función. Y son secretos. A no ser que te propongan como tapped y te inicien para que seas una Huesos —me miró atentamente—. ¿Te gustaría eso, Lara?

—No. Mi fraternidad es NM List. No me interesa otra. Además, mi sangre no es azul. Es roja como la de un caballo.

Kilian sonrió y negó con la cabeza.

—La sangre no lo es todo. Si tú tienes algo especial y eres alguien con talentos futuros, los Bones se darán cuenta de ello. La brillantez y el talento también son cualidades que adoran los Huesos.

—No me gustan las pruebas que os obligan a hacer para convertiros en Bones, y en Reich y en no sé qué más... No conozco vuestro argot. ¿Luce iba a ser una Bone? ¿Por eso saltó? ¿Por eso fue con vosotros a Lucca?

Kilian exhaló con agotamiento y me miró sabiendo perfectamente que no me iba a rendir con ese tema.

—Luce se propuso como una tapped. Su prueba era participar en el Turing con nosotros y hacer el salto de fe. Pero todo salió mal.

—¿Quién la propuso como tapped?

Kilian se enfadó y negó con la cabeza.

—¿Sigues pensando que no fue un accidente? ¿Sigues creyendo que alguien de nosotros la agredió?

—Kilian, sé que no fuiste tú. Pero...

—Claro que no fui yo —se intentó apartar de mí pero yo lo plaqué y lo abracé con fuerza.

—No te enfades conmigo... —le pedí cariñosamente, pegando mi mejilla a la suya. Si él supiera lo que yo tenía. Si al menos encontrara la información que faltaba con datos, nombres y todo lo demás... ¿Me atrevería a decírselo todo?

—Vamos a dejar el tema de los Huesos, ¿vale? —suavicé mi tono y le besé la mejilla—. Háblame de tu hermano y tú.

—¿Qué quieres que te diga?

—¿Qué tipo de relación tenéis?

—Una no muy buena. Ya te lo he dicho.

—¿Thomas vive solo también?

—No. Él vive con mis padres —se fue tranquilizando poco a poco.

—Kilian, Dorian me dijo algo sobre tu hermano y tú.

—Ese bocazas hijo de puta —murmuró airado mirando al techo.

—No tenemos por qué hablar de ello.

—Da igual. Prefiero decírtelo ya. Mi padre Jim siempre fue un mujeriego. A mí me tuvo fuera del matrimonio, y a Thomas dentro de su matrimonio. Tenía una doble vida —sentenció—. Con tan mala suerte que mi madre murió en el parto. Y el bueno de Jim tuvo que hacerse cargo de mí, y llevarme a vivir con su familia, con Betty su mujer, y con Thomas, un bebé de mi misma edad. Thomas y yo nacimos juntos como hermanos. Nos queremos. No digo que no. Pero es una relación amor odio difícil de explicar. Mi padre nos ha dado las mismas cosas, las mismas atenciones, el mismo cariño... Pero Thomas es muy rebelde, muy caprichoso e inconformista y es muy celoso. Siempre ha querido lo que yo. Mi padre es el decano de la facultad de abogacía. Thomas estudia derecho, y Jim creyó que yo iba a estudiar lo mismo. Pero he sacado los gustos y la vocación de mi madre. Ella estudiaba medicina. Como yo. Desde entonces sé que mi padre tiene preferencia por Thomas. Y lo agradezco. Porque sé que va a dejar de presionarme como lo hacía.

—Pero, Kilian. ¿Prefieres la medicina al dibujo y a la ilustración? ¿Recuerdas la carpa de Jim Lee en Lucca? Te brillaban los ojos de una manera...

—Me fascina la medicina —contestó—. Quiero salvar vidas. Tú quieres ser criminóloga porque quieres dar respuesta a las muertes de los demás y cazar a quienes les quitaron la vida. Yo quiero salvarlas en la medida que pueda.

Dios, me volvía loca. Tenía pasión en sus ojos.

—Me dijiste en Lucca que no querías corromperme. ¿Te referías al hecho de ser un Huesos?

—Ser Huesos no es ser malo —me contestó acariciandome el pelo— pero es aguantar muchos prejuicios y clasismos que muchas veces hacen daño y que no tienes por qué tolerar.

—Tu familia prefiere que estés con alguien como Sherry, ¿verdad? —le pregunté con tristeza.

—Mi familia, Lara, se ha equivocado muchas veces. Y sigue haciéndolo. Mi padre se casó con Betty cuando la mujer que amaba era mi madre. Pero mi madre no venía de familia poderosa y tuvo que renunciar a ella. Por eso su doble vida. Y eso lo ha convertido en un infeliz. Seré un Huesos por sangre, pero no me doblegaré a ese tipo de reclamos. Mi corazón y mi felicidad no están en venta. Sin embargo, sé que a la persona que esté conmigo eso le puede hacer daño.

—¿Quieres que esté contigo, Kilian? —estaba emocionada. Sentía mariposas en el estómago.

—Quiero que todo vaya bien. Que no te molesten ni te ofendan.

—No tengo ninguna prisa —le contesté yo—. Solo me vale saber que te importo y que a Sherry no la tocarías ni con un palo.

Kilian me besó profundamente y me aplastó contra la cama.

—Lara, hace un mes que una chica me tiene el seso comido. Y esa chica eres tú. No pienso en otra cosa. Me has puesto muy nervioso estos días al ver que no querías saber nada de mí, que no dejabas que me explicara...

—No ha sido fácil para mí tampoco.

—Prométeme que pase lo que pase, nunca dudarás de mí. Y que contarás conmigo para todo. Me gustas mucho. Muchísimo... Y necesito estar contigo.

Le rodeé el cuello con los brazos y lo besé con emoción.

—Y yo contigo, Kill Bill —le sonreí.

—Vamos a pedir algo para comer.

—Por favor. Necesito reponer fuerzas.

Él me miró de reojo. La comisura de su labio se alzó insolente y me cogió en brazos para sacarme de la cama.

—Pero antes, vamos a la ducha los dos.

—No me mantengo en pie, en serio —apoyé mi cabeza sobre su hombro y me dejé llevar.

—No te preocupes. No vas a estar de pie. Hay un banco muy

cómodo en la ducha. No sé si lo conoces...

Yo dejé ir una carcajada. Era un libertino.

Nada había más maravilloso que ser correspondida y darse cuenta de que el otro sentía lo mismo que tú.

Mi *kelpie* se estaba resarciendo. Pero yo estaba jugando con fuego. Nunca, jamás, debía saber que continuaba con la investigación por mi cuenta.

No lo podía descubrir. O del mismo modo que nos habíamos unido de nuevo, podríamos separarnos, y dependiendo de la información que obtuviera, podría ser para siempre.

Comimos pizza, patatas, y todos los carbohidratos habidos y por haber. Kilian ingería alimentos como una lima, y hablamos de un montón de cosas y de tonterías, aunque la mayor parte del tiempo la pasamos besándonos.

A las cinco de la tarde me llevó con el Porsche hasta Trumbull. Él tenía una reunión familiar por la tarde y debía asistir.

Así que quedamos que nos llamaríamos por la noche.

Me costó un mundo separarme de él y dejarnos de tocar. Dios, estaba eufórica y feliz. Salí del coche corriendo, con la misma ropa que la noche anterior, a excepción de que llevaba una sudadera del equipo de hockey encima. De Kilian. Me la había dado para que durmiera con ella.

Era tan mono... tan tierno.

Cuando llegué a la habitación solo encontré una nota de Amy que me ponía:

«No sé dónde has pasado la noche, perra. Pero que sepas que Thaïs y yo nos hemos hartado de esperar noticias tuyas y nos hemos ido al cine, a ponernos hasta arriba de chocolate y a ver un dramón de esos de cortarnos las venas. La película la ha elegido ella, está un poco depre. Por cierto, el japonés ya ha vuelto. Nos ha dicho que te llamará por no sé qué noticias... En fin. Rollos vuestros. XOXO".

Me sonreí y eché mi pelo hacia atrás. Me había dado una ducha reconfortante en casa de Kilian, lo habíamos hecho otra vez ahí... El sexo era increíble. Me había enganchado a él sin más.

En ese instante recibí una llamada de Taka. Descolgué el teléfono.

—Hola, Taka Taka... ¿Qué tal por Connecticut ciudad?

—Hola, Hobbit. Muy bien. Muy aburrido todo.

—Sí, es lo que tiene ser un superdotado odioso.

—Sí —asumió con orgullo—. Pero me he entretenido reventando la base de datos de Yale y de algunas actividades de tarjetas de crédito de Luce...

Me dejé caer sobre la cama y me senté expectante.

—¿Has hecho eso? ¿En serio?

—No sé hasta cuándo aguantaré vuestras ofensas...

Me lo imaginé poniendo los ojos en blanco y me hizo gracia.

—Bueno, cuéntame.

—Esa chica gastaba mucho en ropa muy cara, caros restaurantes y caprichos varios... En Yale comía siempre en el comedor, tenía una de esas tarifas "todo incluido". Canciones de iTunes, productos Amazon de todo tipo...

—Vale. ¿Hay algo interesante, Taka? Céntrate.

—Sí. En los archivos de Yale. Luce era asidua de la biblioteca Beinecke del Campus. Estaba haciendo una especie de tesis de una asignatura de crédito de la carrera.

Me quedé en silencio, expectante.

—Continúa.

—Uno de los libros que siempre pedía y el cual había reservado muchas veces era uno llamado *The Cloud* de un autor que se autopublica y se llama Mario Escobar. Solo hay un ejemplar. Y la última vez que entró en la librería de nuevo lo dejó ella, en junio de este mismo año. Sección tres de la biblioteca, por la E, segunda estantería por abajo.

—Dios, Taka, eres increíble.

—El sistema de distribución de la biblioteca sí que es bueno.

—Taka. ¿Te das cuenta? La tenemos.

—Sí. La tenemos, Lara. ¿Qué vas a hacer ahora?

—Voy corriendo a la biblioteca a ver si lo encuentro.

—Suerte. Yo voy a vaciar la maleta y a ducharme. Oye, ¿dónde está Thaïs? —preguntó ansioso.

—En el cine, a punto de cortarse las venas —contesté levantándome con brío, animada con aquella información.

—¿Qué?

—Nada, Taka. Se ha ido con Amy por ahí. Te dejo. Voy a buscar el libro.

—Vale. Hasta luego.

—Adiós.

Activada por aquella información, me quité la ropa. Me puse un tejano, un jersey rojo, una parca negra de cuello alto y unas New Balance rojas y me dispuse a irme.

Agarré la bici y me la llevé esperando como loca llegar a la biblioteca.

Cuando llegué al edificio, sabiendo ya donde estaba el libro, me dirigí como una flecha certera hasta la estantería de autores independientes en la sección de ficción.

No había estado aún en esa biblioteca y, aunque me gustaba, no tenía el encanto de la Sterling de Trumbull. Era como comparar Hogwarts con la casa de los Cullen de Crepúsculo. No había color.

Aun así, aceleré el paso ansiosa por dar con mi objetivo, pasando la bici con cuidado de no molestar a los alumnos que estudiaban en domingo por la tarde.

Me paré en frente de la sección tres, divisé la estantería por la E, y me incliné hasta la segunda estantería por abajo. Y di con él.

The Cloud de Mario Escobar. La nube.

Me acuclillé, respiré hondo por miedo a lo que me pudiera encontrar y abrí el libro. Pero allí no había libro ya. Habían hecho una manualidad con él y pegado las páginas. Una vez pegadas hicieron un agujero rectangular en su interior y en el hueco había un diario de piel marrón que simulaba ser antiguo y que estaba cerrado con una cuerda con una medalla en el extremo cuyo símbolo era la balanza.

Me temblaron las manos cuando lo cogí, lo abrí nerviosa, arrodillada en el suelo, con la bici a mi lado, y me di cuenta que todos los datos allí estaban escritos con el puño y la letra de Luce. A mano. Todo a mano. Llegó un punto en el que ya no se fió de archivos informáticos que pudieran transferirse por la red.

«Que quede claro, que conste, que todo lo que hay aquí escrito es verdad, que esto es lo que yo sé sobre los Huesos y Cenizas y que, si ahora mismo lo estás leyendo es porque a mí me ha pasado algo muy grave. No sé si estaré viva o no para entonces, pero haz con esta información lo que consideres».

Fdo: Luce Spencer Gallagher

Tenía razón. Siempre tuve razón.

Luce sabía que estaba en peligro y temía por su vida.

Lo ojeé por encima, buscando todos los datos que necesitaba, queriendo absorber todo en un santiamén, pero mi don no era tan exquisito. Allí había muchos datos, de todo tipo, y yo estaba estresada. Sin embargo, mi don sí era selectivo. Y sí se fijaba o se quedaba con frases claves que, por algún motivo o otro, llamaban la atención de mi cerebro.

Hasta que leí algo que me dejó fría.

Algo relacionado con una tarjeta de visita, que se rompía ante otra persona, y lo que eso significaba.

A eso lo llamaban *El Mensur.*

Veinte

«*He visto duelos de espadas al atardecer. En tiempos donde las afrentas al honor se saldan en redes sociales y mediante juicios y abogados, estas fraternidades de la Élite conocen otro modo de ajustar cuentas.*

Le llaman El Mensur y se practica solo entre caballeros, nunca contra un Goyin, porque ellos no merecen siquiera la atención de un Pura sangre. Cuando ha habido una afrenta, el afectado rompe su tarjeta de presentación frente al agresor. Ello implica siempre un duelo de espadas, a pecho descubierto, sin protección, donde el ganador será el que más cortes infrinja a su adversario.

El duelo se hace al atardecer, a las siete (la suma de los números 322) frente a la tumba del Arcángel en Groove Street, con El Escriba como juez».

Corría como una loca subida a la bici, con el corazón en la boca.

Kilian le rompió una tarjeta a Dorian la noche anterior. Me acordaba perfectamente.

Ambos sabían muy bien lo que eso significaba. Y yo no me quería ni imaginar a Kilian a pecho descubierto enfrentándose a Dorian. No quería espadas de por medio, ni heridas, ni cortes... Pero ¡por Dios! ¿En qué época se pensaban que estaban?

Cuando entré en el cementerio revisé mi mapa mental hasta encontrar el Arcángel. Corrí como si la muerte me pisara los talones y entonces lo vi, la estatua alada que vigilaba la paz del cementerio. Y allí vislumbré a dos chicos, con pantalones negros, sin camiseta, con las espadas de esgrima en alto con la punta descubierta. Eran Kilian y Dorian.

No había nadie, solo ellos dos y un hombre, de pie, vestido con una túnica negra con capucha y una máscara blanca.

¿Era El Escriba?

Al atardecer... El sol se ponía, dejaba de alumbrar con sus rayos y lo sumía todo en una profunda oscuridad.

Cuando llegué hasta ellos, El Escriba había dado por empezado el duelo.

Irrumpí como un huracán para meterme en medio de los dos.

No soportaría que hiciera daño a Kilian. No. Ni hablar.

—¡Parad! —grité.

Kilian se dio la vuelta para mirarme con asombro, y en ese momento, Dorian aprovechó y le cortó en el brazo.

Palidecí, pero El Escriba me agarró por el brazo con fuerza y detuvo mi avance.

—No te muevas de aquí. No interrumpas —me ordenó con voz rasgada.

—¡Lara! ¡quédate ahí! —me gritó Kilian sujetándose el corte.

Kilian esquivaba la espada de Dorian que quería aprovechar para cogerlo de nuevo desprevenido. Pero se agachó justo a tiempo.

Dorian iba a la cara y al cuello. ¿Acaso era a muerte el duelo? ¿Pero qué locura era esa?

Sin embargo, algo sucedió.

Cuando pensaba que Kilian saldría perdiendo, después de esquivar tres azotes más de Dorian, él saltó por los aires por encima de él y cuando cayó a su espalda, se agachó y le hizo una cruz en la espalda.

Me llevé las manos a la boca, abierta de par en par. Acababa de marcar a Dorian con dos rajas enormes que se cruzaban, justo en el centro de la espalda.

Dorian gritó y se giró espoleado por la rabia. Perdió la gracilidad en sus movimientos y se convirtió en un salvaje.

Kilian bailaba a su alrededor, se movió sin dejar de apuntarlo con su espada, haciendo círculos. Dorian impactó su florete contra el de él pero Kilian no dejaba de apuntarlo.

Y entonces... ¡Zas! Kilian le hizo un tercer corte en el hombro, a la altura de la clavícula, y Dorian cayó de rodillas sujetándose la herida de la que no dejaba de emanar sangre.

Me estaba mareando. Tenía la adrenalina por las nubes. Quería librarme de la sujeción de El Escriba. Es más, quería arrancarle la máscara, harta de tanto secretismo y protocolo, pero más anhelaba abrazar a Kilian.

—Tres cortes limpios, Caballero —le dijo El Escriba a Kilian—. ¿Considera saldada su afrenta?

Kilian respiraba con brío, su pecho sudoroso subía y bajaba. Se humedeció los labios con la lengua y me miró con decisión.

—Sí.

—¿Reclama asistencia para el señor Moore?

Kilian miró a Dorian por encima del hombro. Hizo una mueca de desagrado y contestó:

—Debería regresar a su casa sangrando como el cerdo que es. Pero incluso los individuos como él merecen clemencia.

El Escriba me liberó y alzó la mano.

Entonces, no sé de dónde salieron dos chicos cubiertos con máscaras blancas, que se apresuraron a recoger a Dorian, cubrirlo con un manto negro y llevárselo de allí.

Yo tragué saliva. Dorian parecía estar muy mal. ¿Quién lo iba a curar? ¿Cómo?

El Escriba me miró de arriba abajo, y después se centró en Kilian.

—Caballero Alden. ¿Qué hace esta joven aquí?

—Eso me gustaría saber a mí —murmuró—. ¿Qué demonios haces aquí?

—¿Yo? ¿Qué hacéis vosotros con las espadas cortándoos como si fuerais solomillos? —le increpé—. Me había ido a dar una vuelta con la bicicleta y me he desviado pasa visitar el cementerio y... ¿Y me encuentro con esto? —me acongojé nerviosa por mi flagrante mentira. Ninguno de los dos me creería.

—Estoy bien. Ya ha acabado —contestó Kilian.

Notaba la penetrante mirada del Escriba sobre mí. Se preguntaría quién demonios era y qué diría de lo que había visto. Pero ni por asomo de imaginaba lo que tenía guardado en mi mochila. La investigación de Luce Spencer Gallagher sin filtros.

—Vámonos —Kilian se colocó su sudadera negra Under Armour por encima y caminó hacia mí, dispuesto a sacarme de aquel entuerto.

—Tienen que verte ese corte —le recomendé aún bajo el shock de lo que acababa de presenciar.

—No te preocupes. Estoy bien. Vamos —le devolvió la espada al Escriba y después me tomó de la mano para tirar de mí.

—Pero ¿qué ha sido eso? —le increpé.

—Solo una *vendetta*. No hagas más preguntas —me pidió suplicante.

—Kilian, no tan deprisa.

La voz de Thomas nos detuvo a ambos y llamó la atención del misterioso Escriba.

Mi chico se dio la vuelta furibundo y dirigió una mirada llena de sospecha a su hermano.

—¿Qué quieres, Thomas?

—Quiero hacer un reclamo ante El Escriba.

—¿Un reclamo? —repitió incrédulo—. ¿Qué demonios quieres reclamar?

Thomas me miró intensamente, como si me atravesara y, sin retirar sus ojos negros de mí, contestó:

—Reclamo a Lara públicamente. Quiero ser su protector —dijo sin más.

Entonces, lo comprendí. Era él. Él me mandó los mensajes por whatsapp. Él increpó a Dorian en la fiesta de la facultad de Bellas Artes.

Era él... Y me dejó totalmente perdida. ¿Por qué?

—Thomas, no lo hagas —le advirtió Kilian desolado—. Ya has visto que mi duelo ha sido una *vendetta* de honor —le explicó—. No hace falta que reclame nada si salta a la vista que yo cuido de ella. Yo cuido de Lara –repitió para que le quedara claro.

Pero Thomas no oía nada. Yo era su objetivo. Nadie más.

—No la has reclamado. Si la quieres, tendrás que enfrentarte a mí. Porque yo sí la reclamo.

Así que se detuvo ante su hermano, sacó su tarjeta de presentación, una roja igual que la de Kilian con la calavera y los huesos serigrafiados. Con gestos automáticos la cortó por la mitad y los restos los tiró al pecho de Kilian.

Rebotaron en él y una brisa mortecina se la llevó, meciéndolas como la tensión y la sorpresa me mecían a mí en aquel momento.

De un lado al otro, perdida y atemorizada, sin saber cuándo

volvería a tocar tierra de nuevo.

¿Qué estaba pasando?

¿Kilian y Thomas iban a enfrentarse en duelo por mí?

«He visto **Reclamos**. Caballeros que usan El Mensur en un enfrentamiento en el que el ganador tendrá derecho y prioridad sobre una chica en particular, y el que pierde se retira del cortejo. Y si el perdedor se rebelase contra la Ley Bones, recibiría un castigo y sería desterrado de la fraternidad».

CONTINUARÁ...

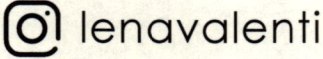 lenavalenti